QUI A TUÉ
REGINA ?

Du même auteur
aux éditions Belfond

Meurtre en différé, 1993
La Piste Manson, 1995

WILLIAM HARRINGTON

QUI A TUÉ REGINA ?

Une enquête inédite du lieutenant Columbo
d'après la série télévisée d'Universal « Columbo »
créée par Richard Levinson et William Link

*Traduit de l'américain
par Bernard Ferry*

belfond
12, avenue d'Italie
75013 Paris

Titre original :
COLUMBO BOOK III : THE HOFFA CONNECTION
un roman de William Harrington publié par Tom Doherty Associates, New York, d'après la série télévisée d'Universal « Columbo » créée par Richard Levinson et William Link.

Cet ouvrage est une œuvre de fiction. Tous les personnages ou événements qui y sont décrits sont fictifs ou utilisés fictivement.

Si vous souhaitez recevoir notre catalogue
et être tenu au courant de nos publications,
envoyez vos nom et adresse, en citant ce livre,
aux Éditions Belfond,
12, avenue d'Italie, 75013 Paris.
Et, pour le Canada, à
Édipresse Inc., 945, avenue Beaumont
Montréal, Québec H3N 1W3.

ISBN 2.7144.3336.7

© 1995 by MCA Publishing Rights, a division of MCA, Inc. Tous droits réservés.
© Belfond, 1996, pour la traduction française.

PREMIÈRE PARTIE

Chapitre premier

— 1 —

En concert, ce soir :
REGINA !

Une heure avant le début du spectacle, une foule exubérante se pressait déjà à l'intérieur du Hollywood Bowl. Toute la journée, le bruit avait couru que des milliers de faux billets étaient en circulation et que les possesseurs de vrais billets ne trouveraient pas de place. La rumeur se révéla fausse, mais quatre mille personnes se présentèrent quand même naïvement à l'entrée dans l'espoir de trouver un billet sur place. On proposait 50, voire 100 dollars à ceux qui s'avançaient, leur billet à la main. Certains mirent leur place aux enchères.

Au-dedans comme au-dehors, une centaine de policiers en uniforme assuraient le service d'ordre. Dans l'enceinte même, le sergent Ed Dugan se précipita pour mettre un terme à une bagarre. Il sépara deux jeunes gens, dont l'un saignait du nez, et leur ordonna de s'asseoir.

— Hé, pourquoi tu les as pas agrafés ? lui demanda un collègue.

— Tu rigoles ? Il aurait fallu que je les amène au poste, et là, je manquais le concert !

Le second policier leva les yeux vers le ciel.

— Je crois qu'on a un temps à la Regina.

La légende voulait en effet qu'il ne pleuve jamais sur les concerts de Regina. En fait, il avait plu le soir d'un de ses concerts à Miami ainsi que le soir suivant, ce qui avait obligé les organisateurs à rembourser les billets, car la superstar devait se produire à Londres le lendemain. Cela dit, la pluie n'avait jamais empêché aucun de ses spectacles à Los Angeles ni à New York.

Le soleil disparut à l'horizon. Le ciel s'obscurcit. Puis, soudain, à dix-neuf heures trente, il s'illumina à nouveau, zébré de rayons laser rouges, blancs et bleus. Au même moment, un fracas terrible remplit le Bowl, mélange de sons et de rythmes produits par ordinateur, que jamais aucun instrument de musique n'aurait pu jouer.

Six danseurs jaillirent sur scène : trois garçons et trois filles, trois Blancs et trois Noirs, tous plus beaux les uns que les autres. Les danseurs blancs portaient des maillots noirs, et les Noirs l'inverse. Ils dansaient pieds nus, de façon acrobatique, hachés par les éclairs des stroboscopes.

Quelques minutes plus tard, la chorégraphie se fit plus sinueuse, le rythme plus lent, plus érotique. Puis les trois filles sautèrent sur le dos de leur partenaire, et, avec de grands éclats de rire, les danseurs quittèrent la scène.

La foule se leva en rugissant.

— Et maintenant, mesdames et messieurs... REGINA !

Un épais rideau de fumée s'éleva devant la scène. Une muraille de rayons laser entrecroisés apparut à l'arrière, tandis que les éclairs des stroboscopes illuminaient la fumée. La cacophonie liée à l'ordinateur atteignit un volume insupportable, puis le rideau de fumée disparut brutalement, avalé par de puissants aspirateurs.

Regina se tenait au milieu de la scène. Les spectateurs, debout, se mirent à hurler, à trépigner. Elle s'inclina en souriant.

Regina devait avoir un peu plus de vingt-cinq ans, elle avait la poitrine avantageuse, les jambes longues, les yeux et les sourcils brun foncé, mais les cheveux blonds décolorés — en fait, une perruque. Elle portait pour tout vêtement une culotte noire et un soutien-gorge de même couleur, sans bretelles, un porte-jarretelles et des bas résille, et des chaussures à talons hauts. Sur le maquillage très blanc, ses lèvres rouge vif se détachaient avec force.

Un micro sans fil dans la main droite, elle se mit à onduler du bassin et lança à la foule en délire :

— Il faut bien appeler une chatte une chatte !
Alors moi on m'appelle Regina ! Regina !
Et ce soir ça va chauffer !
Ho-ho !
Ça va, ça va, ça va chauffer !

La musique devint frénétique. Elle aussi. Les paroles de sa chanson évoquaient la danse, mais personne n'était dupe. Elle arpentait la scène à grandes enjambées. Sa voix virait au suraigu. Elle balançait la tête d'avant en arrière, faisant virevolter les cheveux de sa perruque.

Les lumières de la scène se mirent alors à pâlir, petit à petit, et bientôt on ne vit plus Regina que dans les éclairs brutaux des stroboscopes, deux fois par seconde. Elle tourna le dos à la salle et baissa sa culotte.

Ses six danseurs et danseuses jaillirent à nouveau sur scène, vêtus cette fois de collants rouge vif, et l'accompagnèrent dans ses évolutions frénétiques.

Regina traversait la scène de long en large, le micro collé à la bouche, tour à tour hurlante et murmurante, mais les paroles de ses chansons, toujours équivoques, souvent crues, évitaient la franche obscénité.

Elle se mit alors à danser tandis que ses danseurs quittaient la scène. Les projecteurs éteints, il ne restait plus qu'un seul stroboscope rouge. Les éclairs se firent plus rapides. Elle ne chantait plus, et on avait l'impression de voir défiler les images hachées d'un film muet. Puis l'intensité des éclairs diminua à son tour, et le public n'aurait su dire avec certitude si elle avait ôté sa culotte. La plupart, bien sûr, pensaient que oui, et ils hurlèrent.

Les gens semblaient heureux, et on n'en était encore qu'à la moitié du spectacle. Tout le monde savait qu'il n'y aurait pas d'entracte. Les spectacles de Regina duraient deux heures et quart sans interruption.

— 2 —

A vingt-deux heures une Rolls-Royce argentée s'engagea sur l'allée de la propriété de Regina, à Beverly Hills. L'allée était encombrée de voitures, garées pare-chocs contre pare-chocs, mais l'on avait tout de même réservé une place libre pour la Rolls, devant la grande entrée de style espagnol. Avant que le chauffeur ait pu faire le tour de la voiture pour ouvrir la portière, Regina s'élançait déjà vers la maison, complètement nue.

Elle avait ôté sa perruque blonde, révélant ainsi des cheveux foncés, coupés court. La peau luisante de sueur, elle traversa la maison à grands pas et alla se jeter dans la piscine. Tandis qu'elle barbotait dans l'eau, les invités commençaient à se rassembler. Elle se hissa alors péniblement sur le bord, fendit la foule, et, hors d'haleine, accepta le verre que lui tendait Johnny, son valet de chambre, un beau garçon au teint mat. Du gin pur, sans glace, qu'elle avala d'un trait.

Personne ne semblait surpris de la voir nue, mais on cherchait tout de même à l'apercevoir.

La plupart des invités étaient jeunes. Seuls deux ou trois hommes portaient une veste, les autres étaient vêtus de pantalons de couleur vive et de polos. Deux étaient en short. La majorité des femmes semblaient jeunes, c'est-à-dire effrayées à l'idée de vieillir. Certaines portaient une élégante minirobe, les autres étaient en jeans et en baskets, avec des tee-shirts, et trois n'arboraient qu'un débardeur des plus insuffisants.

La piscine, en forme de haricot, faisait environ douze mètres de long, sept dans sa plus grande largeur, et était équipée d'un plongeoir. Enserrée par les deux corps de bâtiment, elle était bordée de trois palmiers et dérobée aux regards des curieux par une haie d'arbustes tropicaux.

Regina se hissa hors de l'eau et Johnny lui tendit un peignoir en éponge avant de lui offrir une cigarette qu'il alluma avec son briquet.

Elle aperçut alors une femme entre deux âges qui l'observait en souriant.

— Mon Dieu, Maude, est-ce que tu te rends compte que c'est dur de faire ce que je fais ? (En dehors de la scène, la star parlait l'anglais avec un léger accent.)

Maude Ahern acquiesça.

— Oui, ma chérie, je m'en rends compte.

Maude Ahern, journaliste indépendante, était une femme corpulente, dont le pantalon semblait toujours sur le point d'éclater. Elle avait dressé des portraits de Regina dans *Rolling Stone* et *New York Magazine*, et travaillait à un autre article du même genre pour *Vanity Fair*. Elle était ouvertement lesbienne, et le bruit courait qu'elles avaient été amantes, ce qui expliquait les louanges dont elle couvrait Regina dans ses articles.

— Alors, Mickey, qu'est-ce que tu en penses, pour ce soir ? demanda Regina à un jeune homme plutôt laid, l'air égaré, qui s'avançait vers elles.

— Excellent, répondit Mickey Newcastle en souriant. Demain,

on reverra ça en détail, et je te donnerai quelques trucs pour que ça soit vraiment top niveau.

— Tu parles toujours par clichés, comme ça ? lança Maude.

— Merci, mon amour, dit Regina en déposant un baiser sur les lèvres de Mickey. Je sais que je peux toujours compter sur toi.

Tandis qu'il s'éloignait, Maude dit à Regina :

— Je n'arrive pas à comprendre comment tu peux embrasser cette épave boutonneuse, sale et mal rasée.

— Ça a été une grande vedette en son temps.

— Oui. A l'époque où les épaves boutonneuses, sales, mal rasées, avec des dents jaunes et pourries, étaient les idoles du rock anglais.

— Miaou, Maude !

Maude se mit à rire.

— Tu ne l'as pas montrée, ce soir, hein ? Sous la culotte, j'ai vu le petit string noir.

Regina rit plus fort encore.

— Laisse-moi quand même quelques petits secrets.

— Une fille qui se balade à poil au milieu de ses invités n'a plus beaucoup de secrets, rétorqua Maude.

Regina lui tira la langue, laissa tomber à terre son peignoir et regagna la piscine en trottinant.

A quelques pas de là, Christie Monroe observait la scène avec colère. Elle avait entendu la plus grande partie de la conversation entre Maude et Regina, et lorsque celle-ci plongea elle ne put dissimuler son mépris.

— Quelle élégance ! murmura-t-elle à l'adresse de Bob Douglas en montrant Regina qui se démenait laborieusement dans la piscine.

— Fais gaffe, fit Douglas. N'oublie pas que c'est grâce à elle qu'on gagne notre vie.

Il prit la main de Christie et la serra.

Christie Monroe était infiniment plus belle que Regina ; de grands cheveux soyeux, naturellement blonds, des traits doux, de grands yeux bleus. Sa petite robe blanche révélait de longues jambes parfaitement galbées, et un décolleté généreux mettait en valeur des seins hauts et fermes. Elle faisait partie des six danseuses et danseurs qui officiaient derrière Regina.

Bob Douglas lui aussi était bel homme et ressemblait au défunt Rock Hudson. Il était vêtu d'un jean délavé et d'un polo blanc dans l'échancrure duquel on apercevait une chaîne en or. Le tissu dissimulait ce qui était accroché à la chaîne, mais tout le monde savait qu'il s'agissait d'une copie, en petit format, de la médaille d'or de saut à ski qu'il avait remportée aux jeux Olympiques. Il ne la quittait presque jamais.

Mickey Newcastle s'approcha du couple.

— A quelle heure peux-tu être au Bowl, demain ? demanda-t-il à Bob.

— Je ne sais pas. Pourquoi, qu'est-ce que tu comptes faire ?

— Je crois qu'il y a deux ou trois moments où on devrait revoir la sono, répondit Mickey. C'est super, mais je voudrais que ça soit top niveau.

— Tu veux que je reprogramme des morceaux ?

— Peut-être un peu. On pourrait faire des essais ?

— Bien sûr, dit Bob.

Mickey s'apprêtait à repartir, mais il se ravisa, adressa un sourire à Christie et lui montra le verre de whisky qu'elle tenait à la main.

— Vas-y doucement là-dessus, dit-il. Tu m'as l'air un peu partie, et je voudrais pas que tu tombes dans la piscine.

— Ou que je plonge ?

Lorsque Mickey Newcastle se fut éloigné, elle se tourna vers Bob.

— C'est lui qui va surveiller ce que je bois ? Ce camé ? T'as remarqué ses yeux ? Il a déjà les pupilles dilatées. Il a dû s'enfiler sa dose de speedball ! Il sera aveugle avant la fin de la soirée.

— Mais elle continue à l'écouter, fit remarquer Bob. Ne te mets pas Mickey à dos.

— Je ne sais pas si je vais travailler encore longtemps pour cette pute.

— Eh bien moi, en ce qui me concerne, je sais : le plus longtemps possible ! Ailleurs, je ne pourrai jamais gagner autant d'argent. Toi non plus, du reste.

— Tu ne lui en veux pas, de ce qu'elle t'a fait ? Même un peu ? demanda Christie.

— Bien sûr que je lui en veux. Mais tu devrais comprendre que l'argent apaise bien des blessures !

Christie termina son verre de whisky.

— Tu sais, ce soir elle l'a vraiment montrée. Elle ne portait pas le petit string noir sous sa culotte.

Bob haussa les épaules.

— Elle pourrait se montrer complètement à poil qu'il ne lui arriverait rien. La salle grouillait de flics. S'ils avaient voulu l'arrêter pour outrage à la pudeur, ils auraient pu le faire. (Il sourit.) Ça leur a plu, comme à tout le monde.

Regina sortit à nouveau de la piscine et se retrouva face à Joshua et Barbara Gwynne. Johnny n'était pas là avec son peignoir, mais elle semblait n'en avoir cure. Elle accepta la cigarette que lui tendait Barbara et la flamme du briquet de Joshua.

Barbara et Joshua Gwynne étaient les propriétaires de Joshua Records, la maison de disques qui publiait les concerts de Regina. La cinquantaine, ils étaient certainement parmi les invités les plus âgés. Joshua, d'allure anodine, plaquait sur son crâne avec de la gomina les quelques cheveux qui lui restaient. Barbara, soignée, élégante, devait son apparence aux soins attentifs des coiffeurs et des esthéticiennes.

— Il y a eu de bons morceaux dans le nouveau spectacle, dit Joshua.

Regina opina du chef.

— Hé, dites-moi, c'est un martini que vous tenez à la main ? Ça vous ennuierait de me le donner ?

— Vous comptez toujours publier ces morceaux chez nous ? demanda Barbara, tandis que son mari tendait son verre à la star.

En souriant, Regina tapota le bras de Barbara.

— Bien sûr. (Elle haussa les épaules.) Mais je ne suis pas sûre de ce que le nouveau son de Bob peut donner sur disque. Qu'est-ce que vous en pensez ? Ça peut être un problème pour Joshua Records, non ? (Elle se tourna.) Ah, Johnny ! Je pensais que tu n'allais jamais me retrouver.

Johnny lui tendit son peignoir blanc.

— Ça n'est pas facile, dit Johnny.

En riant, Regina prit le bras de Johnny, et ils s'éloignèrent. Elle se retourna et, par-dessus son épaule, lança à Barbara et Joshua : « Merci pour le verre. » Puis elle se pencha vers Johnny, mais les Gwynne entendirent distinctement ses paroles : « Tu te rends compte ! Je remercie Josh pour mon propre gin. »

— Tu paries qu'il est plus pour elle qu'un simple valet de chambre ? dit Barbara à Joshua.

— Peu importe, répondit Joshua d'un air sombre. Ce que j'aimerais savoir, moi, c'est si elle va faire son nouveau disque chez nous.

— On ne peut pas lui faire confiance, tu le sais bien.

— Je ne comprendrai jamais ce que le public lui trouve, dit

tranquillement Joshua. Elle ne sait ni danser ni chanter. Ça n'est qu'une pute vulgaire totalement dépourvue de talent.

— Et pourtant, nous avons vendu des millions de disques d'elle. Regarde les gens qui sont ici. Tous lui doivent leur gagne-pain. Tu dis qu'elle n'a pas de talent ? Tu parles ! Je n'ai jamais vu un tel talent pour arriver à se vendre ! Et ça n'est pas tout. Tu connais quelqu'un d'autre qui a autant de talent pour manipuler les gens ? Ce qu'elle veut, elle l'obtient. De tout le monde.

— Oui. Pauvre Maude Ahern...

— Tu plaisantes, ou quoi ? *Pauvre* Maude ? Elle a touché un million de dollars d'avance pour une « biographie autorisée » de Regina.

— Si elle est « autorisée », alors ça sera un tissu de mensonges.

Barbara haussa les épaules.

— De toute façon, quelle est la vérité ? Qu'est-ce qu'on sait à son sujet ? Même toi et moi. Hein, qu'est-ce qu'on sait ?

— On connaît son vrai nom, répondit Joshua. Regina Celestiele Savona.

— 3 —

— Qui va rester ? Qui va rester ? bafouilla Regina. Il est plus de minuit et je veux...

Johnny lui passa le bras autour de la taille.

— Tranquille, mignonne, tranquille. Si tu ne le veux pas, personne ne restera.

Regina titubait, un verre de gin à la main.

Johnny portait la chemise blanche et le nœud papillon noir du valet de chambre. Ce jeune homme, bien de sa personne, possédait des traits si fins qu'il aurait pu paraître efféminé, et ses yeux bruns auraient pu être ceux d'une jolie fille. Mais la bosse à l'entrejambe de son pantalon noir moulant dissipait toute équivoque quant à sa virilité.

— Qui veut rester ? demanda Regina.

— Eh bien... Mickey. Il est un peu... tu sais. Il serait incapable de rentrer chez lui.

— Et merde ! Il n'y arrive jamais.

— Les Gwynne ont aussi demandé s'ils pouvaient rester. Ils ne se sentent pas en état de conduire. Même chose pour Bob et Christie. Je leur ai dit que c'était d'accord, et Christie a grimpé les escaliers à quatre pattes.

— Mes meilleurs amis, hein ? On va se revoir au petit déjeuner. Dis-leur que je veux qu'ils viennent se baigner une dernière fois avec moi, avant qu'ils aillent se coucher.

— J'ai bien peur qu'ils soient déjà au lit, répondit Johnny. Les Gwynne pourraient peut-être, mais...

— Quelle bande de minables ! Y tiennent pas l'alcool. C'est parce que c'est des Américains. Les Américains savent pas boire...

— Ça, c'est vrai.

— Johnny... allume-moi une cigarette. Je vais rester assise là à regarder ma piscine. Va me chercher un autre gin.

Elle laissa glisser son peignoir sur ses épaules et s'installa dans une chaise longue à roulettes, une cigarette à la main. Alors seulement, elle prit conscience du silence qui régnait pourtant dans la maison depuis un certain temps déjà. Elle n'avait pas remarqué le départ de ses hôtes, dont bien peu étaient venus la remercier pour son hospitalité.

Johnny revint du bar avec un grand verre de gin.

— Assieds-toi, dit-elle.

Il tira une chaise et prit place à ses côtés.

— Qui aurait cru qu'une fille appelée Regina Celestiele Savona vivrait un jour dans une maison pareille, avec une piscine ? dit-elle avec un léger accent italien.

Johnny leva les yeux vers une fenêtre éclairée au premier étage où la lumière était restée allumée toute la soirée.

— Tu lui dois tout, dit Johnny.

Regina leva son verre.

— A l'homme du premier étage, dit-elle.

— Tu ne veux pas que j'aille fermer la maison ? proposa Johnny. Mickey est allé se coucher. Les Gwynne aussi. Christie a grimpé les escaliers à quatre pattes, et je ne crois pas que Bob soit en meilleur état. Il ne doit plus rester personne. Je vais quand même faire le tour de la maison et du jardin, fermer le portail, la porte d'entrée, et éteindre les lumières de devant. D'accord ?

— D'accord.

— Ensuite, je reviendrai et je te regarderai nager.

— Tu ne me laisseras pas me noyer ?

Il secoua la tête en souriant.

— Jamais. Mais ne te mets pas à l'eau avant que je revienne.

— 4 —

A son retour, Regina sommeillait.
— Hé ! Tu devais nager pour moi !
Elle secoua la tête d'un air las.
— Je suis crevée. Vidée. Je vais aller dormir.
— Tu veux te sentir bien demain matin ? Alors va te baigner une dernière fois. Ça te fera du bien, ma chérie. L'eau fraîche, un peu d'exercice...
Elle hocha la tête d'un air sceptique.
— Je ne nage pas très bien, tu sais. Tu viendras me rechercher si je commence à couler ?
— Mais oui.
— Bon... (Elle étouffa un bâillement.) T'as peut-être raison, je me sentirai mieux après.

Elle promena le regard autour d'elle, avisa son verre et le vida d'un trait avant de gagner en chancelant le bord de la piscine. Elle se laissa tomber maladroitement dans l'eau et se mit à patauger, comme auparavant.

Debout au bord du bassin, Johnny la regardait. Elle lui sourit et s'approcha de lui en battant l'eau de ses bras et de ses jambes. Puis, en toussant, elle agrippa le rebord.

Johnny, alors, s'accroupit et approcha la pointe d'un couteau de l'œil droit de Regina.
— Johnny ! Qu'est-ce que tu fais ?
Il ne lui taillada pas le visage. Il attendait, calmement.
— Johnny... ?
Regina s'écarta vivement du bord de la piscine et, d'un crawl parfait, gagna l'autre côté du bassin.

Agenouillé sur le rebord, Mickey Newcastle la menaçait lui aussi d'un couteau.

Elle plongea sous l'eau et gagna la base du plongeoir. Elle voulut se hisser sur le bord, mais se retrouva face à Johnny.

Regina hurla à nouveau et retomba dans la piscine en se raclant les poignets sur le ciment. Elle poussa un gémissement et se saisit les poignets avec les mains.

Ils n'allaient pas la laisser sortir. Elle gagna le centre du bassin puis essaya successivement tous les côtés. Chaque fois, elle retrouvait la pointe d'un couteau à quelques centimètres de son œil.

C'est ainsi que les chiens terriers tuent parfois les rats : en les forçant à se jeter à l'eau, puis en les empêchant de remonter, jusqu'à ce qu'ils se noient.

Regina hurla une nouvelle fois.

— Mais qu'est-ce qu'il y a ? Pourquoi ?

Estimant que Mickey était le moins déterminé des deux, elle se dirigea de son côté, réussit à se hisser sur le rebord et tenta de l'écarter à coups de poing. Cherchant maladroitement à se protéger des moulinets qu'elle faisait avec les bras, Mickey lui fit une longue estafilade sur la joue avec son couteau. Elle retomba dans l'eau.

— Espèce d'abruti ! hurla Johnny.

Petit à petit, Regina perdait des forces. Elle était en excellente condition physique (il le fallait bien, pour ses spectacles), mais elle s'était déshydratée au cours du concert et avait bu beaucoup de gin. Elle ne parvenait plus à se maintenir à la surface. Elle coula, parvint à remonter, coula à nouveau, se débattit...

— Pourquoi... ? Mon Dieu, pourquoi ? lançait-elle en suffoquant. J'ai toujours été bonne avec vous...

Elle s'approcha de Johnny pour le supplier, mais une fois encore il approcha de son œil la pointe de son couteau.

— Je savais que tu nageais comme un poisson, ma chérie, murmura-t-il.

Il appuya doucement la pointe de la lame sur sa paupière, et elle recula dans l'eau.

Elle continuait à se débattre, mais ses forces l'abandonnaient rapidement. Elle pleurait. Elle poussa un dernier hurlement et s'enfonça sous l'eau.

Johnny se redressa et leva les yeux vers la fenêtre allumée au premier étage. Le vieil homme observait la scène. Johnny ne lui adressa pas de signe de la main, comme pour dire « ça y est, c'est fait », car le vieil homme hochait la tête d'un air furieux. Ils avaient cochonné le travail. A cause de cette coupure sur la joue, il allait y avoir une enquête de police.

Les rideaux se refermèrent et la lumière disparut. Johnny demeura un moment songeur. Qu'allait faire le vieux ? Soudain, il aperçut un mouvement à une autre fenêtre. Une fenêtre du couloir, au premier étage. Quelqu'un d'autre avait assisté à la scène.

Il y avait un témoin !

Chapitre 2

— 1 —

On dirait que c'est le pape qui a été assassiné, songea DiRosario. Ou le président des États-Unis. A la tête de ses quelque vingt jeunes policiers, le sergent Tony DiRosario (dix-huit ans de bons et loyaux services) avait pour unique tâche de tenir à l'écart la meute des journalistes, des curieux et des admirateurs éplorés. Et dire que, malgré ses vingt agents, il lui faudrait peut-être demander des renforts !

Car ils avaient tous d'excellentes raisons de vouloir entrer. Ils représentaient ABC, CBS, CNN et NBC. Ou bien AP, Reuter ou UPI. Ils l'adoraient. Ils étaient ses amis les plus proches. Chaque jour elle leur passait un coup de téléphone. Ils étaient nés sous le même signe astrologique. Exactement. Ils refusaient de croire à sa mort. Ils se faisaient fort de prouver que c'était faux. Elle n'était pas morte. Impossible. Ils allaient...

— Sergent, je m'appelle Maude Ahern. Je suis en train de rédiger la biographie autorisée de...

— Désolé, madame. Je n'en doute pas une seconde, mais vous ne pouvez pas entrer. Pas pour l'instant.

— Vous voulez voir mes papiers ? Je suis...

DiRosario secoua la tête.

— Même si vous me présentiez une carte prouvant que vous êtes la présidente des États-Unis, je ne pourrais pas vous laisser entrer.

— J'étais là hier soir. Je dois être une des dernières à l'avoir vue.

— Alors, donnez-moi votre nom et votre numéro de téléphone. Je les donnerai aux inspecteurs chargés de l'enquête.

— Écoutez, sergent, je ne tiens pas à me montrer agressive ni insupportable, mais...

— Mais je ne vous laisserais pas devenir agressive, madame, ni insupportable. De toute façon, je ne peux pas vous laisser entrer. Un point c'est tout.

— Mais enfin ! J'ai marché près de deux kilomètres, les rues sont...

— Noires de monde, je sais. Elle a donné un concert hier soir. Il y avait cent mille personnes, c'est ça ? Pourtant le Bowl ne peut pas accueillir autant de spectateurs, mais...

— J'y étais, moi aussi.

— Je vous crois, madame. Bon, vous pouvez me rappeler votre nom ?

— Maude Ahern. Voici ma carte. Je suis sûre que les enquêteurs vont vouloir...

— Bien sûr, madame. Ils pourront donc vous joindre à ce numéro ?

Un haussement d'épaules et elle s'éloigna.

Ça n'arrêtait pas. Et en voilà un autre.

— 'jour, sergent. Quelle pagaille, dites donc ! J'ai dû faire presque deux kilomètres à pied pour venir. Enfin... je suis là, c'est le principal.

— En effet, admit le sergent DiRosario. Vous êtes là.

L'homme qui se tenait devant lui avait des cheveux gris en bataille, et un sourire engageant qui lui plissait le coin des yeux. Avec un sourire pareil, le sergent l'aurait presque laissé entrer, mais il y avait malheureusement l'imperméable froissé, le complet élimé, et une cravate si bizarrement nouée que la partie étroite pendait sous la partie large. Dans sa main gauche, il tenait un mégot de cigare.

— Vous avez du feu ? demanda-t-il.

— Non, je ne fume pas.

— La plupart des gens ne fument plus, maintenant. Impossible de trouver du feu quand on en a besoin. Bon... (Il fourra son mégot éteint dans la poche de son imperméable.) Alors, c'est en haut de l'allée, c'est ça ?

— L'entrée est interdite, monsieur, dit fermement le sergent. Je regrette, mais personne ne peut...

— Comment ça ? Oh... je me rends compte maintenant que

vous ne me connaissez pas. Je suis... euh... je suis le lieutenant Columbo, brigade criminelle. C'est moi qui suis chargé de l'affaire, vous voyez. Voici, euh... ma plaque et ma carte.

Le sergent DiRosario regarda l'homme mal peigné qui se tenait devant lui. Columbo. Il avait bien entendu dire que le lieutenant était un excentrique, mais là, ça dépassait tout ce qu'il aurait pu imaginer.

— Excusez-moi, lieutenant, je ne vous avais pas reconnu.

Columbo hocha la tête.

— Autrefois, tout le monde connaissait tout le monde, dans la police. Mais la maison est devenue trop grande pour ça maintenant, pas vrai ? Bon, alors...

— C'est en haut de l'allée, mon lieutenant. Ils ont retiré le corps de la piscine, mais bien sûr il est encore là... ils vous attendent.

— J'étais en train de promener mon chien sur la plage, dit Columbo. C'était mon jour de congé. (Il secoua la tête.) Je dois être un méchant.

— Euh... pardon ?

— Oui, vous savez ce qu'on dit : « Pas de pitié pour les méchants. »

— 2 —

En passant devant les six voitures pie et l'ambulance, Columbo se demanda pourquoi les ambulanciers laissaient toujours tourner leur gyrophare, même à l'arrêt.

La porte d'entrée n'était pas fermée. Il pénétra à l'intérieur et gagna directement la porte du fond, donnant sur la piscine, sans prendre la peine de s'adresser aux gens à l'air maussade installés sur les fauteuils et les canapés du salon.

— Columbo !

Celle qui venait de l'interpeller aussi cordialement était le sergent Martha Zimmer, inspecteur à la brigade criminelle. Il avait travaillé plusieurs fois avec elle, et avait pu apprécier son intelligence et son efficacité. C'était une femme de petite taille, rondelette (un peu trop, même, au point que ses supérieurs avaient un moment songé à lui demander de perdre du poids, mais y avaient finalement renoncé en comprenant qu'elle avait pris à chacune de ses trois grossesses des kilos difficiles à perdre par la suite). Elle avait des cheveux bruns, coupés court, et des joues rebondies. Elle portait un blazer bleu marine avec sa plaque bien visible sur la poche de poitrine, et ne faisait aucun effort pour dissimuler le Beretta 9 mm sous son aisselle gauche.

Columbo serra la main de Martha.

— Quelle histoire, hein ? dit-il en désignant d'un geste du menton le corps étendu sur le rebord de la piscine et recouvert d'un drap blanc.

Martha opina du chef.

— On n'est pas sûrs qu'elle a été assassinée. Mais ça en a tout l'air.

Columbo avisa alors le médecin légiste occupé à rédiger des notes sur une table à plateau de verre.

— C'est le Dr Culp, hein ? Je suis content de le voir là. Il fera du bon travail. Vous lui avez déjà parlé ?

— Bien sûr. Mais il faut que vous alliez le voir aussi.

Columbo s'approcha du médecin.

— Bonjour, docteur.

Le Dr Harold Culp leva les yeux et un sourire éclaira son visage.

— Bonjour, Columbo. Alors, vous avez l'estomac plus solide, à présent ?

Columbo secoua la tête en souriant.

— Non. J'aurai toujours envie de vomir quand vous me montrerez un cadavre que vous aurez ouvert. Je ferais peut-être bien de regarder celui-ci avant que vous l'ayez charcuté.

Le médecin ne devait pas avoir plus de quarante ou quarante-cinq ans, mais les quelques cheveux qui lui restaient étaient déjà gris. Il portait des lunettes à double focale, à monture d'écaille, et, comme Martha Zimmer, un blazer bleu marine avec des boutons dorés et un pantalon gris.

— C'est vraiment une tragédie, dit-il avec un mouvement de menton en direction du corps. Si jeune...

— Si célèbre, ajouta Columbo. Et si riche.

Le Dr Harold Culp se leva et se dirigea vers le cadavre. Il tira le drap. La peau de Regina était livide, presque bleue. Columbo hocha la tête, et le médecin recouvrit le corps.

— A quand remonte la mort ?

— Huit heures environ.

— Quelle cause ?

— Je vous en dirai plus après l'autopsie, répondit le Dr Culp. Elle est restée longtemps sous l'eau. Apparemment, bien sûr, elle s'est noyée, mais ça n'est peut-être pas aussi simple. Elle a des ecchymoses sur les deux bras et une abrasion sur le poignet droit, ce qui suggère qu'elle s'est battue. Mais les ecchymoses et l'abrasion ont pu se produire avant, par exemple au cours de son spectacle. Il est possible aussi qu'elle soit morte d'autre chose, par exemple d'une surdose, et que quelqu'un ait jeté son corps dans la piscine pour faire croire qu'elle s'était noyée.

— Et cette coupure, sur la joue ? demanda Columbo.

— Elle n'est pas morte de ça.

— Je m'en doutais un peu.

— Elle fait six centimètres de long. Je ne l'ai pas examinée à fond, mais elle ne doit pas faire plus d'un centimètre de profondeur. La lame du couteau a touché l'os de la pommette. Cela dit, c'est une estafilade et pas un coup porté en profondeur.

— On se reverra, docteur, dit Columbo.

— 3 —

— J'imagine que vous savez déjà qui a découvert le corps, et à quelle heure, dit Columbo à Martha.

— C'est la femme de ménage qui l'a trouvé, vers neuf heures et demie du matin. Elle s'appelle Rita Plata. Elle est arrivée vers huit heures et demie. Il y avait eu une réception, hier soir, et il y avait un désordre terrible dans la maison. Elle a travaillé environ une heure à l'intérieur avant d'aller voir ce qu'il y avait à nettoyer autour de la piscine. C'est là qu'elle a vu le corps au fond de l'eau.

— Huit heures... Ça veut dire qu'elle a dû mourir vers une heure et demie. Il y avait d'autres gens dans la maison ?

Martha sourit.

— Oh, oui. Toute une brochette. D'abord, Regina avait un valet de chambre à plein temps. Il s'appelle Johnny Corleone.

— Corleone ?

— Exactement. Vous savez, il y a vraiment une ville qui s'appelle Corleone, en Sicile. Bon, il a vingt-huit ans, et il est domestique à demeure. A part lui, il y avait également six autres personnes dans la maison cette nuit. Il semble qu'un certain nombre de gens aient l'habitude de passer la nuit ici. Hier soir, elle a lancé une invitation du genre : « Si vous êtes trop soûls ou trop défoncés pour conduire, vous pouvez rester. »

— Voilà qui est prudent, dit Columbo. Et donc, qui est resté ?

Martha consulta ses notes.

— D'abord, un Anglais, nommé Mickey Newcastle, star du rock à la retraite. Apparemment, c'est lui qui a appris à Regina le BA-ba de son métier, et elle l'employait comme une sorte de directeur artistique... si on peut parler d'« art » à propos de ses exhibitions. D'après Johnny, ils ont été amants pendant un certain temps.

— D'accord. Qui d'autre ?

— M. et Mme Joshua Gwynne. Propriétaires de la maison de disques chez qui enregistre Regina. Puis un couple, Bob Douglas et Christie Monroe. Douglas est le programmeur informatique qui produit ces gargouillements nauséeux qui tiennent lieu de musique pendant ses « concerts ». Christie Monroe, elle, est une des danseuses qui l'accompagnent. Ils ont passé la nuit dans la même chambre.

— J'ai l'impression que vous n'appréciez pas trop Regina, dit Columbo en souriant. Vous ne deviez pas être une de ses fans.

— A mon avis, elle est le symbole de tout ce qui ne va pas dans notre pays, dit Martha.

— Écoutez, une prochaine fois vous m'exposerez tout ça en détail, mais en attendant...

— Nous les avons tous rassemblés dans le salon. J'ai inspecté leurs chambres pendant qu'ils étaient en bas.

— Vous avez trouvé des indices ?

— Non, bien sûr que non. Mais venez plutôt voir avec moi.

La maison se composait d'un corps de bâtiment central et d'une aile disposée à angle droit. Du doigt, Martha indiqua la porte ouverte de l'appartement de Regina, qui occupait toute la partie est de la maison. Dans l'appartement suivant, moitié moins grand, vivait en totale réclusion le grand-père de la vedette. Un couloir divisait en deux le reste de l'étage, tandis que les chambres du domestique se trouvaient du côté nord-est. En suivant le couloir le long de l'aile est, on découvrait deux chambres d'amis, séparées par un vestibule donnant accès aux balcons, sur les côtés nord et sud.

— Gardez le meilleur pour la fin, dit Martha en désignant la porte de l'appartement de Regina. En attendant, je vais vous montrer quelque chose d'intéressant. C'est là, dans le couloir.

Elle le conduisit alors dans la chambre du dénommé Mickey Newcastle et lui demanda de regarder dans la salle de bains. A côté du lavabo, Columbo découvrit alors une seringue hypodermique, une fiole de poudre blanche et une bouteille d'eau distillée.

L'autre chambre était celle où Joshua et Barbara Gwynne avaient passé la nuit, mais ils n'y découvrirent aucun effet personnel, pyjama, brosse à dents, rasoir ou cosmétique. Visiblement, le couple n'avait pas prévu de passer la nuit dans la maison.

Ce qui était le cas, en revanche, de Bob Douglas et Christie Monroe. Un sac ouvert contenant leurs affaires était posé sur une table basse. Dans la salle de bains, les deux policiers remarquèrent leurs affaires de toilette, un rasoir, des cosmétiques, des peignes et des brosses à cheveux, ainsi qu'un nécessaire pour lentilles de contact : produit nettoyant, solution saline et gouttes lubrifiantes.

— J'ai l'impression qu'ils ne se sont pas ennuyés, cette nuit, fit remarquer Martha en montrant le lit en désordre.

Une chemise de nuit noire était fourrée sous l'un des oreillers, et au beau milieu du drap du dessus on pouvait voir une tache jaunâtre qui ressemblait à une tache de sperme.

Johnny Corleone, lui, occupait un petit appartement qui ne donnait pas sur la piscine, comprenant un petit salon, une chambre et une salle de bains. Au premier regard, ces pièces n'offraient rien de particulier. Columbo gagna la salle de bains.

— Hé, Martha, regardez un peu ça !

Du doigt, il montrait une petite bouteille de parfum dont le bouchon figurait un papillon. Il lut l'étiquette :

— « Annick Goutal — Paris — Gardénia Passion ». Dites-moi, est-ce qu'à votre avis c'est un parfum pour homme ?

Martha sourit.

— Oh non, c'est un parfum bien féminin. Et tellement cher qu'un simple valet de chambre ne pourrait pas se l'offrir.

Columbo sourit à son tour.

— Je me demande si nous allons trouver d'autres flacons dans la maison.

Ils en trouvèrent d'autres, en effet. Dans l'appartement de Regina, là où elle vivait comme une reine. La chambre et le salon étaient luxueusement aménagés, mais avec une absence de goût tout à fait remarquable. Tout était blanc, depuis les tapis jusqu'au plafond, en passant par les murs, les rideaux et la literie. Aucun tableau aux murs, seulement des miroirs dans leur cadre blanc. Dans chaque pièce, un mur entier était constitué d'un miroir. Quand elle s'y voyait, elle devait être la seule touche de couleur dans cet univers de blancheur.

Les draps de son lit dégageaient un parfum subtil mais très caractéristique. Columbo n'avait pas ouvert le flacon trouvé dans la chambre de Johnny et ne reconnut donc pas l'odeur, mais il s'agissait bien du même parfum : Gardénia Passion.

— Tiens, il y a quelque chose de curieux, dit Columbo en montrant un petit coffre en acier au pied du lit. C'est le seul objet qui ne soit pas blanc. Pensez à le faire ouvrir, Martha. Dieu sait ce qu'il peut contenir.

La salle de bains, toute carrelée de blanc, était équipée d'une baignoire à remous si vaste que l'on aurait presque pu y nager, d'une douche avec microdiffuseur, d'un siège de toilettes à accoudoirs et dossier inclinable, et d'un bidet. Sur les porte-serviettes, des serviettes blanches. La seule touche de couleur dans cette salle de bains était apportée par les emballages or pâle des savons : SAVON FIN, GARDÉNIA PASSION, AUX SUCS DE LAITUE 2 %.

— Apparemment, ce parfum lui plaisait, fit remarquer Columbo. (Il prit un savon — il ne devait pas y avoir d'empreintes dessus — et le huma.) Enfin... il faut aimer. Gardénia et laitue... drôle de mélange, vous ne trouvez pas ? Enfin... chacun ses goûts, pas vrai ?

— Je parie qu'un tel savon vaut au moins 15 dollars.

— Vous croyez ? Eh bien... il y en a qui se la coulent douce.

— Mais sa mort, elle, n'a pas dû être si douce que ça, rétorqua Martha.

Chapitre 3

— 1 —

Dans le salon, les hôtes de Regina attendaient avec une impatience non dissimulée. Oubliée, ici, l'obsession pour le blanc de la maîtresse des lieux, et Columbo se dit qu'à peu de chose près la pièce devait être telle que l'avait trouvée Regina en emménageant. Il était en effet difficile d'imaginer, malgré leur aspect luxueux et ostentatoire, que les meubles aient pu être à son goût ; en cuir et en bois sombre, ils étaient caractéristiques de ce style espagnol qu'on rencontre souvent dans les vastes demeures de la Californie du Sud. Elle n'avait pas dû passer beaucoup de temps dans ce salon.

— Mesdames et messieurs, lança Columbo, je suis vraiment désolé de vous faire attendre ainsi. Je sais que cela représente pour vous une contrainte, et je vous remercie d'avance de votre coopération avec les services de police de Los Angeles. Euh... ça ne vous dérange pas, si je fume ? J'ai un certain goût pour les cigares. Au fait... quelqu'un aurait-il du feu ?

Martha lui tendit un briquet. Elle-même ne fumait pas, mais en apprenant qu'elle allait travailler avec le lieutenant Columbo elle s'était munie d'un briquet, par précaution.

Il extirpa de la poche de son imperméable un cigare à moitié fumé et l'alluma, ce qui lui donna le temps d'étudier brièvement les six personnes présentes dans le salon. Fallait-il déjà parler de suspects ? Plus tard, peut-être.

Au premier coup d'œil, il identifia Johnny Corleone. Oui, c'était lui, le beau garçon avec son pantalon noir, sa chemise blanche et son nœud papillon noir. Le valet de chambre.

Le débraillé, n'était-ce pas Mickey Newcastle ? Il devait avoir furieusement envie d'une piquouze.

Restaient les deux couples. Les plus âgés étaient sûrement M. et Mme Gwynne, et les plus jeunes Bob Douglas et Christie Monroe.

— Bon, dit-il en s'asseyant sur le tabouret placé devant le piano à queue, un Steinway. Quelle belle pièce ! Quelle belle maison ! Et quelle affreuse tragédie, n'est-ce pas ? Oh... j'ai oublié de me présenter : je suis le lieutenant Columbo, de la brigade criminelle. J'aurais un certain nombre de questions à vous poser. Je le regrette, mais je ne peux absolument pas faire autrement. Vous non plus, d'ailleurs. En fait, je n'ai pas le droit de vous retenir ici, et vous êtes libres de partir si vous le désirez. Mais, tôt ou tard, il faudra bien que je vous interroge, alors...

— La brigade criminelle..., répéta en écho Joshua Gwynne. Cela veut-il dire qu'à votre avis Regina aurait pu être... assassinée ?

Columbo opina du chef.

— Pour le moment, c'est vers ça que semblent nous mener les indices en notre possession. (Il haussa les épaules.) C'était peut-être un accident, remarquez, mais encore une fois, pour l'instant, ça n'en a pas l'air.

— Vous connaissez certainement votre métier, lieutenant, dit Joshua, mais la dernière fois que j'ai vu Regina, elle était soûle comme une Polonaise, elle titubait et se jetait dans la piscine. Et elle ne savait pas nager. Enfin... à peine. La réception s'est terminée, la plupart des gens sont rentrés chez eux, et les autres sont allés se coucher. Si elle a continué à boire et si...

— Et si elle a plongé une nouvelle fois dans la piscine, il est possible qu'elle se soit noyée accidentellement, lança Columbo en terminant la phrase de son interlocuteur. C'est vrai. Mais il y a des faits qui ne cadrent pas avec cette version. Par exemple, elle a une blessure au visage qui a été faite par un couteau.

— Un coup de couteau au visage ?

— Oui, monsieur. Alors vous voyez, c'est pour ça que je suis obligé de faire une enquête. Et la seule façon que je connaisse, c'est de rassembler tous les petits faits épars pour constituer un tableau d'ensemble. Ce qui veut dire que je vais devoir vous poser plein de questions. Je le regrette, mais ça va prendre du temps.

— Lieutenant, dit alors Christie Monroe, je suis à moitié aveugle sans mes verres de contact, et ma gueule de bois n'arrange rien. Est-ce que je pourrais remonter mettre mes verres et prendre un peu d'Advil ?

— Bien sûr, m'dame, allez donc.

Elle se leva. La minirobe de soirée qu'elle portait la veille n'était guère de mise pour le matin, surtout en de telles circonstances.

— J'aimerais aussi mettre d'autres vêtements, ajouta-t-elle d'une voix étranglée, comme si Columbo était en quelque sorte responsable de son accoutrement.

— Vous êtes très élégante, m'dame.

Elle se hâta de quitter le salon.

— 2 —

— La première chose que j'aimerais savoir, dit Columbo, c'est quand chacun de vous a vu Mlle Savona pour la dernière fois.

— Je vous en prie, lieutenant, dit Mickey Newcastle, ne l'appelez pas Mlle Savona. Personne ne l'appelait jamais comme ça. Ça fait bête. Tout le monde l'appelait Regina. D'ailleurs, c'est elle-même qui le demandait.

— D'accord. Quand l'avez-vous vue pour la dernière fois ?

— Je ne sais pas. Ça devait être vers minuit. J'étais déjà bien parti, à cette heure-là. J'avais beaucoup bu. Et puis comme de toute façon vous allez le découvrir, autant que je vous le dise moi-même : je prends des substances interdites. Peut-être que vous allez m'arrêter pour ça. Je m'en fiche. Maintenant que Regina est morte, il ne me reste plus grand-chose dans l'existence. J'ai consacré ma vie à faire d'elle une grande vedette, et maintenant...

— Oh, je t'en prie, Mickey, épargne-nous ce genre de couplets ! lança Bob Douglas. Tout le monde sait bien que maintenant que Regina n'est plus là pour te verser un salaire exorbitant qui te permettait de payer ta...

— Espèce de salopard !

— ... tu vas avoir du mal à décrocher d'un coup. Mais ne viens pas nous raconter que c'est toi qui as fait d'elle une grande vedette. Elle aurait été une grande vedette sans toi, et sans moi aussi, je le reconnais. Sans personne. Elle avait du talent, Mickey. Tu as toujours refusé de le reconnaître.

— Euh... messieurs, dit Columbo. (Il se tourna vers Mickey Newcastle.) Vous l'avez donc vue aux alentours de minuit. Et vous, monsieur Douglas ?

— Eh bien moi, je dois vous avouer les mêmes choses que lui. J'étais rond comme une queue de pelle, hier soir. Je me souviens qu'elle s'est plusieurs fois jetée dans la piscine en faisant semblant de se noyer, mais en fait elle riait comme une folle. Vous savez, lieutenant, Regina aimait bien se montrer nue. C'est pour ça qu'elle aimait donner des réceptions ici. C'était sa maison, elle avait tous les droits.

— Mais... quand l'avez-vous vue pour la dernière fois ? Quand ?

— Ça ne devait pas être beaucoup plus tard que minuit. C'est l'heure à laquelle Christie et moi nous sommes montés. On était... Wouuu ! Vous voyez ce que je veux dire !

Columbo se tourna alors vers Joshua et Barbara Gwynne, assis côte à côte sur un canapé, l'air maussade.

— Quand l'avez-vous vue pour la dernière fois ?

— Écoutez, lieutenant, dit Joshua. La mort de Regina va nous coûter des millions de dollars, à ma femme et à moi. Je ne sais pas si sans elle nous pourrons garder à flot la maison de disques, Joshua Records. Si ça ne nous disculpe pas immédiatement, alors je me demande ce qu'il vous faut !

— Vous savez, monsieur Gwynne, il ne s'agit pas de vous disculper. Personne ne vous soupçonne de quoi que ce soit. Tout ce que je vous demande, c'est : quand l'avez-vous vue pour la dernière fois ?

Joshua coula un regard en direction de Barbara.

— Peut-être un peu après minuit.

Rita Plata, la femme de ménage, fit alors son entrée avec une cafetière et des tasses disposées sur un plateau. Les autres ayant déjà pris leur café, elle présenta d'abord le plateau à Columbo. Martha et lui acceptèrent une tasse de café.

— Nous en venons donc à vous, monsieur Corleone, dit Columbo en se tournant vers le valet de chambre. *Parla italiano ?*

— *Non parlo bene*, répondit Johnny.

— *Va bene.* Bon... quand l'avez-vous vue pour la dernière fois ?

Johnny secoua la tête.

— Elle m'a demandé de lui apporter un verre. Je ne sais pas quand c'était exactement. Les gens étaient en train de partir. Il y avait beaucoup de va-et-vient dans la maison, les invités qui la cherchaient pour prendre congé, etc. Je lui ai amené un gin, mais je ne sais pas quelle heure il était exactement. Je crois que la dernière fois où je l'ai vue, c'est quand je lui ai apporté ce gin.

— Où se trouvait-elle, alors ?

— Elle était assise à la table près de la piscine. Elle était en train de parler avec un homme, quelqu'un que je ne connaissais pas.

— A votre avis, à partir de quelle heure a-t-elle pu se retrouver seule au bord de la piscine ? demanda Columbo.

— A partir de quelle heure ? Je ne sais pas, moi... après deux heures du matin, peut-être.

— A quelle heure vous êtes-vous couché ?

— Il devait être deux heures et demie. J'ai pris une bouteille de scotch et je suis monté dans mon appartement. Ça devait être vers deux heures du matin. J'ai regardé un peu la télévision, j'ai bu quelques verres, et puis je suis allé au lit.

— Où se trouve votre appartement ?

— Il donne sur le devant de la maison, sur l'allée. Son appartement à elle donne sur la piscine, comme celui de son grand-père. Les chambres d'amis sont dans l'aile est. La chambre de Mickey donne sur la piscine, ainsi que celle où ont dormi les Gwynne. Celle de Bob et Christie donne sur la pelouse de devant.

— Si je comprends bien, dit Columbo, si elle était dans la piscine à... disons, deux heures, ni vous, ni M. Douglas, ni Mlle Monroe n'auriez pu la voir, alors que ça aurait été possible pour M. Newcastle et pour M. et Mme Gwynne.

— Pas vraiment, dit Joshua Gwynne. Le balcon sur lequel donnent nos chambres n'est pas privé. Tout le monde dans la maison peut avoir accès à ce balcon, il suffit pour ça d'emprunter un petit couloir. Alors dans ces chambres d'amis, on ne se déshabille pas et on ne se met pas au lit avant d'avoir tiré les rideaux.

— D'accord, dit Columbo. (Il promena le regard autour de lui à la recherche d'un cendrier, en avisa un sur une table basse et alla y déposer son mégot de cigare.) Ah, voici Mlle Monroe. Vous tombez à pic. J'espère que vous avez moins mal à la tête. J'étais en train de demander à tout le monde l'heure à laquelle ils avaient vu Regina en dernier. A votre tour de répondre, mademoiselle Monroe.

Christie s'assit à côté de Bob Douglas et fronça les sourcils, comme si elle réfléchissait intensément.

— A vrai dire, lieutenant... je ne sais pas très bien comment j'ai réussi à monter dans notre chambre. On m'a dit que j'ai escaladé l'escalier à quatre pattes. Je ne me souviens de... rien !

Columbo passa la main dans ses cheveux ébouriffés comme s'il avait cherché à se recoiffer.

— Euh... je voudrais changer un peu de sujet. Il a dû y avoir de la bagarre ici, hier soir. Parce que, même si elle s'est noyée accidentellement, elle a dû appeler au secours. Quelqu'un a-t-il entendu quelque chose ?

— Ça n'est qu'une hypothèse, dit Joshua Gwynne, il n'est pas du tout sûr qu'elle ait crié. Elle s'est peut-être assommée en heurtant avec la tête le rebord de la piscine.

— Non, ça ne s'est pas passé comme ça, rétorqua Columbo. Le médecin légiste l'a examinée et n'a pas trouvé d'ecchymose sur le crâne. Ce qu'il a trouvé, en revanche, c'est une coupure sur le visage, due à un coup de couteau.

— Si, elle a crié, annonça alors Mickey Newcastle. Je l'ai entendue. Je m'étais levé pour aller aux toilettes. J'ai entendu un cri, et je suis allé voir à la fenêtre. J'ai écarté le rideau, mais je n'ai pas vu Regina. Ce que j'ai vu, c'était un homme debout au bord de la piscine. Il avait les cheveux blonds, coupés très courts, et il portait une veste en Nylon rouge. Il se tenait de dos. Et puis brusquement, il s'est mis à courir, à toute allure. Il a regardé en arrière, et à ce moment-là il a heurté le plongeoir et il est tombé. Il s'est relevé, il s'est remis à courir, et puis il a disparu dans l'obscurité.

— Vous n'avez pas vu Regina ?

— Non. Depuis cette fenêtre, il y a des branches de palmier qui m'empêchaient de voir la piscine. En tout cas, si elle était dans l'eau, je ne l'ai pas vue.

— Mais alors pourquoi n'es-tu pas descendu pour voir ce qui se passait ? demanda Joshua. Si tu l'as entendue crier...

— En voyant que le type s'enfuyait, je me suis dit que quelqu'un — peut-être Johnny — avait dû sortir de la maison. Ou bien qu'elle était allée chercher un pistolet ou un couteau de cuisine. Ou alors qu'elle était allée téléphoner. En tout cas, je ne l'ai pas vue. Et puis... et puis elle n'a plus crié.

— En plus, tu ne devais pas être dans une forme éblouissante, ajouta perfidement Joshua.

— C'est vrai, je n'étais pas dans une forme éblouissante.

— Dites-moi, monsieur Newcastle, quelle heure était-il ?
Mickey secoua la tête.

— Je ne sais pas. Il n'y a pas de réveil dans la chambre, et je ne porte pas de montre.

— Quelqu'un d'autre a-t-il entendu quelque chose ? demanda Columbo.

Silence.

Columbo tira alors de sa poche un bloc-notes.

— Y faudrait que j'prenne des notes... (Il se mit à tapoter ses poches.) Ah, un crayon ! Je ne sais pas où j'ai mis mes crayons ! Pourtant, tous les matins, avant que je parte, ma femme prend bien soin de me mettre dans la poche un joli crayon jaune.

— Je prends des notes, lieutenant, déclara Martha.

— Ah bon ? Ah, bien, je vous remercie. Vous savez, je me demande toujours comment il fait, Sherlock Holmes, à la télévision : il ne prend jamais de notes. Je ne comprends pas comment il arrive à se souvenir de tout. Bon, en tout cas...

— Combien de temps comptez-vous nous retenir ici, lieutenant ? demanda Joshua.

— Pas longtemps, pas longtemps. Il y a encore autre chose qu'il faut que je vous demande. Le médecin légiste a trouvé des ecchymoses sur les bras et les poignets de Regina. Ainsi qu'une éraflure. Est-ce que quelqu'un aurait remarqué ces ecchymoses ou cette éraflure ? Enfin, je veux dire... quand elle était en vie.

Signes de dénégation dans l'assistance.

— Bon... eh bien... Nous avons relevé vos noms et vos adresses, n'est-ce pas ? Il faudra probablement que nous nous revoyions, mais pour l'instant je vous remercie de m'avoir laissé prendre sur votre temps.

Les gens se levèrent et gagnèrent leurs chambres pour récupérer leurs affaires. Martha, elle, alla accompagner un photographe qui venait d'arriver.

— Monsieur Corleone, dit alors Columbo, j'ai encore une question à vous poser. Est-ce que le grand-père a été prévenu ?

Johnny acquiesça.

— Je suis allé l'avertir avant l'arrivée de la police.

— Ah ! Comment a-t-il pris la chose ?

— Il a pleuré.

— Pauvre vieux bonhomme. Je me demande ce qu'il va faire. Rentrer en Italie ? Il va falloir que je lui parle.

— Ça n'est pas facile d'avoir une conversation avec lui, prévint Johnny. C'est un vieux grincheux.

— Je lui parlerai italien, répondit Columbo en souriant.

— Je ne suis pas sûr que ça soit possible. Regina m'a dit qu'il parlait une sorte de dialecte bizarre. En fait, il parle un petit peu anglais.

— Il doit s'inquiéter pour son sort. Après tout, il est hébergé chez elle.

— Je crois qu'il a un peu d'argent à lui.

— Je l'espère pour lui. Et vous ?

Johnny haussa les épaules.

— Bah... Je pense que je vais rester encore un peu ici. Son homme d'affaires va vouloir que quelqu'un continue à s'occuper de la maison. Ensuite, il faudra que je trouve un autre travail.

Columbo se frotta la joue d'un air perplexe.

— C'est quand même curieux... à part le vieil homme, en haut, personne ne verse la moindre larme. Comme si ça allait assécher votre compte en banque. Personne ne va donc la pleurer ?

— Si, dit Johnny. Des millions de fans.

— Oui, des inconnus. Mais ses amis...

— Lieutenant Columbo, dit Johnny Corleone en l'interrompant, au cours de votre enquête, vous allez vous rendre compte que Regina n'avait aucun ami. Elle se fichait éperdument de tout le monde, et tout le monde se fiche d'elle. La seule chose qui importe, c'est l'argent que ça va leur coûter.

Columbo hocha la tête.

— Quelle tristesse ! Ah, voilà deux personnes qui descendent. Oh, mademoiselle Monroe, j'aurais besoin de vous parler, rien qu'un instant. Seul, si ces deux messieurs n'y voient pas d'inconvénient.

Christie prit place sur un canapé, face à Columbo, lui-même assis sur un autre canapé. La minirobe dévoilait des jambes superbes, et sa réserve professionnelle n'empêcha pas le lieutenant de les remarquer.

— Euh... juste une petite chose, mademoiselle Monroe. J'ai remarqué une petite contradiction dans votre déclaration. Rien de bien important, mais j'ai besoin d'y voir plus clair. Je suis un peu tatillon, je le reconnais, mais quand je remarque une contradiction, j'ai toujours besoin de tirer ça au clair.

— Et quelle est donc cette contradiction, lieutenant ? demanda-t-elle avec une pointe d'agacement.

— Voilà... vous avez dit qu'hier soir vous étiez tellement soûle que vous avez dû grimper les escaliers à quatre pattes.

— C'est ce qu'on m'a dit. Moi, je ne m'en souviens même pas. J'en ai un peu honte, mais apparemment c'est bien comme ça que ça s'est passé.

— Alors vous pourriez peut-être m'expliquer quelque chose. Ce matin, vous n'aviez pas vos lentilles de contact puisque vous avez dû remonter dans votre chambre pour les mettre. Vous les avez bien mises, c'est ça ?

— Oui, oui, je les ai en ce moment.

— Bien. Moi, vous savez, je n'ai jamais eu besoin de lunettes, alors je ne porte pas de verres de contact. Je me suis toujours dit que si un jour j'en avais besoin, je choisirais des lentilles. Mais j'ai des amis qui en portent, et je les ai vus les mettre et les enlever. Et j'ai l'impression qu'il faut pour ça, disons... beaucoup d'habileté manuelle. Si vous étiez soûle au point de ne pas pouvoir tenir debout, comment avez-vous fait, alors, pour enlever vos lentilles de contact ?

Christie sourit.

— Ça fait onze ans que je porte des lentilles de contact. Le fait de les mettre et de les enlever devient un geste machinal. Il n'y a pas besoin de réfléchir, ça se fait tout seul. En onze ans, j'ai dû les mettre et les enlever quelque chose comme quatre mille fois. Je l'ai fait souvent quand j'étais complètement bourrée. De temps en temps, je me lève le matin avec un effroyable mal aux cheveux, et je retrouve mes lentilles dans la salle de bains, soigneusement rangées dans leur étui, nettoyées, désinfectées, prêtes à être remises.

— C'est stupéfiant, dit Columbo.

— En plus, lieutenant, vous savez comment ça se passe quand on boit trop : y a des choses qu'on peut faire et d'autres pas.

— Je n'ai jamais été soûl à ce point-là, répondit Columbo.

Puis, en souriant, il ajouta :

— Enfin... pas depuis des années. Quand j'étais jeune, je... enfin, oui... je peux comprendre.

— J'espère que ça explique ma « contradiction », dit-elle d'un ton plaisant.

— Mais bien sûr, tout à fait. Je vous remercie beaucoup, m'dame. Maintenant, je me sens l'esprit plus tranquille.

— 3 —

Johnny Corleone frappa respectueusement à la porte de l'appartement du grand-père.

Le vieil homme ouvrit la porte.

— Monsieur Savona, voici le lieutenant Columbo, de la brigade criminelle. Il enquête sur la mort de Regina.

Le vieil homme acquiesça brièvement et fit signe à Columbo et à Johnny d'entrer. M. Savona était de fort petite taille et ne faisait guère plus d'un mètre cinquante-deux, un mètre cinquante-trois. Il avait beau être un peu voûté, Columbo devinait en lui l'homme costaud, voire athlétique qu'il avait été autrefois. Les cheveux gris, coupés court, il était vêtu d'une veste à damier en laine brun et crème, d'un polo et d'un pantalon noirs. Il s'assit et invita Columbo à l'imiter.

— *La mia condoglianza, signor,* déclara Columbo.

Le vieil homme agita la main devant lui.

— Parrrlé l'inglèze. Lo mieux comprends.

Columbo acquiesça.

— Je vous présente toutes mes condoléances pour la mort de votre petite-fille.

— Beaucoup l'ardgent... ma oune mauvaise fille, dit M. Savona. Regina Celestiele, ajouta-t-il d'un ton méprisant... *Putana !*

— Elle... euh... s'est noyée juste sous votre fenêtre, monsieur. On dit qu'elle a crié. L'avez-vous entendue ?

Le vieil homme secoua vigoureusement la tête.

— Dormir. Les comprimés. Le tonnerre... (il mit ses index dans les oreilles)... l'entends pas.

— Donc, vous ne savez rien de ce qui a pu se passer ?

— Non. Rien. Morte... mauvaise fille. Mais morte ? Ça c'est pas bon. Excusez-moi...

Columbo se leva.

— C'est moi qui vous présente mes excuses, monsieur. Je regrette d'avoir dû vous déranger.

— 4 —

Sous le regard de Johnny Corleone, Columbo descendit l'allée et franchit le cordon de policiers qui interdisait l'accès de la grande maison à la meute des journalistes. Ces derniers se précipitèrent à sa suite, presque de façon hostile.

Johnny haussa les épaules, referma la porte et gagna le premier étage.

Il arriva juste à temps dans la chambre de Mickey, qui, assis sur le siège des toilettes, un garrot autour du bras, s'apprêtait à s'injecter une dose.

D'un revers de main, Johnny balaya la seringue.

— Ça suffit ! Pour une fois dans ta vie, tu pourrais pas essayer de garder la tête froide ?

— Johnny. Juste une...

— Quand tu seras en cabane, tu verras comment ils te feront décrocher : à la dure ! Je te préviens tout de suite, moi je veux pas me retrouver en taule avec toi. Allez, viens, le vieux veut nous parler.

— Alors un verre, dit-il d'un ton larmoyant.

Johnny versa deux doigts de scotch dans un verre et le lui tendit.

— T'as foutu la merde, hier soir, dit-il d'une voix glaciale. Et puis qu'est-ce que c'est que cette histoire de type avec une veste en Nylon rouge ? Tu crois que le flic a gobé ça ?

Mickey hocha la tête.

— Oui, il a gobé. Il goberait n'importe quoi. C'est un con.

— Ouais, dit Johnny en souriant. Faut dire que si j'étais soupçonné d'un meurtre, j'aimerais autant avoir sur le dos un débile comme ce Columbo. Bon, allez, viens, le vieux nous attend.

Le vieil homme prit place dans son fauteuil inclinable, face à la fenêtre donnant sur la piscine. Il considéra les deux jeunes gens avec un mépris non dissimulé. Il savait encore faire preuve de mépris et de dureté.

— Dans ma vie, j'ai souvent eu affaire à des imbéciles et à des incompétents, mais comme vous, jamais !

— Ça n'est pas ma faute si elle s'est jetée sur moi alors que j'avais le couteau à la main, dit Mickey. Je ne lui ai pas donné de coup de couteau, c'est elle qui s'est coupée. Je n'ai pas...

— Ferme-la ! hurla le vieil homme. T'as besoin d'un fixe, hein ? Allez, va te le faire dans ta chambre. Mais ensuite, ne quitte pas la pièce, sans ça tu seras le prochain qu'on retrouvera au fond de la piscine !

Johnny raccompagna Mickey à la porte et s'entretint brièvement avec lui dans le couloir.

— Tranquille, tranquille. Va te faire ta piquouze et reste dans ta chambre, comme il l'a dit.

— Tu m'as promis de l'argent. Je commence à manquer de...

— Je te laisserai pas en manque. Après ce qui s'est passé, je ne sais pas si le vieux va vouloir me payer, mais de toute façon je ne te laisserai pas en manque. Et maintenant, va te faire ton fixe. On parlera plus tard.

Johnny retourna dans l'appartement et ferma la porte derrière lui avant d'aller s'asseoir face au vieil homme.

— Ce type est un danger, dit le vieux. Il faut s'en débarrasser.

— C'est ce qui était convenu, non ? Les camés se retrouvent parfois avec de drôles de trucs dans leur seringue. C'est ce qui va arriver à Mickey. Mais pas aujourd'hui. Ça serait trop tôt. On a suffisamment d'ennuis comme ça.

Le vieil homme lança un coup de poing dans sa paume ouverte.

— Comment est-ce que deux mecs n'ont pas réussi à noyer proprement une gonzesse ? Parce que toi non plus, t'as pas été brillant ! Elle s'est cogné les bras sur le rebord de la piscine. Le coroner va probablement trouver des ecchymoses.

— C'est déjà fait, reconnut Johnny. Mais ça, c'est plutôt facile à expliquer. Elle est tombée dans la piscine. Mais l'entaille sur sa joue, ça c'est autre chose.

— C'est toi qui l'as choisi pour t'aider. Je continue à penser que tu aurais pu le faire tout seul.

— Non, elle nageait comme un poisson ! Heureusement que vous m'aviez prévenu. Moi, je l'avais crue quand elle disait qu'elle savait pas.

— Et maintenant on a ce flic de la criminelle sur le dos, fit le vieil homme d'un ton las.

— Il n'a pas l'air très malin.

— Ah bon, tu crois ? Il joue les imbéciles, mais en fait il est malin comme un singe !

— Vous croyez qu'il n'a pas été dupe de votre manège ?

— Sur tous les flics de Los Angeles, il a fallu qu'on tombe sur un qui parle italien !

— Et l'argent que vous m'avez promis ? s'enquit Johnny.

— Alors que t'as salopé le boulot ? Mais enfin je te paierai quand même. Regarde le coussin rouge et orange sur le canapé. Premier versement.

— Dans le coussin ?

— Emmène-le dans ta chambre et ouvre-le. Prochain versement d'ici à une semaine environ. Et encore un autre après. J'ai dit que je te paierai, et je tiendrai parole. Et maintenant, dis à la femme de ménage de m'apporter un déjeuner. Et sers-moi un bourbon avant de partir.

Dans son salon, Johnny éventra le coussin et en sortit les billets qu'il compta soigneusement. 227 500 dollars. Ça allait. Et il y en avait encore à venir.

Il prit le téléphone et composa un numéro.

— *Pronto*.

— Carlo ? Johnny à l'appareil. C'est la merde, ici.

— Pourquoi ?

— On a reçu la visite d'un inspecteur de la criminelle. Un dénommé Columbo.

— J'ai entendu parler de lui.

— Il a voulu parler au vieux, mais je ne crois pas que le boniment du vieux ait marché.

— Comment ça tu ne crois pas ! Il a marché ou il n'a pas marché ?

— Je dirais que ça n'a pas marché. Columbo n'a rien dit, mais à mon avis il n'a pas gobé sa salade. J'ai l'impression qu'il va revenir fouiner.

— Tu veux dire qu'il risque de découvrir la vérité ?

— C'est pas impossible. Même le vieux pense qu'il est plus malin qu'il n'en a l'air.

— Bon, d'accord. A quelle heure est-ce que la femme de ménage s'en va ? A quelle heure est-ce que tu te retrouveras seul avec le vieux ?

— Elle part à quatre heures et demie, mais Mickey Newcastle sera encore là.

— Tu sais quoi faire avec lui. Fais-le dormir.

— Qu'est-ce que tu comptes faire, Carlo ?

— Contente-toi de m'ouvrir la porte quand je serai là-bas, dit Carlo avant de raccrocher.

Chapitre 4

— 1 —

— Lieutenant ! Lieutenant Columbo ! Que s'est-il passé ? Racontez !
— Hé ! Il y a des millions de gens qui ont le droit de savoir.
— Allez, lieutenant ! Vous allez pas nous faire des cachotteries !
Pour rejoindre sa vieille 403, Columbo avait dû se frayer un chemin au milieu de la meute hurlante. Contrairement à ce qu'il avait dit au sergent DiRosario, sa voiture n'était pas garée à deux kilomètres de là, mais les quelques centaines de mètres qu'il lui avait fallu parcourir s'étaient néanmoins révélés pénibles. On lui hurlait des questions à l'oreille. On l'attrapait par les revers de son imperméable. Et puis certains, plus malins que les autres, avaient repéré sa voiture et l'attendaient de pied ferme. Il était piégé.
Les caméras tournaient. Qu'il parle ou choisisse de garder le silence, il figurerait de toute façon aux informations télévisées pour le reste de la journée et de la nuit.
— Écoutez, les gars, vous devriez vous adresser au chef de la police. En outre, je suis sûr que le service de presse de Regina va faire une déclaration. Je n'en sais guère plus que vous, vous savez.
— Est-ce qu'au moins vous confirmez qu'elle est morte ? hurla un cameraman.
— Oui, elle est morte, déclara Columbo avec un soupir.
— Et vous êtes inspecteur à la brigade criminelle, lança un autre. Vous ne seriez pas ici s'il s'agissait d'un simple accident.
— C'est faux ! rétorqua Columbo en pointant un doigt en direction de l'homme qui venait de l'interpeller. Nous enquêtons

chaque fois qu'il pourrait s'agir d'un homicide. Et si nous le faisons, c'est pour ne pas risquer de perdre des indices. Le fait de me voir ici n'implique pas du tout qu'elle ait été assassinée. Nous n'en savons rien.

— Vous avez des soupçons ?

— C'est une possibilité, admit Columbo.

— Quelle est la cause de la mort, lieutenant ? s'écria une femme.

— Comme on l'a retrouvée au fond de sa piscine, on peut penser qu'elle s'est noyée, répondit sèchement Columbo. Mais c'est le médecin légiste qui déterminera les causes de la mort.

— Les flics ont escorté deux voitures qui sortaient d'ici, dit un autre journaliste. Qui étaient ces gens ?

— Je ne dirai rien pour l'instant. Plusieurs invités ont passé la nuit chez elle. Aucun d'entre eux n'est considéré comme un suspect.

— Puisque vous parlez de suspects, c'est que vous envisagez qu'elle ait pu être assassinée, dit la femme.

Columbo balaya la remarque d'un geste de la main.

— C'est une façon de parler, m'dame. A part la noyade accidentelle, il y a d'autres possibilités. Nous n'avons aucune raison de jeter le soupçon sur ses invités, qui m'ont tous déclaré qu'à l'heure où elle s'est noyée ils étaient en train de dormir dans leurs chambres.

— Était-elle soûle ?

— Avait-elle pris de la drogue ?

Columbo secoua la tête en signe d'ignorance.

— Le médecin légiste déterminera si...

— Des voisins ont déclaré qu'hier soir il y avait ici une fête à tout casser. Des cris, des hurlements.

— Personne ne m'a raconté de choses pareilles. On m'a simplement dit qu'il y avait eu une réception. Bon, ça va, les gars ? Je peux monter dans ma voiture, maintenant ?

— Lieutenant ! Est-ce que Mickey Newcastle figurait au nombre des invités, hier soir ?

Columbo leva les yeux. Une voiture pie, gyrophares allumés, descendait lentement la colline en faisant retentir de temps à autre sa sirène pour se frayer un passage dans la foule. Elle s'arrêta près de la Peugeot de Columbo et le sergent DiRosario en sortit.

— Vous avez besoin d'un coup de main, lieutenant ?

— C'est pas de refus, mais... en douceur, hein ? (Il promena son regard autour de lui.) Après tout, ces gens font leur boulot.

Le sergent s'adressa à la foule des journalistes.

— Bon, mesdames et messieurs... Vous avez entendu ce qu'a dit le lieutenant. Nous savons que vous faites seulement votre travail. Maintenant, c'est à moi de faire le mien. Il faut que vous laissiez repartir le lieutenant. Je préfère ne pas avoir à demander des renforts et être obligé de vous charger.

Les journalistes reculèrent.

— Vous croyez que cette voiture va démarrer ? demanda une journaliste.

— Oh oui, m'dame, dit Columbo. Si on soigne sa voiture, elle vous le rend bien. Je ne sais même plus combien de kilomètres elle a. Le compteur doit en être à son deuxième tour. Vous voyez, c'est une voiture française, et les Français, à l'époque, ils faisaient de bonnes voitures. Je pourrais vous raconter comment cette voiture a...

— Comment se fait-il qu'il y ait un journal coincé dans la vitre ? demanda-t-elle.

— Pour pas que le soleil brûle les sièges, répondit-il. Comme je vous l'ai dit, il faut bien s'occuper de sa voiture. J'essaie de la garer à l'ombre, d'habitude, mais ça n'est pas toujours possible.

La femme se mit à rire, puis, en même temps que les autres journalistes, se tourna vers le sergent DiRosario.

— Dites, sergent, qu'est-ce que vous savez, vous, de ce qui s'est passé ici hier soir ?

Columbo ouvrit la portière et baissa la vitre pour aérer la voiture. Le journal tomba à terre, et il découvrit alors une femme assise à l'avant, du côté passager, et qui lui adressait un large sourire.

C'était une rousse aux yeux verts, extrêmement belle, vêtue d'un polo vert et d'un pantalon élastique de couleur crème, tendu à l'extrême par une paire de bretelles.

— Bonjour, je me présente, Adrienne Boswell.

— Euh... m'dame, vous voudriez bien descendre de ma voiture ?

— Tout ce que je vous demande, c'est de me conduire en bas de la colline. J'ai dû monter à pied jusqu'ici, et... vraiment, il fait très chaud. Vous n'allez quand même pas refuser de me reconduire jusqu'à ma voiture !

Columbo se gratta la tête.

— Je parie que vous êtes journaliste.
— Il faut bien gagner sa vie, répondit-elle en souriant.
— Je ne peux pas vous parler. Je viens de le refuser aux autres.
— Tout ce que je vous demande, c'est un brin de conduite.
— Bon... vous voulez bien vous baisser ? Je préfère qu'ils ne vous voient pas avec moi.

Il mit le contact, écouta un moment le bruit du moteur, puis embraya.

— Si vous acceptez de me parler, je vous promets de protéger ma source. Je ne vous citerai pas. Je ne reconnaîtrai pas vous avoir parlé. Je ne citerai pas votre nom.

Columbo prit une profonde inspiration.

— Elle a été tuée. C'est ça que vous vouliez savoir ?
— Comment ?
— On l'a noyée.
— Il y a des suspects ?
— Quand une vedette comme ça est tuée, il peut y avoir une infinité de suspects.
— C'est peut-être quelqu'un qui pensait qu'elle avait une mauvaise influence sur la jeunesse américaine, suggéra Adrienne Boswell avec une certaine sécheresse.

Columbo haussa les épaules.

— Je vais vous donner ma carte, dit-elle. Croyez-moi ou non, mais il m'est arrivé d'aider des enquêteurs. Je peux utiliser des moyens qui vous sont interdits.
— Je saurai m'en souvenir, m'dame.
— Mais je vous préviens, je n'aiderai pas un homme qui m'appelle « m'dame ». Appelez-moi Adrienne. Tenez, voilà ma voiture. Je vous remercie, Columbo.
— Tout le plaisir était pour moi... Adrienne.

— 2 —

— Tiens, Columbo, regarde-toi ! Regarde-toi !

Columbo leva les yeux de la table de billard et regarda la télévision posée sur une étagère.

— Tu veux bien fermer cette télé ? demanda-t-il à Burt, le

patron du restaurant. Comment veux-tu que je me concentre sur ma partie de billard alors que j'ai ma sale bobine en face de moi ?

Burt obtempéra et éteignit l'appareil.

— Dis donc, on t'a confié une grosse affaire. Comment ça se fait que tu aies encore le temps de jouer au billard ?

— J'ai quand même droit à une pause pour le déjeuner ! Alors je viens chez toi, je m'offre le meilleur chili con carne de Los Angeles, et une petite partie de billard à neuf boules. Ça me donne même le temps de réfléchir... enfin, tant que je suis pas obligé de regarder la télé !

Il jouait au billard sans ôter son imperméable, ce qui expliquait les taches bleues : la craie. Mais aussi les rouges : le chili.

— Bon, dis-moi, confidentiellement, dit Burt. T'as vu le corps, hein ? A quoi y ressemblait ?

— A celui d'une femme qui a passé une nuit entière sous l'eau. Et je peux te dire qu'un corps de noyée c'est pas beau à voir.

— Pourtant, elle, c'était une sacrée louloute ! Tu te rends compte que sur scène elle montrait tout !

— Ça, je ne pouvais pas le savoir, dit Columbo en visant la boule numéro sept. Ma femme et moi, on va bien au spectacle de temps en temps, mais pas de ce genre-là. Ce genre de trucs, ça nous intéresse pas. J'ai rien contre, hein, mais simplement c'est pas mon genre. Si je voulais voir des filles à poil, j'irais au strip-tease. La musique est beaucoup moins forte, et l'entrée moins chère. Sept, huit, neuf ! Tu me dois un dollar, Burt.

Burt posa un billet de un dollar sur le rebord du billard sans attendre de voir si Columbo allait faire disparaître les deux dernières boules. Il savait qu'il y parviendrait.

— Tiens, regarde qui est là ! lança le patron du restaurant. Alors, ma chérie, on peut pas résister au chili de Burt, hein ?

— Depuis la semaine dernière, j'ai l'impression d'avoir avalé du plomb, rétorqua Martha Zimmer, alors je compte sur ton chili pour corroder tout ça. Allez, Burt, c'est d'accord : un bol de chili. Et un Pepsi.

Martha se hissa sur un tabouret et regarda Columbo faire disparaître les boules huit et neuf. Puis le lieutenant vint s'installer à côté d'elle et prit son bol de chili.

— Ça y est, vous avez trouvé ? demanda Columbo. Qui l'a tuée ?

— L'eau, dit Martha. Elle a essayé de respirer de l'eau.

Columbo effrita des crackers dans son chili.

— Vous avez d'autres informations du même genre ?

— Oui, deux, dit-elle en tirant un calepin de la poche intérieure de sa veste. Ah, voilà. J'ai ici l'adresse et le numéro de téléphone d'un certain M. Steinberg, un voisin de Regina. Il est venu dire qu'il avait entendu un grand bruit hier soir, et qu'il était prêt à témoigner. En fait, je crois qu'il a surtout très envie de témoigner.

Columbo fourra dans la poche de son imperméable la feuille qu'elle venait d'arracher du calepin, et engloutit une cuillerée de chili volcanique.

— Mmm, dit-il, ce genre de chili on n'en trouve qu'au...

— Oui, je sais : qu'au Mexique. Et pourtant, Burt n'est pas mexicain.

— Vous avez remarqué comment ces gens, ce matin, ne disaient pas exactement la vérité ? Oh... excusez-moi, vous aviez dit que vous aviez deux informations.

— Oui. L'autre est plus intéressante. J'ai fait faire les vérifications de routine : photos, empreintes... et puis, comme ça, j'ai demandé qu'on relève les empreintes sur les couteaux de la cuisine. Vous savez, elle a reçu un coup de couteau au visage, et...

— Et alors ?

— Eh bien, sur le comptoir de la cuisine, il y a un bloc en bois avec des fentes pour accueillir sept couteaux et un aiguisoir. Ce sont des couteaux Sabatier. Ce nom vous dit quelque chose ?

Columbo haussa les épaules en signe d'ignorance.

— Ce sont des couteaux de cuisine très chers. Probablement les plus chers qu'on puisse trouver. Fabriqués en France.

— En France ? Eh bien dites donc !

— Tous ces couteaux sont affûtés comme des rasoirs, reprit Martha. Je ne plaisante pas : on pourrait se raser avec. Cinq étaient recouverts d'empreintes ; elles sont en cours d'identification. Mais attendez... il y en a deux qui n'en portent aucune. Nettoyés ! Un couteau à désosser de douze centimètres, et un couteau à trancher de vingt centimètres.

— Deux couteaux, répéta Columbo en fronçant les sourcils. Deux...

Burt apporta à Martha un bol de chili, des crackers et un Pepsi.

— Oui, dit-elle en salant son chili.

— Vous n'avez pas trouvé de taches de sang, du groupe de Regina ?

— Allez, Columbo.

— Excusez-moi, Martha. Vous avez fait du bon travail. Mais deux... ça entraîne toutes sortes d'hypothèses, pas vrai ?

Elle avala une cuillerée de chili et fit la grimace.

— C'est bien ce que je me disais !

— 3 —

Columbo demeura immobile un instant devant la porte du cabinet d'avocats Wilcoxen, Josephson & Steinberg. Au-dessus de lui, vingt-six étages et un ascenseur extérieur d'aspect formidable. Il chercha du regard un endroit où déposer son mégot de cigare et, n'en trouvant aucun, le tapota pour s'assurer qu'il était bien éteint et le déposa dans la poche de son imperméable.

Il poussa la porte.

— Monsieur ? s'enquit la réceptionniste d'un air hautain.

— Euh... bonjour, m'dame. Je suis le lieutenant Columbo, de la brigade criminelle. Je voudrais parler à M. Steinberg. Il a appelé pour dire qu'il voulait voir quelqu'un de la criminelle.

La femme, sèche, de haute taille, portait autour du cou des lunettes retenues par une chaîne, et le considérait avec l'air vaguement dégoûté d'une employée de mairie recevant un dossier de demande d'aide sociale.

— Je vais voir si M. Steinberg peut vous recevoir. (Elle prit son téléphone.) Oui, M. Steinberg va vous recevoir dans quelques minutes. Il va falloir que vous attendiez un peu.

— Ah, vous savez, dans mon métier, on attend souvent, m'dame. (Il s'assit.) C'est quelque chose qu'on n'apprend pas à l'école de police. Faut apprendre ça tout seul.

Quelques minutes plus tard, en effet, la secrétaire de Steinberg vint le chercher. C'était une jeune femme un peu boulotte, l'air plus avenant que la réceptionniste.

Après un dédale de couloirs, ils arrivèrent devant un bureau d'où sortit l'avocat.

— Bonjour, je suis Mort Steinberg, dit-il en tendant la main au policier. Je crois que vous êtes le lieutenant Columbo. Je suis heureux de faire votre connaissance.

— Tout le plaisir est pour moi, répondit Columbo. Mais dites-moi... vous avez des bureaux magnifiques. Et puis... si vous habitez à côté de chez Regina, vous devez avoir également une maison magnifique.

— Pour être franc, lieutenant, elle était magnifique, et va le redevenir maintenant que cette femme est morte. Vous trouvez mon attitude méprisable ?

— Je ne me permettrais pas un tel jugement, monsieur Steinberg. Mais je crois comprendre vos raisons.

— Tenez, lieutenant, asseyez-vous sur le canapé. Je m'apprêtais à demander un café. En voulez-vous un ? Et je m'apprêtais aussi à allumer un cigare ? Cela vous dirait ?

— J'avoue que de temps à autre je m'offre le plaisir d'un cigare.

Celui que lui présenta Steinberg, dans son tube d'aluminium, rangé dans une boîte en bois, semblait prometteur de bien des plaisirs. 2,5 dollars pièce, se dit Columbo. Peut-être plus. Pour un homme vivant dans le quartier où habitait Regina et exerçant sa profession dans un tel immeuble, Steinberg semblait bien jeune. C'était un homme plutôt petit, mais solide, peut-être même sportif, les cheveux sombres et bouclés, des yeux bruns presque transparents, le teint mat.

— Laissez-moi vous expliquer ma réaction plutôt brutale face à la mort de Regina, dit-il. Avant son arrivée, le quartier était délicieux. Les gens qui vivent dans la rue sont... enfin, des gens bien. Tranquilles. Qui prennent soin de leurs propriétés.

— Je comprends.

— Eh bien depuis son arrivée, tout a changé. Du bruit. Des intrusions. Vous savez, lieutenant, qu'elle avait même proposé de m'acheter ma maison ! Mais que voulait-elle donc en faire ? Un chenil pour le genre de gens qu'elle fréquentait ? Enfin... vous avez dû voir tout ça par vous-même, ce matin. J'ai dû demander l'aide de la police pour pouvoir sortir de chez moi. Mais souvent, il y a eu presque le même genre de cirque, quand ses dévots envahissaient le quartier après un de ses spectacles vulgaires, une de ses exhibitions de putain !

— Je vous comprends bien, monsieur, dit Columbo. Cela dit, Regina Savona est morte...

— Oui, bien sûr, se hâta de dire Steinberg. Personne ne mérite d'être assassiné. Sauf peut-être Hitler ou Staline, et je ne la range pas du tout dans ce genre de catégorie. Vous savez, elle était tellement riche qu'elle aurait eu les moyens de racheter ma maison. Et si elle avait vécu, j'aurais peut-être fini par céder, et par la lui vendre. Non mais vous vous rendez compte, lieutenant, dans quelle société nous vivons ? Vous vous rendez compte qu'en faisant ce qu'elle faisait cette femme gagnait suffisamment d'argent pour pouvoir acheter ma maison au comptant. Ma maison !

— Il y a des millions de gens qui pleurent sa disparition, dit Columbo. Mais confidentiellement je peux vous dire que, parmi les gens qui la connaissaient bien, je n'ai trouvé personne qui la pleurait.

— C'est vous qui êtes chargé de l'enquête, lieutenant ?

— Oui, monsieur. Le sergent Zimmer a été le premier inspecteur à arriver sur les lieux. Puis le capitaine m'a appelé. J'étais en train de promener mon chien sur la plage, et ma femme est venue en voiture pour me dire... enfin, ça devait être mon jour de congé. Ce qui ne change rien, d'ailleurs. Vous aviez quelque chose à nous dire ?

— Oui, oui. Vraiment. Et pas seulement faire état de mes rancœurs. J'espère que vous me pardonnerez.

Columbo sourit.

— Rien que pour le cigare que vous m'avez offert, je vous pardonnerais de l'avoir tuée. Comprenez-moi bien, je serais obligé de vous arrêter... mais je vous pardonnerais.

— Je vais demander à ma secrétaire de vous en préparer une demi-douzaine.

— Vous savez, monsieur, je suis censé ne pas accepter de cadeaux.

— De la part de suspects ? ajouta Steinberg en pouffant. De ma part ? Pourquoi pas ? Et puis ça restera entre nous, tout comme les commentaires que nous avons faits à propos de Regina.

— Je vous remercie, monsieur.

— Bon... Ah, voilà notre café.

La conversation s'interrompit, le temps que la secrétaire serve les cafés.

— Ce que je voulais vous dire, reprit enfin Steinberg, c'est que j'ai probablement entendu le meurtre se commettre.

— Je vous écoute.

— Hier soir, il y a eu encore une de ses fêtes. Mes enfants ne pouvaient pas dormir. Ma femme et moi ne pouvions pas dormir. Vous savez, il y a une cinquantaine de mètres entre les deux maisons... mais enfin, heureusement, à la différence des autres fois, cette fête-là n'a pas duré jusqu'à l'aube. J'imagine qu'elle devait être fatiguée après un de ses soi-disant concerts, et que la fête a été écourtée. Vers minuit, le calme a commencé à revenir, et vers une heure du matin, il n'y avait plus aucun bruit.

— Effectivement.

— Sauf... sauf qu'au bout d'un certain temps j'ai entendu une femme crier. Elle a crié plusieurs fois ; disons quatre ou cinq fois. Et puis le silence est revenu. En entendant à la radio, ce matin, que Regina était morte et qu'elle avait peut-être été assassinée, je me suis dit qu'il fallait apporter ce témoignage.

— A quelle heure avez-vous entendu ces cris ? demanda Columbo.

— A une heure vingt-trois. J'ai regardé le réveil. J'aurais peut-être dû appeler la police, mais... vous savez, les cris, ça n'était pas exceptionnel, là-bas. En outre, il y avait des gens chez elle. Il y avait toujours des gens dans cette maison. Elle n'était jamais seule. Et puis pour être franc, lieutenant, je m'en fichais éperdument.

— 4 —

Columbo s'assit face au Dr Culp, le coroner.

— Vous pouvez m'épargner le spectacle du cadavre ? demanda le lieutenant.

Le Dr Culp opina du chef.

— Si vous ne tenez pas à exercer ce privilège...

— J'espère que vous n'allez pas me dire qu'elle est morte d'autre chose que de noyade.

— Non. Elle s'est effectivement noyée. Entre une heure et deux heures du matin. A part l'entaille sur sa joue, les ecchymoses et l'éraflure sur son bras, elle ne présente pas d'autres blessures. Autrement dit, elle ne s'est pas cogné la tête contre le rebord de la piscine.

Columbo se gratta la joue.

— Il est possible que ça soit un accident ?

Le médecin haussa les épaules.

— Ça, c'est votre affaire à vous. Qu'est-ce que vous en pensez ?

— Ça serait plus facile à croire s'il n'y avait pas cette estafilade sur la joue.

— Elle avait 1,8 gramme d'alcool dans le sang. Elle était soûle comme une vache. Au cours de la soirée, elle a également sniffé de

la cocaïne. A mon avis, pas plus d'une fois. (Le médecin s'interrompit, et un petit sourire se dessina sur ses lèvres.) Et devinez ce que j'ai trouvé d'autre dans son estomac.
— Quoi ?
— Du sperme. Au cours de la soirée, elle a pratiqué une fellation.
— Vous savez vers quelle heure ?
— En principe, ça disparaît de l'estomac au bout d'une heure environ. Dans son cas, les grandes quantités de gin présentes dans l'estomac et l'intestin ont ralenti la digestion. Ça a donc pu se passer dans les deux heures qui ont précédé sa mort.
— Je donnerais cher pour connaître le nom de cet homme, dit Columbo. Ça n'est peut-être pas sans rapport avec son assassinat.
— Il y a une manière de savoir, dit le Dr Culp. On pourrait procéder à un test d'ADN.
— Votre échantillon est suffisamment important pour ça ?
— Il n'en faut pas beaucoup. Évidemment, le sperme est mélangé à de l'alcool et à d'autres substances, mais il est suffisamment bien conservé pour permettre l'examen. Au microscope, j'arrive à distinguer les malheureuses cellules de spermatozoïdes morts.
— C'est l'acide déoxy... désoxy... aidez-moi, docteur.
— L'acide désoxyribonucléique. Chaque cellule de tout être vivant contient de l'ADN. C'est le code génétique. Lorsqu'un mâle et une femelle grenouille s'accouplent, l'ADN contenu dans les cellules des deux partenaires garantit que le résultat sera une grenouille. D'autres éléments de l'ADN font que la progéniture héritera des traits spécifiques des parents. Votre propre ADN fait de vous un *Homo sapiens*, à la fois semblable et différent de vos parents, et fait que vos enfants seront semblables à vous et à vos parents ainsi qu'à votre femme et à ses parents, mais ne seront pas non plus vos clones.
— Grâce à l'ADN on a réussi à débrouiller des affaires impossibles à résoudre, fit observer Columbo.
— En fait, Columbo, ça marche aussi dans l'autre sens. D'après le FBI, grâce à l'ADN du sperme prélevé chez les victimes de viol, on a pu déterminer que 25 % des hommes accusés de viol étaient innocents. Ça a permis pas mal d'acquittements.
— Mais il faut bien faire des comparaisons, dit le lieutenant. Comment allons-nous comparer l'ADN en notre possession avec celui contenu dans le sperme de tous les hommes qui étaient là ce soir-là ? On ne peut quand même pas leur demander de...

— Il suffit d'échantillons de sang, l'interrompit le coroner. On pourrait même trouver de l'ADN dans des cheveux, des rognures d'ongle, etc. Mais le plus pratique, ce serait un échantillon de sang. Vous pourriez obtenir des suspects qu'ils acceptent une prise de sang ?

— Je n'ai pas encore de suspects, rétorqua Columbo.

— En tout cas, les hommes qui étaient présents dans la maison le soir du crime.

Columbo s'ébouriffa les cheveux d'un revers de main.

— Je peux essayer.

— Je vais faire analyser le sperme, dit le Dr Culp. Vous savez, moi, je ne procède pas à des tests sur l'ADN. Il faut confier ça à un laboratoire spécialisé.

— Je sais que la brigade des mœurs en fait grand usage dans les affaires de viol, dit Columbo. Moi, je ne l'ai fait qu'une fois. J'avais un cadavre calciné, brûlé à l'essence, mais il restait suffisamment de tissus et de sang pour procéder à des tests. Les techniciens ont comparé cet ADN avec celui de cheveux prélevés sur une brosse et ont réussi à identifier le cadavre. Ah, la science... (Il eut un rire sardonique.) Un jour, on inventera un détecteur de mensonges qui rendra inutile le travail des gens comme moi.

— N'y comptez pas, dit le médecin. Le détecteur de mensonges, c'est bidon.

— Nous le savons aussi bien l'un que l'autre, répondit Columbo, mais c'est un des mythes favoris des Américains.

— Il faudra quelques jours pour le résultat des tests sur l'ADN. Entre-temps, essayez de nous obtenir des échantillons de sang.

— Entendu.

Chapitre 5

— 1 —

Vêtu d'un tee-shirt et d'un short jaune, Mickey Newcastle était assis sur son lit et fumait avec nervosité.

— J'ai fait une erreur, dit-il d'un air désespéré.
— C'était la première fois ? demanda Johnny, sarcastique.
— Viens. Regarde. Regarde en bas. J'ai dit à cet imbécile de Columbo que j'avais vu un type en veste rouge se cogner contre le plongeoir. Tiens, regarde. Depuis cette fenêtre, on peut pas voir ce putain de plongeoir. Et puis j'ai dit que je ne pouvais pas voir Regina dans la piscine parce que les feuilles de palmier me bouchaient la vue. Mais, en fait, ce qu'on n'arrive pas à voir, c'est le plongeoir. Peut-être qu'on pourrait grimper aux palmiers et couper les...

Johnny Corleone secoua la tête.

— Laisse tomber, tu veux. De toute façon, tu t'inquiètes trop. Elle s'est noyée, voilà tout. Quant à cette coupure au visage...
— Je pouvais pas faire autrement, Johnny !
— D'accord. Admettons que Columbo en arrive à la conclusion qu'elle a été assassinée. Alors qui est l'assassin ? Il n'a aucun moyen de nous accuser. Et d'abord, pour quelle raison on aurait fait ça ? Moi, je travaillais pour elle, et maintenant je me retrouve au chômage. Et toi, la même chose.
— Et notre argent ? demanda Mickey.
— Le vieux est furieux à cause du coup de couteau au visage. Mais il paiera. Il sait très bien que, si un de nous deux était arrêté,

il cracherait tout de suite le morceau. Il ne peut pas faire autrement que payer.

— Tu m'as dit que tu ne me laisserais pas en manque.

— Bien sûr que non, Mickey ! J'ai été un peu dur avec toi ce matin, à cause de cette histoire de coup de couteau. Mais il faut te détendre, maintenant. Je sais ce que c'est, va. Tiens, je t'ai apporté quelque chose.

Johnny tira de sa poche un mouchoir que Mickey entreprit de déplier. Ses yeux se mirent à briller quand il aperçut un flacon de poudre blanche.

— Injecte-toi ça et détends-toi. Je viendrai te voir tout à l'heure. Et maintenant écoute-moi. Ne quitte pas ta chambre. Fais-toi un fixe, allonge-toi et rêve. D'accord ?

— D'accord.

Dès que Johnny fut parti, Mickey se précipita dans la salle de bains, ouvrit le flacon et huma la poudre blanche.

Et si... peut-être...

Il huma alors un de ses propres flacons de poudre et haussa les épaules. Aucune différence.

Pourtant... il le lui avait donné enveloppé dans un mouchoir. Pas d'empreintes digitales. Mickey laissa échapper un profond soupir. Il versa dans les toilettes le contenu du flacon de Johnny et tira la chasse. Puis, avec de l'eau distillée, il se prépara une injection avec la poudre de sa réserve, qui diminuait de façon dramatique. Il lui fallait de l'argent. Il lui fallait sortir pour aller se ravitailler. Mais pour l'instant... il aspira soigneusement le mélange dans la seringue.

Étendu sur son lit, il noua un garrot en caoutchouc autour de son bras gauche, trouva une veine et appuya sur le piston. Dix secondes plus tard, il s'abandonnait aux brumeuses cotonnades.

— 2 —

Comme Johnny l'avait dit à Carlo, Rita Plata, la femme de ménage, quitta la maison à seize heures trente. A dix-sept heures, la sonnerie de la porte d'entrée retentit.

C'était Carlo Lucchese, accompagné de deux hommes. Carlo était un homme mince, de haute taille, vêtu d'un élégant costume croisé. Les deux autres hommes portaient des complets nettement moins bien coupés et manifestaient à l'égard de Carlo une déférence visible.

— Bonjour, Johnny Discount, dit Carlo. Je te présente Sal et Frank. Ça fait plaisir de te revoir, Giovanni. Tout va bien ?

Johnny opina du chef.

— Newcastle est hors circuit. Je lui ai donné un fixe avec quelque chose qui devrait lui régler son compte définitivement.

— Il faut t'en assurer, Johnny, dit Carlo. Les flics, eux, se retrouveront face à un autre camé qui s'est injecté de la mauvaise camelote.

— D'accord, mais putain, tu te rends compte ? Regina est morte ici hier soir. Maintenant, ça va être le tour du vieux, et puis Newcastle...

— Je dis pas, ils vont sûrement trouver ça bizarre, mais ils ne pourront rien te coller sur le dos.

— Non. Je ne vois pas comment.

— De toute façon, Johnny, est-ce qu'on a le choix, hein ?

— T'as raison, Carlo. On n'a pas le choix.

— T'as fait une erreur en marchant avec le vieux.

— Tu sais, t'aurais marché, toi aussi, avec tout l'argent qu'il proposait !

— C'était idiot, Johnny. Évidemment, le plus idiot c'était le vieux, avec son idée de vouloir la supprimer. Il y a des grosses légumes qui n'ont pas envie que le vieux soit identifié.

— Alors, tu vas...

Carlo acquiesça.

— Allez, réfléchis pas trop. On monte le voir.

Les quatre hommes montèrent à l'étage. Devant la porte du vieux, Carlo dit à Sal et à Frank de se dissimuler et d'attendre, puis il frappa à la porte.

Le vieil homme ouvrit la porte.

— Ah, Carlo ! Qu'est-ce qui t'amène ?

— J'étais dans le quartier, et je me suis dit que je pourrais faire un saut. Alors, ça va ?

— Quand on a quatre-vingt-un ans, ça peut pas aller très fort. Johnny, offre un verre à Carlo. Ah, et puis aussi un pour moi ! Au diable les médecins !

Le vieil homme prit la télécommande et éteignit la télévision.

— Alors, qu'est-ce que tu racontes ? Qu'est-ce que je peux faire pour toi ? Tu ne vas quand même pas me faire croire que tu es juste passé pour dire bonjour. C'est pas à un vieux singe qu'on apprend à faire des grimaces !

— Non, je t'assure, c'est vrai, dit Carlo. A part ça, qui est-ce que tu connais, en Arkansas ?

— En Arkansas ? Tu plaisantes, ou quoi ? J'ai jamais foutu les pieds dans ce coin-là, moi !

Johnny apporta un verre de whisky à Carlo et au vieil homme.

— Je vais aller mettre un peu plus de soda dans le mien, dit Carlo en se levant et en se dirigeant vers le petit bar.

Le vieil homme acquiesça. Carlo passa derrière lui, tendit son verre à Johnny et tira de sa poche une écharpe en soie. D'un geste rapide, il la passa autour du cou du vieil homme et se mit à serrer. Celui-ci jeta son verre sur le sol et se débattit en tentant d'arracher l'écharpe. Mais Carlo était bien plus fort que lui. Le vieil homme suffoquait, le visage cramoisi, les yeux exorbités. Bientôt, il cessa de se débattre.

Johnny observait la scène, presque pris de nausée.

— Je vais nettoyer, dit-il lorsque tout fut terminé. Il n'y aura plus aucune trace de lui. Aucune empreinte, aucun effet personnel qui permettrait de l'identifier. J'imagine que je vais devoir appeler la police et annoncer la disparition de M. Savona.

— D'abord, tu viens avec nous, dit Carlo. Je veux que tu voies ce qu'on va faire de lui. Il est temps que tu saches comment on fait avec ceux qui foutent la merde.

— Je viens de le voir.

— Ah, tu crois ? Eh bien t'as pas tout vu. Arrête de jouer les pucelles. Faut que tu connaisses ta partie, Johnny. Faut que t'apprennes à connaître le boulot.

— 3 —

Ils enveloppèrent le corps du vieil homme dans une couverture et le descendirent au garage où deux voitures se trouvaient rangées côte à côte : la Lamborghini verte de Regina et la Ferrari rouge de Johnny.

Carlo considéra la Ferrari en secouant la tête.

— Y rentrera jamais là-dedans. Sal, va chercher notre voiture !

Johnny appuya sur un bouton pour ouvrir les portes du garage et sortit sur l'allée, bientôt rejoint par Carlo. Pendant une longue minute, les deux hommes inspectèrent les environs, pour s'assurer qu'on ne pouvait les voir ni d'une maison voisine ni de la rue.

Sal gagna le garage en marche arrière avec une Ford noire. Il ouvrit le coffre, puis Frank et lui y déposèrent le corps.

— Toi, tu nous suis, dit Carlo à Johnny.

Johnny suivit la Ford jusqu'à un entrepôt en briques rouges sur Washington Boulevard. Les portes s'ouvrirent avant leur arrivée, grâce à une télécommande, et Johnny pénétra à l'intérieur du bâtiment sans fenêtres, au volant de sa Ferrari. Inquiet, il se demandait s'il reverrait jamais la lueur du jour.

Carlo, Sal et Frank se dévêtirent et empilèrent leurs vêtements sur les sièges de la Ford.

— Hé, qu'est-ce que tu crois ? Que tu vas mener une vie de rentier ? lança Carlo. Tiens, mets des vêtements de travail, ajouta-t-il en lui montrant des combinaisons pendues à des portemanteaux.

Johnny se déshabilla, ne gardant que ses sous-vêtements, revêtit une combinaison, et enfila les gants de travail que lui tendait Carlo.

Pendant que Sal et Frank chargeaient de sable et de ciment une petite bétonnière électrique, Carlo conduisit Johnny à l'arrière du bâtiment, où étaient alignés six gros bidons d'essence de deux cents litres. Il en secoua un d'avant en arrière pour s'assurer qu'il était bien vide.

— Bon, Johnny, tu saurais découper le haut d'un de ces bidons ?

Johnny secoua la tête.

— Tu sais pas faire grand-chose, hein ? Bon, regarde-moi. La prochaine fois tu sauras.

Pour découper la partie supérieure du bidon, Carlo utilisa un outil spécial, un peu semblable à un énorme ouvre-boîtes, sauf qu'il était muni de deux longues poignées. Puis, sur un signe de tête de Carlo, les deux hommes apportèrent le bidon dans la pièce de devant.

La bétonnière faisait du bruit. Frank et Sal sortirent le cadavre du coffre de la voiture et l'étendirent sur le sol, face contre terre. Puis Sal alla chercher une grosse masse et, sous les yeux horrifiés de Johnny, en assena un coup violent sur la colonne vertébrale du cadavre. En entendant l'horrible craquement, Johnny eut envie de vomir.

— Ça ne tient pas dans un bidon, expliqua Carlo. Il faut pouvoir le plier en deux.

C'est ce que firent Sal et Frank avant d'enfoncer le corps dans le bidon. Puis ils arrêtèrent la bétonnière, la roulèrent jusqu'au bidon et firent couler le béton frais jusqu'à recouvrir le corps.

— Parfait, dit Carlo. Maintenant on se change et on va dîner. Tu connais Chez Luigi à Santa Monica ? C'est un endroit fabuleux ! On va s'offrir un dîner de première classe, et à notre retour le béton aura suffisamment pris pour qu'on puisse bouger le bidon.

— 4 —

En revenant du restaurant, ils s'arrêtèrent dans une boulangerie pour emprunter une camionnette qu'ils ramenèrent à l'entrepôt.

Les quatre hommes revêtirent à nouveau leurs combinaisons de travail.

— Et maintenant, dit Carlo à Johnny, tu vas comprendre pourquoi on t'a fait venir. Il faut être quatre pour bouger cette saloperie de bidon.

Ils chargèrent le bidon sur un chariot élévateur, le hissèrent dans la camionnette de boulangerie et quittèrent l'entrepôt.

Effrayé, l'estomac noué, Johnny avait pris place à l'avant, à côté de Carlo qui récitait des banalités à propos du temps, du smog, de la probabilité d'un nouveau tremblement de terre. Johnny savait qu'ils se dirigeaient vers la mer. Ils allaient charger le bidon sur un bateau et le balancer dans l'océan.

Il ne s'était pas trompé. Ils chargèrent le bidon à bord d'un bateau de pêche amarré le long d'un quai de Long Beach ; Carlo mit le moteur en route, tandis que Sal et Frank larguaient les amarres. Le bateau s'éloigna lentement. Ils n'allèrent pas très loin. Une vingtaine de kilomètres.

Carlo arrêta le moteur. Avec difficulté, les quatre hommes hissèrent le bidon sur le bastingage et le basculèrent par-dessus bord. Il s'enfonça dans les eaux noires du Pacifique.

— Salut, l'ancêtre ! lança Carlo. Ça m'a fait plaisir de te connaître !

Pour le retour, Carlo demanda à Johnny de se tenir à côté de lui, au gouvernail.

— Maintenant, il va falloir que tu nettoies cette chambre à fond. Ne laisse rien qui puisse permettre de l'identifier, sans ça on aura fait tout ça pour rien. Et puis il ne suffit pas de nettoyer les empreintes. Embarque des vêtements et ses affaires de toilette, comme s'il s'était barré. Et n'oublie pas de nettoyer tous les accessoires de la salle de bains, les interrupteurs, l'appareil de télévision...

— Il n'avait pas beaucoup d'affaires personnelles, dit Johnny.

Carlo demeura un instant silencieux.

— T'as eu envie de vomir, hein, quand Sal lui a brisé la colonne ? Eh bien dis-toi que si les flics arrivent à identifier le vieux, il t'arrivera la même chose.

Johnny ne répondit pas. Le regard rivé à la côte, il avait hâte de retrouver l'entrepôt, ses vêtements, sa voiture. Ne valait-il pas mieux disparaître sur-le-champ ? Après tout, il avait encore les 227 000 dollars que le vieux lui avait donnés, et...

— Au fait, Johnny, je parie que tu vas retrouver de l'argent dans l'appartement du vieux. Et pas qu'un peu, à mon avis. Tout ce que tu trouveras est à toi. S'il n'y a rien, préviens-moi. On pourvoira. (Il lui administra une grande claque dans le dos.) Tu vois qu'on n'est pas des mauvais bougres !

— 5 —

Il était près de trois heures du matin lorsque Johnny revint enfin à la maison de Regina. Il faisait sombre et il y régnait un silence de mort. Il se précipita dans l'appartement du vieil homme.

Dans un placard, il trouva deux valises dans lesquelles il rangea la plus grande partie des habits du vieux : trois complets, trois vestes sport, cinq ou six pantalons, puis des chemises, des sous-vêtements et des chaussettes.

Le vieux vivait simplement, et pour se distraire ne possédait qu'une demi-douzaine de livres, quelques magazines, des journaux. En fait, sa vie s'écoulait devant la télévision. Il passait ses journées dans une chaise longue, la télécommande à la main, face à l'énorme poste relié au câble et sur lequel il captait toutes les chaînes possibles et imaginables. Il possédait également un magnétoscope et quelques cassettes vidéo : *Le Parrain, Le Jour le plus long, Le Secret de Santa Vittoria*, mais aussi *Gorge profonde* et *Debbie Does Dallas*.

Il avait toujours une bouteille de whisky et une autre de gin à portée de main, mais ne fumait pas. D'après Regina, il avait toujours été fidèle à sa femme, et pendant toutes ces années il ne buvait pas et ne fumait pas. Il ne vivait que pour son travail. Elle le savait bien, elle qui avait été longtemps proche de lui.

Johnny chercha de l'argent et en trouva. 142 000 dollars en billets de cent, soigneusement enveloppés dans des sacs en plastique scotchés sous la baignoire et dans les ressorts du fauteuil inclinable. Le vieil homme lui en avait promis plus pour le meurtre de Regina mais, comme il n'aurait pas à partager avec Mickey, il s'en contenterait.

Dans le tiroir du haut du bureau, il trouva 400 dollars en billets de dix et de vingt, une vingtaine de dollars en pièces, des boutons de manchette, des clés et une montre. Il trouva aussi un passeport italien au nom de Vittorio Savona, qu'il jeta dans l'une des valises.

La montre était une Vacheron Constantin et valait certainement plusieurs milliers de dollars. Johnny n'était pas homme à laisser derrière lui un objet de cette valeur. Pour quoi faire ? Pour que quelqu'un d'autre s'en empare, ou qu'elle termine dans une enveloppe en papier kraft, dans les locaux de la police, en attendant que son propriétaire vienne la réclamer ? Il l'attacha à son poignet gauche.

Il emmena l'argent et les valises dans son appartement, puis entreprit d'effacer toutes les empreintes dans celui du vieux. Il n'oublia rien : la télécommande, l'appareil de télévision, les poignées de porte, les interrupteurs, les accessoires de salle de bains, les fenêtres, le réveil, les poignées des meubles. Il essuya toutes les surfaces lisses, y compris les ampoules des lampes.

Le soleil était déjà levé et Rita devait arriver dans moins de deux heures lorsqu'il estima sa tâche accomplie.

Il porta ensuite les valises du vieux dans sa Ferrari en se promettant d'aller les jeter à la mer dès que possible.

Pourtant, il lui fut impossible de trouver le sommeil. Il prit une douche, et sous le jet brûlant se mit à réfléchir : qui avait assisté au meurtre de Regina, depuis la fenêtre du premier étage, la nuit précédente ? Pourquoi ce témoin n'avait-il rien dit à Columbo ? Chercherait-on à le faire chanter ?

Qui était-ce ? Pas Mickey, puisque celui-ci se trouvait avec lui au bord de la piscine. Les Gwynne ? S'ils avaient entendu Regina crier, ils auraient pu regarder depuis la fenêtre de leur chambre. Dans le couloir menant au balcon, ce ne pouvaient être que Bob Douglas ou Christie Monroe. Qui des deux allait tenter de lui extorquer de l'argent ?

— 6 —

Étendu sur son lit, Johnny ne parvenait toujours pas à trouver le sommeil. Pourtant, il fallait bien qu'il se lève, car Rita arrivait à huit heures. Il allait devoir « découvrir » la disparition du vieux et la mort de Mickey, par surdose, et appeler la police.

Il descendit à la cuisine et se prépara du café, puis des œufs brouillés au bacon. L'odeur du bacon grillé le réconforta un petit peu. Il glissa des tranches de pain dans le grille-pain.

— Hummm, ça sent bon ! Qu'est-ce que j'ai faim !

Newcastle ! Mickey, en sous-vêtements, hagard mais bien vivant, se tenait dans l'encadrement de la porte.

Johnny parvint à garder la maîtrise de soi.

— Je serais venu te prévenir si j'avais su que t'étais réveillé.

— Bah, tu me connais, dit Mickey. Je me suis fait une piquouze, c'était bien, et puis j'ai dormi comme une brute pendant... pendant combien de temps ?

— Ça fait combien de temps que t'es réveillé ? demanda Johnny en retour.

Car le problème, pour lui, c'était de savoir si Mickey l'avait entendu s'affairer dans la chambre du vieux. Évidemment, il se trouvait dans l'aile et non dans le corps principal du bâtiment, mais enfin tout de même...

— J'ai eu le temps de prendre une douche, répondit Mickey en bâillant. Mais même maintenant, j'ai l'impression de ne pas être bien réveillé.

— Excuse-moi, je n'ai pas fait assez d'œufs ni de bacon pour tous les deux. T'as qu'à prendre ceux-là, je m'en referai d'autres.

— Je ne veux pas te voler ton petit déjeuner.

— T'inquiète pas. J'ai trop mangé, hier soir. Je suis allé dans un restaurant italien et je me suis goinfré de pâtes. Tiens, Mickey, prends ça, moi je m'en refais d'autres.

Newcastle se mit à manger ses œufs au bacon.

— Je ne sais pas ce que tu en penses, dit-il, mais j'ai l'impression qu'on s'en est bien tirés, finalement.

— On a un problème, Mick, répondit Johnny sans émotion apparente.

— Lequel ?

— Hier soir, je suis sorti, vers six heures, six heures et demie, et je ne suis rentré que vers minuit. Je pensais que le vieux devait être endormi depuis longtemps, alors je suis monté directement me coucher, sans passer le voir. Mais ce matin, j'ai découvert qu'il était parti. Il a pris ses affaires et il a disparu.

Mickey Newcastle fronça les sourcils.

— J'ai jamais cru ce bobard, comme quoi c'était son grand-père, mais...

— Mais où peut aller un vieux bonhomme de quatre-vingt-un ans ? C'est ça que tu veux dire ? Et qui a pu l'aider ? Je suis d'accord avec toi, Mickey, c'était certainement pas son grand-père. Mais alors qui c'était ?

Mickey abattit violemment son couteau et sa fourchette sur la table.

— Mais pourquoi est-ce que les choses peuvent pas être simples ? s'écria-t-il. Et... et l'argent ? Tu crois qu'il s'est tiré en nous laissant en plan ?

— J'en ai bien peur.

— Mais... Bon Dieu ! Il nous a engagés pour... et puis une fois qu'on a fait le boulot, il se tire ? Johnny... tu sais que j'ai un problème ! Avec ce fric, il devait être résolu une bonne fois pour toutes. Il y en avait assez pour...

— Calme-toi, mon vieux. Je t'ai déjà dit que je te laisserais pas en manque. J'ai des amis. J'ai du répondant, derrière. Tu auras ce dont tu as besoin.

— Mais j'allais être indépendant !

Debout derrière Mickey, Johnny lui posa une main sur l'épaule.

— Tu es bourré de talent, Mickey. Tu seras toujours demandé, dans le métier. Je peux t'aider. J'ai aussi des amis qui peuvent t'aider. Mais au fond, est-ce que tu as besoin qu'on t'aide ? Derrière Regina, c'était toi l'artiste ! Tout le monde le sait.

Mickey sentait les larmes lui envahir les yeux.

— Mais il me faut du liquide toutes les semaines ! Tu sais bien pourquoi ! Je ne peux pas attendre que mon talent soit reconnu.

Johnny lui tapota doucement l'épaule.

— Ne t'inquiète pas pour ça, mon vieux. Je te fournirai ce dont tu as besoin jusqu'à ce que tu puisses t'approvisionner toi-même. Le vieux s'est tiré en nous laissant en plan, mais je sais comment renouveler notre capital. On pourra peut-être se fabriquer une nouvelle Regina ! C'est toi qui l'as faite, cette nana. A ton avis, combien y a de petites putes qui sont prêtes à prendre sa place ? Allez, calme-toi. Prends ton temps. Tout se passera bien.

— 7 —

Rita s'affairait dans la cuisine. Mickey était retourné se coucher. Johnny, lui, se demandait depuis combien de temps il n'avait pas dormi.

A huit heures, il téléphona au quartier général de la police de Los Angeles et demanda à parler au lieutenant Columbo.

— Le lieutenant est en rendez-vous, monsieur. Quelqu'un d'autre peut-il vous renseigner ?

— Qui est chargé de l'enquête sur l'affaire Regina ? Je suis Johnny Corleone, son valet de chambre.

— Je vais vous passer le sergent Zimmer, monsieur.

D'ordinaire, le sergent Zimmer savait comment retrouver le lieutenant Columbo, alors même que ce dernier, en violation de tous les règlements de la police de Los Angeles, ne possédait pas de radio dans sa voiture. Vers huit heures quarante, les deux policiers se présentèrent à la porte de la maison.

Johnny avait revêtu à dessein sa tenue de valet de chambre : chemise blanche, pantalon et nœud papillon noirs.

— Je vous ai appelé, lieutenant, sergent... parce qu'il s'est passé quelque chose de très curieux.

Columbo ôta son cigare de la bouche (un des siens, pas un de ceux que lui avait offerts Steinberg) et le glissa dans la poche de son imperméable.

— Ah bon, quelque chose de bizarre ?

— Oui, lieutenant. M. Savona a disparu.

— Disparu ?

— Oui. Hier soir, je suis sorti dîner en ville. J'étais... bouleversé. Vous imaginez, non ? Je suis rentré vers minuit et je me suis couché. Quand je me lève, le matin, d'habitude je vais voir si Mlle... si Regina n'a besoin de rien. Bon... là, ça n'était pas la peine de frapper à sa porte, alors je suis allé taper à celle de son grand-père. D'habitude, il était réveillé vers... sept heures et demie. Il n'a pas répondu. Vous savez, pour un homme de son âge, on s'inquiète toujours... alors je suis entré dans la chambre, parce que la porte n'était pas fermée à clé. Il n'y avait personne, mais en plus je me suis rendu compte qu'il avait pris ses affaires. Ses vêtements, ses affaires personnelles, tout avait disparu. Je n'ai pas contacté la police avant huit heures parce que je pensais que vous ne deviez pas être au travail avant cette heure-là, mais je me suis dit aussi que c'était vous qui deviez être prévenu en premier.

Columbo tira son cigare de sa poche, le considéra un instant d'un air hésitant, puis le remit là où il l'avait pris.

— Vous avez dit que ses affaires avaient disparu. Qu'est-ce qui a disparu ?

— Eh bien... ses vêtements, ses affaires de toilette. Il a laissé quelques vêtements, mais il en a emporté la plupart, comme s'il ne comptait pas revenir.

— Quel âge a-t-il ? demanda Martha.

— Environ quatre-vingts ans. Et il n'était pas très fort. Je ne vois pas très bien comment il aurait pu...

— Combien de temps êtes-vous parti ? demanda Columbo. Quatre heures, environ ?

— Plus que ça. Je suis allé dans un bon restaurant italien de Santa Monica. J'ai pris quelques apéritifs, des hors-d'œuvre, des pâtes, du vin, un dessert, un café. Après, je me suis arrêté dans un bar où il y avait un spectacle. Avec le trajet en voiture, je crois qu'il faut bien compter six heures. En rentrant, j'ai pris une douche et je suis allé me coucher. Je ne sais pas s'il est parti pendant que j'étais sorti ou pendant que je dormais.

Columbo hocha la tête.

— Euh... vous pensez qu'il n'aurait pas pu partir tout seul, c'est bien ça ? Que quelqu'un a dû l'aider ?

Johnny acquiesça.

— Je ne vois pas comment il aurait pu quitter la maison tout seul avec toutes ses affaires.

DEUXIÈME PARTIE

Chapitre 6

— 1 —

En parcourant la maison, Martha et Columbo eurent la surprise de découvrir Mickey Newcastle. Celui-ci leur expliqua cependant qu'il devait quitter la maison au cours de la matinée. Il avait un appartement à lui.

Comme le leur avait dit Johnny Corleone, il n'y avait presque plus de vêtements dans l'appartement de M. Savona.

Debout au milieu du salon, Columbo tira de la poche de son imperméable un œuf dur qu'il se mit à écaler.

— Vous ne trouvez pas, Martha, qu'il y a quelque chose de bizarre, ici ?

— Tout ça me semble bizarre.

— D'accord... mais regardez un peu autour de vous. Si le vieux bonhomme est parti, il est normal qu'il ait emporté ses vêtements, sa brosse à dents, son nécessaire de rasage, et tout ça. Mais pourquoi aurait-il emporté ses journaux et ses magazines ? Je sais qu'il en avait : je les ai vus hier. Mais regardez, il n'y a plus rien. A votre avis, pourquoi aurait-il emporté le *Time* de la semaine dernière ? Et le *Playboy* du mois dernier ? Et où est le *L.A. Times* d'hier ? Tous ceux-là, je les ai vus traîner.

— Oui, c'est curieux, dit-elle.

— On va faire relever les empreintes et transmettre tout ça au FBI, histoire de voir si ce monsieur était bien Vittorio Savona. Cet appartement est trop bien rangé. Ça me rappelle la façon dont on nettoie une chambre à coucher après la mort de quelqu'un.

— 2 —

Columbo trouva Johnny dans la cuisine.
— Euh... Monsieur Corleone.
— Appelez-moi Johnny.
Columbo acquiesça.
— Est-ce que vous accepteriez de nous donner un échantillon de votre sang ? Ça m'ennuie de vous demander ça, mais enfin que voulez-vous... c'est le travail de routine. Nous allons demander la même chose à toutes les personnes présentes dans la maison le soir où est morte Regina.
— Pas de problème. Vous avez trouvé des taches de sang sur elle ? Après toute une nuit passée dans la piscine ?
— Non, sur son peignoir, répondit Columbo.
— Eh bien, pas de problème. Comment dois-je faire, pour la prise de sang ?
— Vous avez deux possibilités. Soit vous passez au bureau d'expertise médicale du comté, soit on vous envoie quelqu'un.
— J'irai moi-même au bureau d'expertise médicale, lieutenant. Pas de problème.
— Vous pourriez peut-être y aller avec M. Newcastle. Nous aimerions avoir également un échantillon de son sang.
— Pas de problème.
— Je vous remercie. Dites-moi, j'ai vu deux voitures italiennes, de luxe, dans le garage. Est-ce que...
— La Lamborghini était à elle, dit Johnny. Et la Ferrari est à moi. Vous avez raison, ce sont des voitures de luxe. C'est elle qui m'en a fait cadeau. Vous vous rendez compte !
— Eh bien, dites-moi ! Bon, je crois qu'on va y aller... Si vous avez des nouvelles de M. Savona, prévenez-moi. J'aimerais beaucoup savoir ce qu'il est devenu.
— Bien sûr.
— Merci d'avance.
— Trop heureux de vous rendre service, lieutenant.
— Mais... dites-moi, vous avez une bien belle montre ! C'était aussi un cadeau ?
— Eh oui ! J'imagine que depuis le début, vous vous doutiez qu'entre Regina et moi ce n'était pas seulement une relation de patronne et de valet de chambre.
— Non, je ne m'en doutais pas. Mais vraiment... quelle belle

montre ! Ça vous ennuie si j'y jette un coup d'œil ? demanda-t-il en tendant la main.

— Pas du tout.

Johnny détacha sa montre du poignet et la tendit à Columbo.

— Oh... une Vacheron Constantin. Je regrette que ma femme ne puisse pas la voir. C'est quelque chose ! C'était vraiment un cadeau somptueux.

— Regina était quelqu'un de très généreux, dit Johnny. Une femme exigeante mais généreuse.

— Bon, eh bien, je vous remercie. (Columbo lui rendit la montre.) Lorsque nous avons parlé, hier matin, je ne l'avais pas remarquée à votre poignet...

— Eh bien, non, je ne la portais pas. Vous vous rappelez sans doute qu'hier matin j'ai été carrément tiré du lit par la police. Je n'avais même pas eu le temps de me raser.

— Oui, oui, bien sûr. Bon, eh bien... à bientôt.

— 3 —

Dans l'allée, Columbo s'entretenait avec Martha.

— Je dois aller déjeuner avec M. Fletcher, annonça Columbo. Il a appelé pour dire qu'il voulait me parler. Il m'invite à déjeuner. Vous voyez qui c'est ? Joe Fletcher, l'agent de Regina. Vous savez, Martha, j'aimerais bien que vous alliez voir les services d'immigration et de naturalisation. J'aimerais connaître les conditions d'entrée aux États-Unis de Regina et de son grand-père. Appelez ensuite le consulat d'Italie. Je voudrais savoir si la police italienne a un dossier sur M. Vittorio Savona.

— Les grands esprits se rencontrent, répondit Martha en souriant.

— 4 —

Lorsque Joe Fletcher lui demanda ce qu'il prendrait en apéritif, Columbo répondit qu'en principe il ne pouvait rien boire parce qu'il était en service. Puis il ajouta que, finalement, un whisky léger ne ferait de mal à personne. Craignant qu'un employé maladroit ne le maltraite et ne fasse tomber quelque chose de la poche, Columbo avait préféré laisser son imperméable dans sa voiture. D'un coup d'œil rapide, Fletcher avait alors inspecté son complet gris chiffonné, et Columbo avait compris que le résultat de l'inspection ne lui était pas favorable.

— Je suis content de vous avoir rencontré sur le parking, dit Fletcher. Ça m'a permis de voir votre voiture... elle est vraiment fascinante.

— Ça, c'est sûr. Je dois dire que moi aussi, elle me fascine toujours. C'est une voiture française, vous savez. En principe, lorsque je suis en service je devrais conduire une voiture des services de police, mais la ville de Los Angeles ne possède pas de voiture qui puisse me rendre autant de services que la mienne. Quand on a comme ça des objets fiables, qui vous rendent service, il faut en prendre soin.

Au téléphone, Joe Fletcher lui avait proposé de déjeuner dans un restaurant, le Pacific Sun, que fréquentait Regina, et c'était sur le parking de ce restaurant qu'ils s'étaient retrouvés. Les spécialités de la maison étaient les sashimis et les sushis, mais on y servait aussi des teriyakis. Tout à fait le genre de restaurant pour une femme capable d'offrir à son valet de chambre une Ferrari et une montre Vacheron Constantin. Pourtant, on ne portait guère la cravate dans cet établissement, et Columbo était même le seul à en porter une, qu'il avait nouée, comme à son habitude, en laissant dépasser le bout étroit sous le bout large.

Joe Fletcher était un homme flamboyant. Son polo était rouge-j'arrive, son pantalon vert-j'arrive, il portait des sandales sans chaussettes, et à l'épaule un sac en cuir ouvragé. Il devait avoir une quarantaine d'années, mais ses cheveux étaient déjà blancs et bougeaient souplement au moindre de ses mouvements. Des yeux bleu pâle, au regard pénétrant, achevaient le portrait de Joe Fletcher.

— Eh bien, lieutenant, dit-il lorsqu'on leur eut apporté leurs apéritifs, vous soupçonnez quelqu'un du meurtre de Regina ?

— J'ai bien une ou deux idées sur la question, mais pour l'instant rien de bien solide. Saviez-vous que M. Savona était parti cette nuit en emportant ses affaires ?

— Et où est-il allé ? demanda Fletcher.

— Apparemment, personne ne le sait. Enfin, le valet de chambre l'ignore. Qu'en pensez-vous ? Vous croyez que des gens confieraient des secrets importants à Johnny Corleone ? Que ce serait le genre de garçon à qui on dirait des choses ?

— J'espère, lieutenant, que vous avez compris que Johnny n'était pas seulement un valet de chambre.

— Oui. Il me l'a dit lui-même.

— Mais de toute manière, ça ne veut rien dire. Je n'étais pas à la fête, jeudi soir, mais je suis sûr qu'il devait bien y avoir cinq ou six hommes avec qui elle avait eu une aventure. Elle n'était pas du genre monogame, vous savez, et sa moralité était plutôt élastique. C'était une de ses façons d'influencer les gens. Le sexe était pour Regina sa façon de dire « s'il vous plaît », « merci », et « excusez-moi ».

— Ce que je n'arrive pas à voir, c'est le mobile, dit Columbo. Qui pourrait vouloir sa mort ? Qui y aurait intérêt ?

— Excellente question, lieutenant. Si j'étais vous, j'irais voir du côté des gens extérieurs à son entourage. Parce que tous les gens qui étaient là-bas l'autre soir vont perdre soit de l'argent soit leur emploi à cause de sa mort. Moi, par exemple, je sais ce que ça va me coûter, et je préfère ne pas y penser.

— Qu'entendez-vous par « des gens extérieurs à son entourage » ?

— Elle recevait des menaces, répondit Fletcher. Toutes sortes de gens la menaçaient : des hommes qui se disaient amoureux d'elle, ou d'autres qui prétendaient avoir été abandonnés après avoir fait l'amour avec elle. Et puis il y avait les excités qui l'accusaient de saper la moralité du pays, etc. J'ai des cartons entiers de lettres de menaces.

— Vous avez communiqué ces lettres à la police ?

— Oui. Une fois, un de ces types qui nous harcelaient est allé en prison. Vous vous rappelez peut-être l'affaire. Il s'appelait Edgar Bell. Je serais à votre place, j'irais voir ce qu'il est devenu à sa sortie de taule. Il ne disait pas seulement qu'il était amoureux d'elle, il était persuadé qu'elle aussi était amoureuse de lui.

Columbo parcourut le menu. Fletcher devait régler l'addition, car lui-même n'aurait pu faire passer de telles sommes sur une note de frais.

— Vous aimez les sushis, lieutenant Columbo ?

Le policier sourit.

— J'aime tout ce qui vient de la mer. Mais pour être franc, je n'ai jamais mangé de poisson cru.

— Je ne veux pas vous influencer, mais moi, je vais commander un assortiment de sushis.

— Je prends le risque, dit Columbo. Je vous laisse passer la commande.

Fletcher acquiesça et repoussa le menu sur le côté.

— Lieutenant, je veux que le meurtrier soit arrêté. Et pour être tout à fait franc, j'espère qu'il ne s'agit pas d'un rôdeur mais de quelqu'un que je puisse poursuivre en justice à cause de tout l'argent que ça va me coûter.

— C'est-à-dire ?

— De tous les gens qui ont passé la nuit là-bas, je peux vous dire que seuls les Gwynne seraient suffisamment riches pour ça. Joshua Records est une grosse société, même si la perte de Regina va leur porter un coup sévère. Vous voyez... de toute façon, ils allaient la perdre. Elle était en négociations avec une autre maison de disques.

— Je crois que M. Newcastle n'a guère d'argent, dit Columbo. J'ai cru comprendre qu'il dépendait entièrement d'elle.

— Il a eu beaucoup d'argent, autrefois, mais il a tout dépensé pour acheter sa drogue. Il est accroché au speedball, un mélange de cocaïne et d'héroïne, et c'est un machin très cher. Il était salarié de la société Regina. Je sais que de temps en temps il demandait des avances sur salaire. Elle lui a peut-être refusé une de ces avances... alors, s'il était en manque, il était capable de tout. Vous savez comment sont ces gens.

— M. Douglas et Mlle Monroe ont aussi passé la nuit là-bas, dit Columbo.

— Bob est un génie, dit Fletcher. Même sans Regina, il a un grand avenir devant lui. Mais pour l'instant, il ne peut pas demander très cher. Christie, elle, c'est une ambitieuse. Elle a l'ambition de devenir une nouvelle Regina. Ou une nouvelle Madonna. Voire une nouvelle Bette Midler. Mais rien de tout cela n'est impossible. En tant que chanteuse et danseuse, elle a mille fois plus de talent que Regina ! Ce qui lui manque, en revanche, c'est l'instinct qu'avait Regina pour se faire sa propre publicité... sans parler du côté calculateur de notre grande vedette, de sa capacité à abandonner froidement les gens après les avoir utilisés. Mais un bon agent peut remédier à ce genre de faiblesses.

— Vous ne voyez pas de mobiles qui...

— Pour Bob et Christie ? Non. Enfin... si, il pourrait y avoir un mobile. Pendant un mois environ, Regina a fait de Bob son amant en titre. Il ne la quittait pas d'une semelle. Il la croyait amoureuse de lui, il croyait à un véritable engagement de sa part. Quel naïf! Il a dû être terriblement déçu quand il s'est aperçu qu'elle avait pris un autre amant. Il aurait dû savoir qu'il y avait toujours eu un autre amant, même quand il passait toutes ses nuits avec elle. Il a dû se sentir trahi. Il a certainement été blessé. Mais ça n'était pas une raison suffisante pour la tuer.

Columbo eut une moue dubitative.

— On ne sait jamais.

— Mais non, parce que Bob s'en est sorti. Il a beaucoup mieux, maintenant. Christie est une fille ravissante, très douce, et véritablement amoureuse de lui. Quant à elle, quelle raison aurait-elle eue de tuer Regina ? Parce que sa patronne avait fait du mal à l'homme qu'elle aime ? A mon avis, ça ne fait pas un mobile. Pour aucun des deux.

— Moi, rétorqua Columbo, je ne peux pas tirer une telle conclusion aussi vite. On vit quand même dans une société où des gamins s'entre-tuent pour une chaîne en or ou un blouson en cuir. Enfin, vous comprenez que je doive vérifier l'emploi du temps des gens qui se trouvaient dans la maison quand elle a été tuée. Vous m'avez dit que vous n'y étiez pas ?

— J'étais invité, mais finalement je n'y suis pas allé. (Il leva les yeux vers le serveur.) Comme d'habitude, mais deux verres. (Il se tourna à nouveau vers Columbo.) Ce soir-là, j'avais mieux à faire. Quand on a vu Regina nue une fois, on n'a plus besoin d'y revenir. Je vous ai dit que c'était peut-être quelqu'un d'extérieur à son entourage, mais en fait il y avait ce soir-là des tas de gens qui auraient souhaité lui faire du mal, même si ça devait leur coûter de l'argent. Elle piétinait les gens. Elle les utilisait et puis les rejetait. Ça n'était pas quelqu'un de très bien, lieutenant.

— Comment a-t-elle pu devenir une telle vedette ?

— Si je vous ai proposé qu'on se voie, c'est justement pour vous en parler. Tenez, buvons un autre verre.

Depuis le temps que durait leur conversation, Columbo avait pu se rendre compte que Joe Fletcher n'était pas un homme sans importance. Les gens qui entraient dans le restaurant se faisaient un devoir de le saluer, de lui adresser un sourire, sans toutefois s'aventurer jusqu'à leur table. Mêmes côtés voyants chez les clients du restaurant que chez Joe Fletcher : des hommes aux cheveux ramenés en catogan, costumes en lin, chemises ouvertes sur des chaînes en or, des femmes aux cheveux en cascade... ou coupés très courts, certaines en pantalons serrés, de couleur brillante, d'autres en robe si courte qu'elles montraient leur culotte en s'asseyant. Le genre de gens qui apparaissaient sur scène aux concerts de Regina, ou qui auraient bien voulu. Et Joe Fletcher faisait partie de leur monde.

— J'ai fait la connaissance de Regina il y a environ huit ans, dit Fletcher. Elle est venue me voir à mon bureau et m'a dit qu'elle me voulait comme agent. (Il secoua la tête, l'air encore incrédule.) Mais vous savez, lieutenant, ça n'est pas comme ça que ça marche. Elle n'était jamais montée sur une scène ! Jamais ! Elle était totalement inconnue. Vous vous rendez compte, une fille comme ça, venir me voir, moi ! Pour me demander d'être son agent ! Si ça n'avait pas été une fille, on aurait pu dire qu'elle en avait ! En tout cas, elle ne manquait pas de culot, et au bout de cinq minutes je me suis rendu compte qu'elle avait une sacrée détermination. L'ennui, c'est qu'il y a beaucoup de jeunes comme elle. Ça ne suffit pas. On ne réussit pas simplement avec ça.

— Et pourtant, vous l'avez prise.

— Oui, je l'ai prise. Parce qu'elle avait des relations, lieutenant. Elle m'a dit qu'il y avait un hôtel casino de Reno qui était prêt à acheter un spectacle avec elle en vedette comme chanteuse et danseuse. Comme si j'allais la croire ! Une gamine italienne sans expérience et visiblement sans talent ! Mais elle m'a donné le numéro de téléphone de quelqu'un prêt à confirmer. J'ai appelé. Eh bien, c'était le directeur du Rancho Toiyabe Casino Hotel. Bon, d'accord, c'était à Reno, pas à Las Vegas. Et puis le Rancho Toiyabe c'est pas le Caesar's Palace. Mais enfin c'était un vrai casino, et elle avait vraiment un engagement. Elle avait tout organisé elle-même. Ce qu'elle voulait, c'était que je lui prépare un contrat et que je l'aide à monter un spectacle.

Fletcher s'interrompit, le temps qu'on leur serve les plats de sashimi et de sushi. Avec une paire de baguettes, il prit un morceau de thon cru qu'il plongea dans la sauce de soja.

— Euh... ça ne vous dérange pas si je prends une fourchette ? dit Columbo. Je n'ai jamais su me servir de ces baguettes.

— Bien sûr que non.

Columbo goûta d'abord le thon rouge.

— Mais c'est bon, dites donc ! Eh bien... on apprend du nouveau tous les jours ! Bon... vous disiez donc...

— Même si elle avait décroché cet engagement, je ne voulais pas la prendre. En toute modestie, lieutenant, je m'occupais d'artistes plus importants, à l'époque. Alors je lui ai donné le nom d'un autre agent qui aurait pu la prendre en charge. Et puis j'ai découvert que Regina était... persuasive. Vous savez, il n'est pas rare que les jeunes femmes... enfin, vous voyez ce que je veux dire. Mais elle, elle m'a *persuadé* là, dans mon bureau. Cette fille était une véritable artiste en la matière. (Il haussa les épaules.)

— Comment était son premier spectacle ?

— Comme ceux qu'elle faisait ces derniers temps, mais à échelle réduite. J'ai fait en sorte de maintenir ça dans des proportions raisonnables. Après tout, on ne la payait pas des fortunes pour ce spectacle. Mais... Regina se moquait bien de ce qu'elle dépensait, pourvu qu'elle obtienne ce qu'elle voulait. Pour ce spectacle-là, elle a dépensé plus d'argent que son cachet. Elle en a été pour 40 000 dollars de sa poche. Elle appelait ça un investissement.

— Elle avait autant d'argent que ça ?

Fletcher opina du chef.

— Et ce n'était pas la dernière fois qu'elle allait perdre de l'argent.

— Mais qu'est-ce qui coûtait aussi cher ?

— Les musiciens. Les éclairages. La sono. Les danseurs. Tout le tralala.

— C'est normal que l'artiste paie tous ces frais-là ? demanda Columbo.

— Regina proposait un spectacle tout compris. Les clubs et les salles ne pouvaient pas engager simplement Regina. Ils devaient prendre l'ensemble. Avec le temps, c'est devenu follement cher. Quand elle est venue me voir, comme je vous l'ai dit, c'était une affaire trop peu importante pour moi. Mais ensuite, elle est devenue mon artiste principale. Les spectacles de cette dimension sont rares, lieutenant. Je ne vois guère que Regina, Michael Jackson et Madonna.

— Pourquoi avait-elle tellement de succès ? demanda Columbo.

— Il y avait deux raisons à ça, répondit Fletcher. Pour forcer les gens à travailler pour elle, elle utilisait l'argent et... ses talents de « persuasion ». Aujourd'hui, par exemple, Mickey Newcastle n'est qu'une malheureuse épave, mais il y a dix ou vingt ans c'était une grande star du rock. Regina ne savait pas lire la musique, mais Mickey oui. Il a laissé tomber sa carrière déclinante pour se consacrer entièrement à elle. On peut dire sans exagération que Regina était la réincarnation de Mickey Newcastle. Elle le payait, bien sûr, mais elle l'a aussi « persuadé ». Bob Douglas, lui, est le plus grand spécialiste actuel de la musique électronique. C'est Kurt Deutsch qui a conçu le spectacle laser, et c'est un autre génie dans sa partie. Etc.

— Donc, les gens qui avaient du talent acceptaient de travailler pour elle. Elle les payait généreusement ?

— Très généreusement. Et de plus en plus, avec les années. Mais sa route était jonchée de cadavres.

— Euh... qu'entendez-vous par là, monsieur ?

— Elle engageait les gens les plus talentueux dans leur domaine, mais ils n'avaient aucune sécurité. Ils apprenaient rapidement qu'il ne fallait attendre d'elle ni gratitude ni loyauté. Si Regina trouvait quelqu'un qui semblait faire du meilleur travail... adieu ! Des indemnités de départ, parfois, mais aucun remerciement. Même les types qu'elle avait « persuadés », c'était adieu !

— Il y avait des gens qui la détestaient ?

— Et comment ! Tenez, par exemple... vous croyez qu'elle portait des sous-vêtements ordinaires, sur scène ? Eh bien pas du tout ! C'était Edith Goldish qui créait sa lingerie. Elle l'a fait pendant trois ans. Et puis un jour, un type qui se faisait appeler « Mister Don » est venu lui proposer ses créations. Le lendemain, il devenait son tailleur en titre. Edith ne l'a appris que le jour où elle est arrivée à une réunion de la production avec des sous-vêtements qu'elle venait de créer : quelqu'un lui a dit que Regina ne voulait pas les voir. Ni elle non plus. Elle n'a même pas eu la décence de l'annoncer elle-même à Edith.

— Nous parlions de ses premiers spectacles, dit alors Columbo, et vous m'avez dit qu'il y avait deux raisons à son succès. Quelle était donc la seconde ?

— Elle avait un instinct très sûr pour évoluer dans le grivois sans jamais tomber dans la franche obscénité. Vous savez, lieutenant, il y a plein de filles qui sont capables de montrer leur chatte sur scène — ou de faire semblant — et de lancer des blagues salaces. Ça n'est pas comme ça que Regina est devenue une grande vedette. Je vous ai dit que le seul talent qu'elle avait, c'était celui de s'autopromouvoir. Ça n'est pas tout à fait vrai. Elle avait le talent de montrer un petit peu plus de peau que la plupart des artistes, de balancer des blagues que personne d'autre n'aurait osé balancer, et de chanter des chansons presque obscènes qui semblaient pourtant n'être que de l'aimable gaudriole. Elle savait bien qu'elle chantait comme un pied et qu'elle dansait comme un sac, et elle savait aussi que le public s'en rendait compte. Mais elle se débrouillait pour que les gens aient l'impression de passer un super-bon moment. Et vous savez quoi, lieutenant ? (Sa voix se brisa et il se passa la main sur le visage.) Eh bien... elle y arrivait.

Columbo considéra un instant, sans mot dire, le poisson cru, le raifort brûlant, le gingembre et le riz assaisonné disposé sur son assiette. Il choisit un peu de riz enveloppé d'algues et laissa Fletcher reprendre ses esprits.

— Elle va me manquer, dit tranquillement Fletcher.

— Oui, je comprends.

— Je vais vous dire autre chose. Je ne pense pas que le vieillard qui vivait chez elle était son grand-père. Je me demande si l'argent dont elle disposait au départ ne venait pas de lui. Quand nous sommes allés à Reno, la première fois, elle ne pouvait pas me « persuader » dans sa chambre d'hôtel parce qu'il la partageait avec elle. Pour être franc, lieutenant, j'avais l'impression qu'elle couchait avec lui. Ces deux ou trois dernières années il a commencé à devenir gâteux, mais à l'époque il ne l'était pas. C'était une véritable présence. Je n'arrive pas à mieux m'expliquer, mais c'était bien de cet ordre-là.

— Vous lui avez déjà parlé ?

— Jamais. Elle m'a dit qu'il ne parlait pas anglais.

Columbo acquiesça, mais ne lui dit pas que le vieil homme lui avait parlé en anglais.

— Ainsi, le vieux a filé, dit Fletcher d'un air songeur. J'aimerais bien savoir ce qu'il avait à cacher. Parce que ça me paraît évident : il ne voulait pas que vous découvriez sa véritable identité.

— Oui, c'est ce que j'ai pensé.

Fletcher demeura silencieux pendant une bonne minute, savourant son repas. Columbo l'imita. Puis Fletcher releva la tête.

— J'ai peur de ne pas vous avoir fourni d'éléments bien précis, mais je me disais que c'était peut-être utile de vous donner des informations d'ensemble.

— Je vous en suis très reconnaissant, monsieur, répondit Columbo. Vous voyez, moi je travaille uniquement à partir d'informations. La seule façon dont je puisse procéder, c'est en rassemblant des faits et en essayant de voir si ça donne un tableau d'ensemble. Vous parliez de talent, tout à l'heure, eh bien moi, je n'en ai aucun. Je n'ai pas d'intuitions géniales. Il faut que je procède à ma façon, c'est-à-dire en collectant patiemment des informations jusqu'à ce que finalement ça prenne un sens. Voilà pourquoi tous les petits faits que vous pouvez me rapporter me sont utiles.

— Je l'espère, dit Fletcher.

— Il faut pourtant que je vous pose une question. Pourriez-vous me dire ce que vous avez fait, jeudi soir ? Disons... à partir de minuit.

Fletcher sourit.

— Je suis heureux de ne pas être le coupable. A minuit, j'étais au Body Shop, assis au bar. J'ai parlé au barman. Après le dernier spectacle, je suis parti avec une jeune dame nommée « Brise d'Aurore », une danseuse « exotique » qui s'appelle en réalité Shirley Sheldon. Nous sommes allés chez moi. Et moi j'ai un valet de chambre, un vrai. Il était encore en bas quand nous sommes arrivés, vers une heure du matin, et il nous a préparé des œufs au bacon. Shirley et moi avons mangé, puis nous sommes allés nous coucher. Je peux vous donner son adresse et son numéro de téléphone. Ça vous va, lieutenant ?

— Il faut bien que je fasse mon devoir, monsieur, dit Columbo en souriant lui aussi.

Chapitre 7

— 1 —

Le capitaine Sczciegel s'arrêta devant le bureau de Columbo.
— Vous rattrapez votre retard de paperasse ?
Le capitaine était un homme de haute taille, mince et chauve. Il n'avait pas enfilé sa veste, exhibant ainsi sous son bras gauche son Beretta 9 mm dans son étui. D'un œil désapprobateur, il considéra la corbeille à papier de Columbo, remplie de circulaires et de notes de service.
— Vous avez déjà lu tout ça ?
— Oh oui, tout à fait, dit Columbo. Sauf la directive concernant la garde à vue d'une prostituée : je sais qu'il faut la présence d'une femme policier... Mais vous savez, dans notre boulot, ni vous ni moi n'aurons jamais à arrêter de prostituée. Si jamais c'était le cas, je la menotterais quelque part et j'irais demander des instructions.
— Et comment vous feriez, Columbo, puisque vous n'avez jamais de menottes sur vous ?
— C'est vrai, j'ai perdu la paire que j'avais et j'étais un peu gêné pour en demander une autre.
Le capitaine ne put s'empêcher de sourire.
— Et comment avez-vous réussi à perdre une paire de menottes ?
— Eh bien voilà : un jour, c'était il y a des années, j'ai arrêté un assassin et je lui ai passé les menottes, et puis un caporal a conduit le type en cellule, avec mes menottes. Ensuite, il a été

condamné et il est allé à San Quentin. Et moi, je n'ai jamais revu mes menottes.

— Et le caporal... ?

— Ben... j'avais oublié de prendre son nom. J'étais assez occupé, vous voyez. J'avais bien arrêté ce type, mais ils étaient deux, et l'autre courait encore. En tout cas, je n'ai jamais revu ces menottes, et je n'ai pas pensé à en demander une nouvelle paire.

— Columbo... allez demander une paire de menottes et fourrez-les dans la poche de votre imperméable. A part ça, je ne suis pas venu vous parler de bracelets. Où en est-on avec l'affaire Regina ? Les médias font un barouf de tous les diables.

— Disons qu'on avance lentement mais sûrement. En attendant, il s'est passé quelque chose de bizarre. Il y avait un vieux bonhomme qui vivait chez elle, et elle le présentait comme son grand-père. Enfin... hier matin, le valet de chambre nous a prévenus que le vieux avait disparu. Martha Zimmer et moi avons inspecté son appartement. C'était vrai, il était parti en emportant ses affaires.

— Il a bien dû laisser des empreintes digitales.

— C'est ça qui est bizarre. Martha a fait relever les empreintes hier après-midi, mais vous savez ce qu'ils ont trouvé ? Les miennes, celles de Martha, du valet de chambre et de la femme de ménage.

— Ah bon, les vôtres ?

— Oui, sur les poignées de porte. Fallait bien que j'entre. Mais toutes les autres avaient été effacées. Partout, y compris dans la salle de bains. Et il ne restait rien dans la chambre qui aurait permis de l'identifier. On aurait dit une chambre d'hôtel après le passage des femmes de ménage.

— Ce qui veut dire ?

— Ce qui veut dire que ce type-là n'était pas Vittorio Savona. Mais alors qui était-ce ? Et pourquoi ne tenait-il pas à être identifié ? Et qui l'a aidé ? Tout seul, il n'a pas pu effacer toutes ses empreintes, faire ses bagages et quitter la maison en pleine nuit. Il a forcément été aidé. Il y en avait d'autres que lui qui ne tenaient pas à ce qu'on l'identifie.

— Vous ne pensez pas qu'il aurait pu être enlevé ? dit Sczciegel.

— On s'est même dit qu'il avait peut-être été tué.

— Qui est au courant de sa disparition ?

— En dehors de la police, il n'y a que Mickey Newcastle, le valet de chambre et la femme de ménage. Et puis, bien sûr, ceux qui l'ont emmené. J'ai été assailli par les journalistes, mais je n'ai rien dit.

— On pourra peut-être garder ça secret un moment, le temps que vous puissiez travailler dessus. Il va falloir que j'en parle au chef, mais vous, essayez d'éclaircir cette histoire le plus rapidement possible.

— Si on avait un jour de plus, on pourrait y voir beaucoup plus clair.

— Entendu, vous l'avez.

Columbo se leva.

— Bon, eh bien j'y vais.

— Tenez-moi au courant, dit le capitaine.

— D'accord. A bientôt.

Columbo quitta son bureau, son éternel imperméable sur le dos.

— Oh, Columbo ! lança le capitaine Sczciegel. Un petit détail. Vous n'avez pas rendu votre revolver. C'est le règlement. Il faut rendre votre revolver et toucher votre nouvelle arme, l'automatique. Vous pouvez soit avoir un Beretta comme celui-ci, soit un Smith & Wesson.

— Euh... c'est que je ne l'ai pas encore...

— Columbo..., s'exclama le capitaine d'un air lugubre. Ne me dites pas que vous ne savez pas où se trouve votre revolver.

— Oh non, capitaine. Je sais où il est. Il est enveloppé dans...

— Alors rapportez-le. Immédiatement. Allez toucher votre nouvelle arme et entraînez-vous un peu au stand de tir, histoire de vous familiariser avec elle. C'est un ordre, lieutenant ! Je ne veux pas que mes inspecteurs se baladent sans leur arme de service.

— A vos ordres, capitaine. Dès que j'aurai résolu l'affaire Regina.

— D'accord. Dès que vous aurez résolu l'affaire Regina.

— 2 —

— Hé, Columbo ! Attendez !

Martha Zimmer courait au milieu des voitures en stationnement.

— Bonjour, Martha. Vous aussi vous travaillez le dimanche ?

— Oh, non. Je suis simplement venue au quartier général pour me trouver un partenaire au bowling.

— Ah, ça me plairait bien d'y aller avec vous. Ma femme adore ça. Faut dire qu'elle joue mieux que moi, elle appartient à un club. Mais si votre mari et vous...

— Columbo, j'ai des nouvelles pour vous. Importantes.

Il s'appuya contre sa 403.

— Oui, qu'est-ce que c'est ?

— Les services d'immigration et de naturalisation ont répondu à mon fax. Regina Celestiele Savona est entrée aux États-Unis le 17 août 1988 avec un visa de touriste. Elle venait de Milan à bord d'un vol Alitalia. Deux mois plus tard, elle faisait une demande de permis de travail en qualité d'« artiste de variétés ». Elle a obtenu la carte verte. Trois ans plus tard, elle a fait une demande de naturalisation. En septembre 1993, elle est devenue citoyenne américaine.

— Et Vittorio ?

— Aucune trace d'arrivée aux États-Unis d'un dénommé Vittorio Savona. Le consulat d'Italie a accepté d'adresser une demande de renseignements à la police italienne. Je n'ai pas encore de nouvelles.

— Qui était donc ce Vittorio Savona ? demanda Columbo.

— Était ? Vous croyez qu'il est mort ?

Columbo haussa les épaules.

— C'est possible. Où Regina est-elle arrivée aux États-Unis ? A New York ?

— Oui, à l'aéroport Kennedy.

— Vous croyez que l'Immigration pourrait nous fournir la liste des passagers en provenance d'Italie ce jour-là, à l'aéroport Kennedy ?

— Pourquoi pas ? Je vais le leur demander.

— Merci. Euh... on se voit pour déjeuner ?

— Pas si vous allez chez Burt. Une fois par semaine ça suffit. Plus, ça ferait des trous dans l'estomac.

— C'est pourtant le meilleur chili de Los Angeles. Vous devriez apprendre à apprécier les bonnes choses de la vie, Martha.

— 3 —

Joshua et Barbara Gwynne vivaient au dernier étage d'un immeuble si haut que, par temps clair, ils apercevaient distinctement l'île de Santa Cruz. Avant de pénétrer dans le hall de l'immeuble, Columbo éteignit le cigare de Mort Steinberg qu'il avait fumé dans sa voiture et le mit dans sa poche. Puis, sous l'œil soupçonneux du gardien, il prit l'ascenseur pour le dernier étage.

— Vous avez un appartement magnifique, dit Columbo lorsque Barbara Gwynne l'eut fait entrer au salon.

— Acquis grâce aux disques de Regina, dit-elle d'un air un peu triste.

— Pour vous, cela doit représenter une perte financière considérable.

— Oh, oui. Elle avait attendu jeudi dernier pour nous autoriser à publier les chansons de son nouveau spectacle. Et maintenant...

Barbara Gwynne avait le goût de l'élégance. Elle était vêtue d'un pyjama de soie noire brodée d'or, maquillée, ses cheveux blonds décolorés impeccablement coiffés. Elle devait avoir une cinquantaine d'années, et sa peau terreuse trahissait la fumeuse de longue date.

— Josh sera là dans un instant. En général, le dimanche matin, à cette heure-ci, nous prenons un Bloody Mary. Ça vous dirait ?

— En principe, je suis en service, mais...

Barbara Gwynne agita une petite sonnette en argent, et une femme de chambre en robe noire et tablier blanc fit son apparition.

— Nous serons trois pour le brunch, annonça-t-elle avant de se retourner vers Columbo. Voulez-vous lui confier votre imperméable, lieutenant ?

— En fait, m'dame, j'ai plein de trucs dans les poches dont je risque d'avoir besoin. Mon calepin, mon stylo, par exemple. Vous comprenez.

Elle acquiesça, puis tira une Camel d'un paquet posé sur la table et l'alluma avec un briquet.

— Peut-être que ça ne vous dérange pas si moi aussi je fume, dit Columbo.

— Allez-y, allez-y. Il n'y a plus beaucoup d'endroits où c'est encore autorisé, mais ici on peut fumer.

Columbo n'avait aucun mal à la croire, tant l'élégant appartement empestait le tabac. Il tira de sa poche le bout de cigare de Steinberg et se mit en quête de feu.

Elle alluma son briquet et se pencha vers lui.

— Merci, m'dame. Quelqu'un m'a offert six magnifiques cigares, alors j'en fume un peu de temps en temps. Vous savez, ce sont des merveilles, alors il faut les traiter avec respect.

— J'imagine qu'il doit y avoir une différence entre les cigares chers et les cigares bon marché, dit-elle. Mais ça n'est pas pareil avec les cigarettes. Une fois qu'on est accro, on fumerait n'importe quoi. Mais vraiment n'importe quoi. Elles se valent toutes.

— Je n'ai jamais fumé de cigarettes, dit Columbo. Oh... bonjour, monsieur Gwynne.

Joshua Gwynne, pyjama blanc et kimono en soie bleue, semblait avoir une sérieuse gueule de bois.

— Vous avez trouvé qui est l'assassin ? demanda-t-il.

— Oh, non, monsieur, pas encore. Et vous, vous avez une idée ?

— Si l'un de nous deux avait une idée, vous seriez le premier à la connaître, répondit Joshua Gwynne en se laissant tomber dans un fauteuil.

— Vous pouvez quand même m'aider, dit le policier. D'abord, est-ce que ça vous ennuierait de nous fournir un échantillon de votre sang ?

— Pourquoi nous demander ça, lieutenant ? demanda Joshua.

— Eh bien, vous voyez, on a retrouvé une petite tache de sang sur le peignoir de Regina, et on aimerait procéder à des vérifications.

— Oh, vous pouvez vérifier notre sang à tous les deux, lança Joshua après un rapide coup d'œil à sa femme. Si ça ne vous dérange pas, nous demanderons à notre médecin de faire la prise de sang. Ça serait possible qu'un policier vienne chercher les échantillons à son cabinet ?

— Pas de problème, monsieur Gwynne, pas de problème.

La femme de chambre fit alors son entrée, portant un plateau sur lequel se trouvaient une bouteille de vodka Stolichnaya, un seau à glace, une carafe de jus de tomate, des bouteilles de sauce anglaise et de Tabasco, du sel, des verres et une petite assiette de citrons verts découpés en quartiers.

— Si vous le voulez bien, je vais préparer les cocktails, déclara Barbara.

La femme de chambre revint avec un autre plateau chargé de

tranches de pain, de biscuits salés, de fromages divers et de légumes crus.

Columbo brûlait d'envie de sortir son œuf dur de la poche de son imperméable, mais finit par y renoncer.

— A part vous donner notre sang, lieutenant, comment peut-on vous aider ? demanda Joshua.

— Eh bien, monsieur, ce qui me chiffonne, c'est le mobile. Je n'arrive pas encore à voir pourquoi on aurait voulu tuer Regina... à moins qu'il ne s'agisse d'un inconnu qui ait pénétré cette nuit-là dans la propriété et qui l'ait tuée pour une raison quelconque...

— Ça paraît peu vraisemblable, lança Joshua. Il y a une patrouille de vigiles privés qui parcourt le quartier vingt-quatre heures sur vingt-quatre, et la nuit elle est renforcée. Et ils surveillent particulièrement la maison de Regina. C'était une grande vedette, elle était menacée. En outre, il y a un faisceau de sécurité électronique juste sous la barrière.

— Il était probablement désactivé pour la fête, fit observer Barbara.

— C'est vrai, reconnut Joshua.

— Alors quelqu'un aurait pu...

— Non, lança vivement Columbo. Il aurait dû savoir que le système de sécurité était débranché. Encore fallait-il être au courant de son existence. Enfin... Y avait-il ce soir-là des gens que vous ne connaissiez pas ?

Barbara tendit à Columbo un Bloody Mary.

— A votre avis, demanda-t-elle, combien y avait-il de gens à cette réception ?

— Je ne sais pas.

— Eh bien pas des centaines ! Plutôt vingt-cinq ou trente personnes. Tous ceux devant qui Regina avait envie de s'exhiber nue et soûle. Je connaissais tout le monde. Et tout le monde se connaissait. Un inconnu aurait paru suspect.

— Je crois qu'on pourrait dresser la liste de tous les gens présents ce soir-là, dit Joshua. Mais peut-être l'avez-vous déjà.

— Oui, je l'ai, répondit Columbo, mais je ne demande pas mieux que d'en avoir une autre. Ah, et puis, dites-moi, c'est délicieux, cette boisson-là. Merci beaucoup.

— Eh oui, le mobile, dit Joshua d'un air songeur. Moi aussi je me pose la question, lieutenant. Elle a blessé beaucoup de gens, vous savez. Mais de là à la tuer...

— On m'a raconté beaucoup de choses sur elle, dit Columbo.

— C'était une petite pute malveillante, calculatrice et destructrice, dit Barbara.

— Oh, Barbara ! lança Joshua.

— Pour arriver, elle a écrasé tous ceux qui l'avaient aidée, reprit Barbara. Tous ceux qui ont travaillé avec elle en portent les cicatrices.

— Mais rien qui justifie qu'on la tue, insista Joshua.

— Quelqu'un vous a déjà raconté ce qu'elle avait fait à Christie Monroe ? demanda Barbara.

— Non, m'dame.

— Barbara ! C'est...

— Non, Joshua, je vais le raconter. Le lieutenant Columbo en tirera les conclusions qu'il voudra. Voilà... Regina a toujours travaillé avec une petite troupe de danseurs derrière elle, mais qui jouaient un rôle de second plan. Sur scène, ils n'étaient pas très éclairés. Ils étaient interchangeables. Si l'un d'entre eux se détachait du lot, surtout une femme, Regina s'en débarrassait immédiatement. On ne devait faire attention qu'à elle, la star !

— Ses danseurs et ses danseuses ont toujours eu beaucoup de talent, dit Joshua. Ce qui n'était pas le cas de Regina.

— Un jour, au cours d'une répétition, reprit Barbara, Regina s'en est brusquement prise à Christie. « Tu sais ce qui va pas avec toi, espèce de pute ? C'est que tu es bien trop bonne ! Allez, tire-toi ! » Elle était jalouse. Christie a éclaté en sanglots et l'a suppliée de la garder. Elle avait besoin de ce travail. Mickey est alors intervenu en sa faveur en disant à Regina qu'ils n'auraient pas le temps d'engager une autre danseuse pour le spectacle qui devait avoir lieu le soir même ou le lendemain. Regina s'est contentée de hausser les épaules, et Christie est restée. Regina n'en a plus jamais parlé. Mais ça n'est pas tout, parce que...

— Barbara... !

— Non, ça n'est pas tout, reprit Barbara. Le patron du Lido, Les McIntyre, a voulu engager Christie pour un de ses spectacles. Quand Regina l'a appris, elle a appelé Les en personne et lui a dit qu'elle le placerait sur sa liste noire si jamais il engageait quelqu'un qui travaillait pour elle. Ça aurait été une chance énorme pour Christie, mais elle l'a ratée à cause de Regina.

— Est-ce que vous essayez de me suggérer que Mlle Monroe aurait pu tuer Regina ? demanda Columbo.

— Non. Impossible. En tout cas, elle n'aurait pas pu le faire elle-même.

— Puisque tu es si bien partie, dit Joshua, tu n'as qu'à lui parler de Michelle.

— Vous n'avez jamais assisté à un concert de Regina, n'est-ce pas, lieutenant ?

— Non, m'dame, jamais.

— Alors vous n'avez pas pu voir ses six danseurs et danseuses. Parmi eux, il y a Michelle Durand, une Noire, une fille splendide, avec de longs cheveux, magnifiques. Regina a exigé qu'elle se rase le crâne. Apparemment, ça ne posait pas de problème, parce qu'un certain nombre de jolies Noires le font. Mais Michelle est une fille sensible, et elle s'est sentie humiliée. Sans compter que Regina l'a ensuite accablée de plaisanteries qui l'ont fait pleurer.

— Ce que veut dire Barbara, lieutenant, c'est qu'un certain nombre de gens sont plutôt ravis de la disparition de Regina. Mais pas nous. Sa mort va nous coûter une véritable fortune. Mais je suis sûr que ça n'est pas non plus le cas de Michelle ni de Christie. Elles vont perdre un travail extrêmement bien payé.

Sans lui demander son avis, Barbara prépara un second verre à Columbo.

— Je vais vous révéler quelque chose de confidentiel, dit alors Columbo. Le vieil homme qui vivait au premier étage... il est parti. Il a disparu.

— Comment ça ? Et pourquoi ? demanda Joshua.

— On ne sait pas encore. Mais moi, ce que j'aimerais savoir, c'est sa véritable identité.

— Ce qui est sûr, en tout cas, c'est que ça n'était pas son grand-père, déclara Barbara.

— Qu'est-ce qui vous fait dire ça ?

— Je n'ai pas de preuves, bien sûr, mais à mon avis, c'était le Howard Hughes de Regina. Vous devez savoir, j'imagine, qu'il y a des choses curieuses dans la façon dont elle a débuté. Il y avait de l'argent, derrière elle. J'ai toujours pensé que le vieux était son mécène, et que, lorsque tout le monde avait quitté la maison, elle allait passer la nuit avec lui.

— Ça n'est pas une simple supposition, renchérit Joshua. Il y a environ un an, Barbara et moi sommes restés dormir chez elle. Vous savez maintenant qu'un certain nombre d'amis disposaient d'une invitation permanente à passer la nuit là-bas. C'est d'ailleurs ce qui s'est passé jeudi soir. En tout cas, cette nuit-là, il y a donc un an, Regina se sentait en pleine forme : la réception qu'elle donnait ne faisait pas suite à un concert, et elle n'était ni fatiguée ni soûle. Il ne devait pas être loin de trois heures du matin quand elle nous a souhaité bonne nuit et qu'elle est montée.

— Il était plutôt deux heures du matin, fit observer Barbara.

— Peut-être, peu importe. En tout cas, nous aussi nous étions fatigués et nous l'avons suivie. Au moment où nous sommes arrivés en haut de l'escalier, Regina ouvrait la porte du vieux. Il était en colère, lieutenant. (Il glissa un coup d'œil à sa femme.) Il l'a traitée... de pute. Il lui a dit qu'il était trop vieux pour veiller comme ça toute la nuit, et qu'elle devait monter plus tôt. Avant qu'elle ne referme la porte, on l'a entendue qui disait : « Allez, papy, c'est seulement les soirs où je reçois des gens. De toute façon, je sais comment te réveiller. Ça, tu en es encore capable, hein ? »

— Il parlait anglais avec un fort accent, j'imagine, dit Columbo.

— Non, sans accent, dit Barbara.

— Aucun accent, renchérit Joshua.

Chapitre 8

— 1 —

Columbo avait décidé de prendre un après-midi de congé. Il en avait besoin pour réfléchir à tout ce que lui avaient raconté les témoins. C'était un dimanche, et le temps se prêtait plus à la promenade sur la plage qu'à la baignade, pourtant quelques garçons et quelques filles courageux, en combinaison de plongée, surfaient sur les vagues. Le vent froid plaquait sur son corps l'imperméable de Columbo et emportait au loin la fumée de son cigare. Il regarda un moment les surfeurs, puis son attention se reporta sur Le Chien.

Les surfeurs intéressaient aussi vivement le basset, et, chaque fois que l'un d'eux revenait au rivage, il se précipitait sur lui en aboyant et en agitant la queue.

— Dites, monsieur, il ne mord pas ? demanda une jolie fille en découvrant des cheveux blondis par le soleil.

— Eh bien, mademoiselle, je ne peux pas affirmer qu'un chien ne va pas mordre. Jusque-là, il ne l'a jamais fait et je ne pense pas qu'il le fera, mais sait-on jamais ? Personne ne peut garantir qu'un chien ne mordra pas.

— Comment s'appelle-t-il ?

— Le Chien. Simplement Le Chien. Je l'ai pris à la fourrière, et j'ai essayé longtemps de lui trouver un nom. Je me suis dit que j'allais l'observer pour voir comment il se comportait et que ça me donnerait des idées. Mais je ne pouvais quand même pas l'appeler Dormir ou Baver, parce que c'est tout ce qu'il faisait.

La fille éclata de rire.

— Vous, vous avez le sens de l'humour !

— Alors, pendant ce temps-là, je l'appelais Le Chien, et je le lui ai dit si souvent qu'il a dû croire à la fin que c'était son nom. En tout cas, c'est le seul auquel il réponde.

La fille tendit une main que Le Chien lécha.

— Il sait nager ? demanda-t-elle.

— Oh, oui, mademoiselle. Moi, je n'ai jamais appris, mais lui, il sait nager. Un de mes voisins a une piscine, et de temps en temps Le Chien va y faire un plongeon... même s'il n'est pas toujours le bienvenu. Mais je ne suis pas sûr qu'il aime tellement l'eau. Ma femme pense qu'il aime nager, mais moi je crois surtout qu'il cherche à noyer ses puces.

— Oh ! Il a des puces ?

— J'imagine que tous les chiens en ont. En tout cas, il préfère noyer ses puces plutôt que d'être aspergé de poudre insecticide.

— Vous croyez qu'il aimerait aller sur ma planche de surf ?

— J'en suis sûr. Essayez.

La fille fit monter Le Chien sur sa planche, bien au centre, puis le poussa dans l'eau, à quelques mètres du rivage. Le Chien se mit à aboyer et agita la queue, tandis que la fille guidait la planche.

— Hé, Columbo !

— Bonjour, Martha.

— C'est votre femme qui m'a dit où vous trouver. Vous essayez de noyer votre chien ?

— Ça n'est pas parce que moi je ne sais pas nager que lui ne sait pas. D'ailleurs, il fait des tas d'autres choses dont moi je suis incapable. Comme de se gratter l'oreille avec le pied.

Martha sourit.

— Le fait d'enquêter sur la mort de Regina nous donne un statut tout à fait exceptionnel : les polices du monde entier coopèrent avec nous. Nous avons déjà reçu une réponse de la police italienne.

Elle tira de son sac deux feuilles de papier qu'elle tendit à Columbo. L'en-tête indiquait : SERVIZIO INFORMAZIONI SICUREZZA DEMOCRATICO. Et la lettre était signée par un certain Galeazzo Castellano, *principale* de l'antenne de Milan du SISD.

« Comme des millions d'admirateurs à travers le monde, nous déplorons la mort tragique de Regina Celestiele Savona, et c'est un grand honneur pour nous que de pouvoir aider nos collègues de Californie à résoudre le mystère entourant ce crime odieux.

Regina Celestiele Savona est née à Marino di Bardineto, en

Ligurie, le 14 septembre 1965, de Lorenzo et Maria Savona, nés et demeurant dans la même localité. Les parents ont eu cinq enfants, trois filles et deux garçons. Elle est l'aînée des filles. Elle a obtenu un passeport le 30 juin 1988, et les autorités italiennes ont été informées qu'en 1993 elle avait obtenu la nationalité américaine.

Marino di Bardineto est un petit village de pêcheurs sur le golfe de Gênes. Un certain nombre de familles, dont les Savona, tirent leurs revenus de la pêche aux éponges, effectuée à la main, en plongeant. Cette industrie, autrefois florissante, n'est plus à présent qu'une attraction pour touristes. Des plongeurs équipés de bouteilles et des passagers de bateaux à fond transparent observent les pêcheurs au fond de l'eau.

En ce qui concerne le grand-père paternel de Regina, Vittorio Savona, il vit à Marino di Bardineto, où il vend du poisson sur le marché. Il est illettré et ne s'est jamais éloigné de plus de quelques kilomètres de son village.

Il y a quelque chose de mystérieux dans le départ de Regina Celestiele pour les États-Unis, et son succès immédiat là-bas. Les Savona ne sont pas riches. Comment leur fille a-t-elle pu payer son voyage et son séjour sur place ? Au village, les gens sont partagés sur cette question. Si cela peut vous être utile, je suis prêt à envoyer un enquêteur à Marino di Bardineto pour y poursuivre les recherches. »

— Voilà qui serait utile, dit Columbo. Envoyez un câble à ce monsieur pour lui dire que nous lui en serions très reconnaissants.
— Entendu.
— Donc... si son grand-père vit toujours en Italie, qui était ce vieux bonhomme qui vivait chez elle ? Visiblement, il y a un rapport entre le meurtre de Regina et la disparition du vieux. Si on découvre le nom de l'assassin, on découvrira qui était le vieux. Ou qui il est.

— 2 —

Mickey Newcastle vivait dans un appartement à Santa Monica. Columbo s'y rendit avant de rentrer chez lui.
— Euh... monsieur Newcastle, ça vous ennuie si j'amène mon

chien ? Il vient de courir sur la plage, mais j'ai enlevé tout le sable qu'il avait encore dans les pattes.

— Pas du tout. Entrez, entrez, lieutenant. Que puis-je faire pour vous ?

— Eh bien, je me disais que peut-être vous pourriez m'aider à identifier le vieux monsieur qui vivait chez Regina et qui vient de disparaître.

— Asseyez-vous, dit Mickey. Je vous sers une bière ?

— Volontiers. Merci beaucoup.

Tandis que Mickey se rendait à la cuisine, Columbo promena le regard autour de lui. L'appartement n'était ni luxueusement ni pauvrement meublé. Depuis le salon, on avait une vue sur la route, la plage et l'océan. Un certain désordre régnait dans la pièce, et comme les cendriers débordaient de mégots, Columbo alluma un cigare. Le Chien, couché aux pieds de son maître, dormait déjà.

— Euh, monsieur Newcastle, Johnny Corleone vous a-t-il dit qu'il me faudrait un échantillon de votre sang ?

— Oui, répondit Mickey depuis la cuisine. Nous devons aller ensemble, ce matin, au bureau d'expertise médicale. Johnny vient me chercher. Vous savez déjà, j'imagine, ce qu'on va trouver dans mon sang !

— Ça ne m'intéresse pas.

Mickey revint avec deux bouteilles de bière et deux verres.

— Le vieux..., commença Columbo.

— Il traînait toujours dans les parages. Depuis le début.

— Qu'est-ce que vous entendez par « traîner dans les parages » ?

— Je travaillais sur un spectacle, à Las Vegas, et j'ai reçu un coup de fil de Joe Fletcher. Il n'a pas eu besoin de se présenter : je savais qui il était. Il m'a dit qu'il avait une cliente, une fille, qui devait débuter un spectacle à Reno, et qu'elle avait besoin d'aide. C'est-à-dire, en fait, qu'elle n'avait aucune idée de ce qu'elle allait faire, et qu'il fallait lui monter entièrement son spectacle. Ça m'a quand même étonné, mais il m'a dit de ne pas me poser de questions et de rappliquer. D'après lui, je pouvais gagner beaucoup d'argent.

Mickey s'interrompit pour avaler une gorgée de bière, puis reprit son récit.

— Pour être franc, lieutenant, mon heure de gloire était passée. J'avais été une grande vedette, mais j'étais déjà sur le déclin. Mon style était passé de mode. Alors je suis allé à Reno, et j'ai fait la connaissance de Regina.

— Et à ce moment-là, le vieux était avec elle ?

— Oh oui, il était là. Difficile de dire ça avec précision... disons que c'était une PRÉSENCE. Il traînait toujours autour d'elle, silencieux, presque menaçant. A l'hôtel, elle occupait une suite avec deux chambres. Quand je venais à l'hôtel, il s'enfermait dans une des chambres. Elle disait qu'il ne parlait pas anglais et ne voulait pas voir de gens. Chaque fois, je ne le voyais que quelques instants.

— Elle disait que c'était son grand-père ?

— C'est comme ça qu'elle le présentait. Mais... elle couchait avec lui ! C'était évident. Elle s'en cachait à peine. Le faire passer pour son grand-père, c'était une sorte de blague, pour elle.

— Et donc, vous avez commencé à travailler pour elle.

— Joe Fletcher m'a proposé un contrat en or massif. J'ai accepté. Son spectacle à Reno était horrible, horrible, horrible ! Sonorisé très fort, vulgaire. Je lui en ai conçu un autre. Mais ça n'était pas facile de travailler avec Regina. Elle ne savait pas lire la musique, n'entendait aucune différence entre un dièse et un bémol, n'avait aucun sens du rythme... Elle n'avait aucun talent. Mais quelqu'un m'a versé une fort jolie somme pour lui monter un spectacle. J'ai abandonné mes propres représentations et j'ai fait de Regina ce qu'elle est devenue. En toute modestie, lieutenant, Regina, c'est ma création.

— Euh... vous avez dit que « quelqu'un » vous avait versé une jolie somme. Vous savez qui c'est ?

— Au début, mes chèques étaient au nom de Joe Fletcher. Mais je savais pertinemment que ce n'était pas lui qui me payait, qu'il ne servait que d'intermédiaire. Par la suite, j'ai été payé par la société Regina.

— Quand vous dites que Joe Fletcher ne servait que d'intermédiaire, vous avez une explication, pour ça ?

— Vu le contrat passé avec l'hôtel casino, le spectacle ne rapportait pas assez pour couvrir les frais de production. En fait, Fletcher me versait la même somme que l'hôtel pour le spectacle. L'argent venait forcément d'ailleurs.

— Et vous pensez que ça pouvait venir du vieux.

— De qui d'autre, à votre avis ?

— Mais qui était ce type ? demanda Columbo. Et d'où venait son argent ?

— Je n'ai pas posé de questions, répondit Mickey. Je crois que ça n'aurait pas été une très bonne idée.

— Pourquoi ?

— Je ne sais pas. J'avais l'impression qu'il valait mieux ne pas trop se frotter à ce vieux bonhomme. De toute façon... Regina était l'œil d'un véritable cyclone, et je n'ai pas tardé à y être aspiré. (Il sourit.) En fait, je n'avais aucune envie d'entendre dire du mal d'elle. J'étais... amoureux d'elle, lieutenant.

— Apparemment, vous n'étiez pas le seul. C'étaient surtout des hommes qui ne la connaissaient pas.

— Inutile d'entrer dans les détails... La dernière fois, c'était il y a six mois. Mais elle était... extraordinaire. Au début, j'étais assez naïf pour croire qu'elle ne se serait pas comportée comme ça si elle n'avait pas été amoureuse de moi.

— Vous êtes resté à ses côtés pendant six ans ?

— Un petit peu moins. Notre relation n'a pas toujours été agréable. Quand vous consulterez les livres de comptes de la société Regina — si vous ne l'avez pas déjà fait —, vous constaterez que par trois fois elle a réduit mes appointements. Elle n'avait plus autant besoin de moi. En tout cas, c'est ce qu'elle croyait.

— Elle humiliait les gens, suggéra Columbo.

Mickey acquiesça.

— Oui. Elle se comportait comme un vampire. Elle pressait les gens comme des citrons et puis les rejetait. Je crois que tôt ou tard elle m'aurait rejeté.

Le Chien se roula sur le dos, les quatre pattes en l'air, et bâilla.

— Ah là, là, dit Columbo, ce chien se conduit très mal en société. Je n'ai jamais rien pu lui apprendre. Il a dû faire toute son éducation avant que je l'aie.

— Il est très sympa, dit Mickey. J'aimerais bien avoir un chien comme ça.

Columbo avala une dernière gorgée de bière.

— Bon, je ne vais pas vous déranger plus longtemps. Merci pour la bière. Dites-moi, vous jouez au billard ?

— Euh, non.

— Je connais un endroit où on mange le meilleur chili con carne de Los Angeles et où on peut jouer au billard. Pendant l'heure du déjeuner.

— Vous savez, ce sont surtout les Américains qui aiment le chili, quant au billard, j'ai bien essayé de jouer au snooker, à Londres, mais je n'ai jamais été très bon.

— Ah oui, c'est vrai, les Anglais jouent au snooker ! Moi, je n'y ai jamais joué. C'est une grande table avec des coins arrondis, c'est ça ?

— Oui, c'est le billard anglais. Les gens adorent ça en Angleterre. Vous savez, ça remonte à loin, chez nous. A Knoll House, dans le Kent, il y a une table de billard sur laquelle aurait joué le roi Charles II. Avec des queues carrées à poignées plates.

— Eh bien dites donc ! (Columbo se leva.) Bon, je vais ramener Le Chien à la maison. (Il gagna la fenêtre et contempla un moment la route et la plage.) Vous avez une jolie vue, d'ici.

— J'ai déjà vécu dans des endroits plus agréables.

— Oui, j'imagine. Bon... merci encore.

Mickey Newcastle ouvrit la porte.

— Oh, dites-moi, lança Columbo. Il y a encore quelque chose qui me turlupine. Vous pourrez peut-être m'éclairer, ça m'éviterait de me retourner dans mon lit toute la nuit pour trouver la solution.

— Bien sûr. De quoi s'agit-il ?

— Voilà... vendredi matin, vous avez dit que vous vous étiez levé en pleine nuit pour aller aux toilettes et que vous avez entendu un cri. Vous êtes donc allé à la fenêtre et vous avez tiré les rideaux. C'est bien ça ?

— Oui...

— Et là, vous avez vu un homme blond avec une veste rouge. Il s'est mis à courir, s'est cogné contre le plongeoir et a fait une chute. C'est ça ?

— Oui, c'est ça.

— Eh bien, je me demande comment vous avez fait, parce que depuis la fenêtre de votre chambre, on ne peut pas voir le plongeoir. Les branches du palmier empêchent d'apercevoir le plongeoir. Elles empêchent d'ailleurs de voir toute cette partie de la piscine.

— Oh... c'est très simple. En fait, quand j'ai aperçu cet homme, j'ai ouvert la porte vitrée et je suis sorti sur le balcon. C'est à ce moment-là que je l'ai vu se cogner contre le plongeoir.

Columbo hocha la tête.

— Bien, bien. Je suis content de vous avoir posé la question. Parce que des petits détails comme ça, ça a quelque chose d'irritant, vous comprenez. Moi, c'est comme ça que j'arrive à débrouiller des affaires : en relevant des petites contradictions. Ça n'est pas comme ça que les enquêteurs vraiment brillants résolvent les affaires criminelles, mais moi je suis obligé de procéder de cette façon-là parce que, au fond, je ne suis pas aussi malin que certains de mes collègues.

— Eh bien voilà, lieutenant, ça s'est passé comme ça : je suis sorti sur le balcon.

— Mais vous n'avez pas vu Regina dans la piscine ?

— Non. Peut-être parce que j'avais les yeux fixés sur cet homme. Ou alors parce qu'elle avait déjà coulé et qu'il y avait un reflet sur l'eau qui m'empêchait de la voir. Je ne sais pas. Lui, je l'ai vu, mais pas elle.

— Bon, en tout cas je n'ai plus à m'inquiéter de cette histoire-là.

Chapitre 9

— 1 —

Johnny Corleone conduisait bien. Cela dit, à Los Angeles ça ne changeait pas grand-chose, parce que les flics de la circulation ne savent reconnaître ni les bons conducteurs ni les belles voitures. Il n'avait que rarement l'occasion de démontrer ce qu'il était capable de faire avec sa Ferrari, et en ce lundi matin, alors qu'il revenait du bureau d'expertise médicale, une telle occasion n'avait pas l'air de se présenter. Mickey n'en était pas mécontent. Quand Johnny appuyait sur le champignon, Mickey était terrorisé.

Mickey Newcastle n'avait jamais eu de Ferrari, mais il avait possédé deux Jaguar et une Austin Healey, et il s'y connaissait en belles voitures. Pour l'heure, il songeait à ce qu'aurait pu être son destin s'il n'était pas devenu accro. Avec tout ce qu'il avait sniffé et s'était injecté dans les veines, il aurait pu rouler à présent dans une voiture comme celle-ci.

Les drogues n'avaient pas détruit l'artiste en lui. Il pouvait encore se produire sur scène et jouer ce qu'il jouait dans les années soixante-dix. Il avait dit la vérité au lieutenant Columbo : il était tout simplement passé de mode. Puis toutes ses économies s'en étaient allées en poudres diverses. Il faut dire qu'il avait fait les choses en grand ! Il s'était livré corps et âme à tous les produits concoctés par la chimie. Et il lui avait fallu assouvir les exigences de ces maîtresses insatiables. Il commençait d'ailleurs à éprouver les effets du manque.

— On est dans le pétrin, Mick, dit Johnny. Autant le reconnaître.

— Plus encore que tu ne le crois, dit Mickey d'un air sombre. Il me faut absolument de l'argent. Avant ce soir, je vais me mettre à trembler comme une feuille.
— Où tu dois aller ? A Pershing Square ?
— Oui, par là.

Johnny tira d'un portefeuille deux billets de 50 dollars qu'il tendit à Mickey.

— Ça devrait te suffire pour une journée environ, non ?
— Oui, environ.
— Et maintenant, il faut qu'on parle de choses plus importantes. Excuse-moi, je sais qu'il n'y a rien de plus important que le speedball quand on est en manque, mais il faut que tu m'écoutes. Jeudi soir, quelqu'un nous a vus. Il y a un témoin.
— Mon Dieu !
— Bon... on est lundi, et ça s'est passé jeudi. Jusqu'ici, notre témoin l'a bouclée.
— Qui était-ce ?
— Je ne sais pas exactement, mais on peut essayer de deviner. Quand j'ai levé les yeux, j'ai vu le vieux à sa fenêtre. Bon. Mais il y avait quelqu'un d'autre debout derrière la porte vitrée du couloir. Ça a été très rapide. Il s'est aussitôt reculé dans l'ombre.
— Mais qui ça ?
— Réfléchis. Qui ça pouvait être ?
— Comment tu veux que je sache ?
— Ça ne pouvait être que Bob ou Christie. Les Gwynne, par exemple, qu'est-ce qu'ils auraient fait dans le couloir ? Ils pouvaient regarder depuis leur chambre. Mais si Bob ou Christie ont entendu les cris, c'est de là qu'ils pouvaient voir, depuis la porte vitrée qui se trouve entre le couloir et le balcon. Il n'y avait personne d'autre dans la maison. Ça ne peut être que l'un des deux.
— Pourquoi est-ce qu'ils n'ont rien dit, alors ?

Johnny tourna dans Broadway.

— Il peut y avoir deux raisons à ça. Si c'était Christie et qu'elle n'avait pas ses lentilles de contact — c'est ce qu'elle a dit à Columbo —, elle n'a pu identifier personne. Mais alors, pourquoi ne lui a-t-elle pas dit qu'elle avait regardé par la fenêtre ? Elle aurait pu au moins lui dire ça, hein ?
— Donc, si elle n'a rien dit, c'est que ça n'était pas elle.
— Il reste Bob. Il savait que je n'étais pas seulement le valet de chambre, et s'il ne parle pas, c'est qu'il a peur de dénoncer Johnny Corleone. Ou alors il pense qu'il a barre sur nous et il attend son

heure. Il n'a rien à gagner à tuyauter Columbo, mais il s'imagine peut-être que ça peut lui rapporter quelque chose en la bouclant.

— Peut-être aussi qu'il se fout éperdument de la mort de Regina, dit Mickey. Elle a été dure avec lui.

— J'ai comme l'impression que notre ami Bob ne va pas tarder à se manifester.

— Autre chose, maintenant ! lança alors Mickey. On vient de faire une prise de sang pour comparer avec les taches retrouvées sur son peignoir. Mais il n'y a jamais eu de taches de sang sur ce peignoir !

— C'est vrai. Mais si on avait refusé, on aurait eu l'air de quoi, hein ? J'arrive pas à le saisir, ce Columbo. Il joue les imbéciles, mais c'en est pas la moitié d'un.

— Non, l'imbécile c'est moi, dit Mickey.

— En tout cas, il y a un témoin. Peut-être même deux. Qu'est-ce qu'on fait, à ton avis ?

— Ne me dis pas que tu veux t'en débarrasser ! s'écria Mickey.

— Donne-moi une autre solution. Mais si ça doit se faire, ne t'inquiète pas : c'est pas nous qui nous en chargerons.

— Mon Dieu, Johnny ! Avec qui est-ce qu'on s'embarque, maintenant ?

— Pose pas de questions. Moins t'en sais, mieux ça vaut.

— 2 —

Bob Douglas et Christie Monroe vivaient à Van Nuys, dans une petite maison ombragée par des palmiers. Columbo s'y rendit le lundi au milieu de la matinée.

— Je vous attendais, lieutenant, dit Christie en l'accueillant à la porte. Vous savez, Bob n'est toujours pas là.

— Oui, c'est ce que vous m'avez dit ce matin au téléphone. Je lui parlerai une autre fois.

— Eh bien, entrez. J'étais installée au bord de la piscine. Ça ne vous dérange pas qu'on s'assoie là-bas ? Je peux vous offrir un café ? Il est déjà prêt.

— Volontiers, merci.

Christie alla chercher une cafetière dans la cuisine, puis conduisit Columbo dans le jardin, au bord de la piscine. Là, elle se débarrassa d'une courte blouse en soie imprimée, et apparut en petit Bikini. Puis elle chaussa sur son nez une paire de lunettes de soleil et s'installa sur une chaise longue.

— Bob sera de retour en fin d'après-midi, dit-elle. Je ne sais pas exactement où il est, sans ça je l'aurais appelé.

— Ne vous inquiétez pas pour ça, m'dame.

— Il est à la recherche d'un nouveau contrat. Il est très bon dans sa partie, mais il y a peu d'artistes qui puissent utiliser ses talents.

— Quelqu'un, devant moi, l'a qualifié de génie.

— Oui, c'en est un, mais les génies ne trouvent pas forcément du travail.

— Et vous ? demanda Columbo.

— Il va falloir que je retrouve aussi du travail, mais comme je ne suis pas un génie, ça sera plus facile.

— Je comprends. C'est comme moi. Je n'ai rien d'un génie, je bosse lentement, méthodiquement, et finalement j'ai toujours du travail.

— Vous avez un crayon, aujourd'hui ? demanda Christie en souriant.

— Mais oui, répondit Columbo en tirant un long crayon jaune de la poche intérieure de sa veste. Cette fois-ci, j'en ai un.

— Mais avez-vous un... un taille-crayon ? ajouta-t-elle en riant.

— Oh ! Ma femme a dû trop le tailler. Il y a des jours, il vaudrait mieux ne pas se lever.

— Et votre enquête, lieutenant ? En quoi puis-je vous être utile ?

— Pour l'instant, m'dame, il y a deux choses qui me préoccupent. Premièrement, il me faut un mobile. Vous voyez, je n'arrive pas à comprendre pourquoi quelqu'un voulait sa mort. Il est possible que ce soit quelqu'un venu de l'extérieur, mais je pencherais plutôt pour un des invités, et...

— Ce qui fait de moi l'une des principales suspectes, l'interrompit Christie. (Elle ôta ses lunettes.) N'est-ce pas ?

— Euh... pas forcément.

— Si vous ne l'avez pas encore découvert, sachez que je ne m'appelle pas Christie Monroe, mais Christina Oleson, et je suis originaire de Swift Falls, dans le Minnesota. J'ai pris le nom de Monroe parce que ça rappelait Marilyn Monroe. Mais en fait... je suis mieux roulée qu'elle.

— Je suis bien d'accord, m'dame, dit Columbo en souriant.

— Oh, cessez de m'appeler m'dame, bon sang ! Vous n'êtes pas un cow-boy de cinéma, et moi je ne suis pas une maîtresse d'école ! Appelez-moi par mon nom, lieutenant.
— Euh... eh bien, Christie, mes amis m'appellent Columbo.
— D'accord.
— Bon... on en était au mobile. J'ai l'impression que tous les gens qui étaient dans la maison ce soir-là avaient quelque chose à perdre avec la mort de Regina. Vous, vous aviez un bon travail... On m'a dit que vous vous êtes battue pour le garder quand elle a menacé de vous licencier. M. Douglas avait aussi un bon contrat avec elle. Quant aux Gwynne, ils disent que sa mort va leur coûter une fortune.
— Ne soyez pas si naïf, Columbo.
— Comment ça ?
— Pour les Gwynne, Regina représente plus d'argent morte que vivante. On s'arrache déjà ses disques. Joshua Records va avoir du mal à répondre à la demande. Et ça n'est pas près de se terminer. Pensez au gros tas de lard, le camé. Si seulement quelqu'un avait eu la bonne idée de le descendre !
— Le... tas de lard ? Qui ça ?
— Mais Elvis ! Elvis Presley ! S'il avait vécu, il se serait mis à dos tous ses fans. C'est ce qui serait arrivé à Regina, tôt ou tard. Du point de vue commercial, la mort est ce qui pouvait lui arriver de mieux.
— Mais peut-être pas du point de vue personnel.
— Non, c'est vrai. Ça n'était pas quelqu'un de bien, mais elle ne méritait pas d'être assassinée. J'imagine qu'on vous a déjà raconté ce qu'elle m'a fait. Je la détestais. Mais je n'aurais pas pu la tuer. Et pas seulement émotionnellement. Je veux dire aussi physiquement : elle était très forte, vous savez. Sans un excellent tonus musculaire, elle n'aurait pas pu se produire sur scène comme elle le faisait.
— Et M. Douglas...
— Vous devez être aussi au courant de ce qu'elle a fait à Bob. Il était assez bête pour croire qu'elle l'aimait. Mais lui, la tuer ? S'il avait voulu la tuer, pourquoi aurait-il attendu jeudi soir ? Pourquoi ne pas l'avoir fait quand elle l'a laissé tomber ? C'était à ce moment-là que ça lui a fait mal. Et puis maintenant... maintenant je suis là, et il sait bien que je l'aime.
— Johnny Corleone ?
Christie haussa les épaules.

— Pourquoi pas ? Personne ne sait qui il est vraiment.
— M. Newcastle ?
— Est-ce que vous saviez que Regina l'avait surpris en train de lui voler de l'argent ?

Columbo plongea le nez dans sa tasse de café.

— Racontez-moi ça.
— J'espère que quelqu'un d'autre vous confirmera mon histoire, mais Regina a surpris Mickey dans sa chambre à coucher en train de lui voler de l'argent. Vous savez comme moi qu'il a de gros besoins d'argent. D'ailleurs, elle partageait un certain nombre de choses avec lui : de l'herbe, de la coke, etc. Mais ni héroïne ni speedball. Jamais. Elle ne s'est jamais rien injecté. C'est elle-même qui me l'a dit. Elle prenait trop soin de son corps pour ça.

Du bout du doigt, Christie chassa un moucheron qui s'était posé sur son nombril.

— Elle a détruit l'amour-propre de Mickey, reprit-elle. Elle s'est conduite avec Mickey comme avec Bob. Ils devraient former une société secrète, tous les deux, avec ses signes de reconnaissance. Pourtant, avec le temps, elle a fait comprendre à Mickey qu'elle avait de moins en moins besoin de lui, que c'était un ringard et, pire que ça, un junkie. C'est ce qui peut arriver de pire à quelqu'un, Columbo : savoir qu'on a été bon autrefois, et qu'on n'est plus rien. En tout cas...

— Parlez-moi de cette histoire d'argent, Christie. Il lui a volé de l'argent ?

— Regina n'aimait pas les cartes de crédit. Elle n'aimait pas laisser de traces derrière elle. Elle avait toujours beaucoup de liquide sur elle. Un soir, j'étais là quand elle a offert à dîner à une dizaine de personnes, et elle a sorti des billets de 100 dollars de son portefeuille ; mais on voyait bien qu'il en restait plein d'autres dedans. On m'a dit qu'elle gardait des dizaines de milliers de dollars chez elle.

— Et alors...
— Je n'ai pas vu Mickey lui voler de l'argent. Je ne pourrais pas en témoigner devant un tribunal. Je ne peux que vous rapporter ce qu'on m'a dit.

Columbo tira alors un bout de cigare de la poche de son imperméable.

— Ça ne vous dérange pas ? Comme on est dehors...
— Je vous en prie, dit-elle sèchement, faisant clairement com-

prendre que ça ne lui plaisait pas mais qu'elle ne pouvait l'en empêcher.

Il fouilla en vain dans ses poches à la recherche d'allumettes, n'osa pas lui demander d'aller en chercher à la cuisine, et finit par remettre son mégot où il l'avait pris.

— Elle aimait faire des scènes, reprit Christie. Elle devait y prendre un plaisir sadique. Il y a quatre mois environ, dans sa loge, elle m'a fait une scène monstrueuse. Elle me reprochait ma façon de danser, parce que, en fait, elle savait que je dansais bien mieux qu'elle. Elle était folle de rage. Mickey est intervenu. Il m'aime bien, et il m'a toujours défendue contre elle. Ce soir-là, elle s'est retournée contre lui et l'a traité de voleur. Je ne me rappelle pas exactement ses paroles, mais elle lui a interdit de remettre les pieds dans sa chambre à coucher. Au début, je croyais que ça voulait dire qu'elle ne voulait plus coucher avec lui, mais en fait ça n'était pas ça. Elle s'est mise à hurler : « Et cette fois-ci, combien tu as piqué ? 1 500 dollars ? Je te les retire de ton salaire, espèce de salopard, espèce de voleur ! »

— Elle avait un coffre-fort dans sa chambre, dit Columbo.

Christie acquiesça.

— Elle l'a fait installer aussitôt après cette scène. Et puis elle s'est tournée vers moi et a hurlé : « Si jamais tu racontes un mot de ce qui s'est passé... » Elle n'a pas terminé sa phrase, mais j'avais bien compris.

Columbo posa sa tasse de café sur la table à plateau de verre.

— Est-ce que vous et M. Douglas pourriez nous donner un échantillon de sang ? demanda-t-il. La prise de sang pourrait être effectuée soit par votre médecin traitant, soit directement par le bureau d'expertise médicale.

— Mais bien sûr, dit-elle d'un ton sarcastique. Et quand est-ce qu'on me passe les menottes ?

Un sourire éclaira le visage de Columbo, et ses yeux pétillèrent de malice.

— Cette analyse de sang peut aussi bien vous innocenter que prouver votre culpabilité. Mais vous n'êtes pas obligée de vous y soumettre, bien entendu.

— Nous la ferons. Au fait, vous avez dit au début qu'il y avait deux choses qui vous préoccupaient. Vous m'avez parlé du mobile. Quelle est donc votre seconde préoccupation ?

— Eh bien, m'dame... euh, Christie... j'aimerais bien savoir qui était le vieux bonhomme qui vivait au premier. Ça n'était pas son grand-père. Personne ne croyait à cette fable. Que savez-vous de lui ?

— Ce que je peux vous dire, c'est que Regina en avait peur. Elle renonçait souvent à s'amuser en disant : « Il faut que je rentre chez moi, à cause de papy. » Par exemple, à la fin d'une répétition, quelqu'un proposait d'aller manger un morceau et de sortir ensuite quelque part, et Regina refusait parce que son grand-père était resté à la maison. D'une certaine façon, il avait barre sur elle. Et puis... je vais vous dire autre chose. Je l'ai souvent vue avec des ecchymoses. Mais enfin ça n'était peut-être pas lui.

— Vous avez dit qu'elle était forte, qu'elle avait un bon tonus musculaire. Mais ce vieux bonhomme devait avoir quatre-vingts ans, il était faible. Est-ce qu'il aurait pu... ?

— Peut-être qu'elle se laissait faire. Je ne sais pas. Je me suis toujours demandé s'il ne la faisait pas chanter.

— Trois personnes m'ont dit qu'elle couchait avec lui.

Christie haussa les épaules.

— Peut-être. Mais pas récemment, ou du moins je ne crois pas. Mais au début, quand j'ai commencé à danser pour elle, peut-être...

— Nous ne l'avons pas encore annoncé, mais le vieux a disparu depuis vendredi soir.

— Ça expliquerait beaucoup de choses, vous ne trouvez pas ?

— Que voulez-vous dire ?

— Eh bien, c'est lui qui l'a tuée, ou qui l'a fait tuer. Ce vieux salaud représentait comme une menace derrière Regina. Vous savez, Columbo, il y avait quelque chose d'étrange chez elle. Les apparences étaient trompeuses.

Columbo se leva de son siège.

— Bon... je vous remercie, Christie. Je crois que je vais vous laisser.

Elle le raccompagna jusqu'à la porte.

— Vous voulez que je dise à Bob de vous appeler ?

— Volontiers, répondit Columbo. Oh, j'espère qu'il ne pleut pas. Il y a des fuites dans le toit de ma voiture, et je suis obligé de mettre un plastique, mais de temps en temps il s'envole.

— Le moment est peut-être venu de changer de voiture, vous ne croyez pas ? dit-elle gaiement.

Elle se tenait sur le seuil, vêtue de son seul Bikini, la tête penchée sur le côté, souriante.

— Je ne sais pas ce que je ferais de celle-ci, répondit Columbo.

Je ne pourrais pas la laisser aller à la casse. C'est que c'est une vieille amie, vous savez. Je ne vais pas la laisser écrabouiller simplement parce qu'elle a quelques petits problèmes. Elle est encore capable de rouler longtemps.

— Oui, je vois bien ça.

— Oh, Christie, il y a encore un détail que j'aimerais éclaircir. (Il retourna sur ses pas.) Vous avez déclaré que la nuit du meurtre, vous étiez ivre morte mais que vous aviez quand même réussi à ôter vos lentilles de contact. Mais... enfin... M. Douglas et vous ne vous êtes pas endormis tout de suite, comme vous l'avez dit.

— Ah bon ?

— Non. Je le regrette beaucoup, mais j'ai dû violer votre intimité : nous avons envoyé vos draps de lit au laboratoire, pour examen. Il semble que M. Douglas et vous ayez laissé sur les draps des traces de vos ébats.

— J'ai l'impression que, quand on est impliqué dans un meurtre, on n'a plus droit à son intimité, n'est-ce pas ?

— J'en ai bien peur.

— Eh bien, nous avons fait l'amour le matin, après notre réveil.

— Non, m'dame. Votre explication ne tient pas. Parce que quand le sergent Zimmer et moi avons regardé votre lit, les draps étaient secs. Et d'après le labo, ce fluide corporel-là met un certain temps à sécher. En outre, vous avez dit que vous aviez un terrible mal de tête, ce matin-là. Ça ne paraît pas concorder avec...

— C'est vrai, j'ai menti ! lança-t-elle sèchement. J'essayais de vous faire croire que je ne pouvais en aucune façon être mêlée au meurtre. Et je n'étais pas aussi soûle que je l'ai dit. Bob et moi avons fait l'amour avant de nous endormir.

— Alors pourquoi avoir grimpé l'escalier à quatre pattes ?

— J'étais quand même un peu ivre, et ça m'a paru drôle. C'était un jeu. Allez, Columbo...

— Écoutez, mademoiselle... euh, Christie. Je vous conseille de ne pas mentir à la police au cours d'une enquête criminelle. On pourrait en tirer des conclusions défavorables à votre encontre.

— A partir de maintenant, je me conduirai bien, Columbo. C'est promis. Mais ce n'est pas moi qui ai tué Regina. Et je ne suis en rien mêlée à cette affaire.

— 3 —

Columbo se rendit ensuite à la First Central Bank, où on le conduisit dans le bureau de William Casey, le vice-président. Ce dernier était un homme de petite taille, tiré à quatre épingles, avec des lunettes sans monture. Il serra chaleureusement la main de Columbo, mais ne put cacher sa surprise en découvrant que cet homme négligé, vêtu d'un complet graisseux et d'un imperméable froissé, était l'inspecteur de police avec qui il s'était entretenu le vendredi précédent au téléphone.

— Eh bien voilà, lieutenant, le substitut du procureur nous a fait parvenir une demande écrite ce matin, en sorte que vos informations sont prêtes. Vous comprenez, bien sûr, que nous ne pouvions agir sans une ordonnance judiciaire.

— Mais bien sûr, dit Columbo, je le comprends parfaitement. Et je m'excuse de vous avoir donné tout ce travail.

— Vous m'avez bien dit que vous acceptiez des disquettes informatiques ?

— Oui, oui. Moi-même, je ne sais pas me servir de ces machines. Ma femme me dit toujours qu'il suffirait que je m'y mette, mais tous ces gadgets électroniques, je n'arrive pas à m'y faire. Cela dit, il y a chez nous des experts qui seraient capables de faire marcher un ordinateur sur les mains. Enfin... façon de parler, bien sûr.

— Eh bien, tenez. Sur cette disquette, vous trouverez toutes les opérations effectuées sur le compte personnel de Mlle Savona depuis 1990. Et sur ces six disquettes, les mêmes informations concernant la société Regina.

— Je vous remercie beaucoup. Cela va nous être très utile.

— J'ai procédé à des recherches, mais je n'ai pas retrouvé trace du chèque dont vous m'aviez parlé. Elle n'a pas fait de chèque à l'ordre de Sunset Classic Cars. J'ai alors regardé dans les pages jaunes de l'annuaire pour voir s'il y avait d'autres agences qui vendaient des Ferrari, mais aucun chèque n'a été émis à leur intention, ni sur le compte professionnel ni sur le compte personnel.

Columbo eut l'air surpris.

— C'est curieux, parce que d'après les papiers en ma possession, c'est la société Sunset Classic Cars qui a vendu cette voiture à son actuel propriétaire. Je crois que je vais aller leur rendre une petite visite.

— 4 —

Columbo se retrouva donc au milieu de voitures rutilantes, dans la salle d'exposition de Sunset Classic Cars.

— Ce que je préfère dans les voitures neuves, c'est leur odeur de voitures neuves, déclara Columbo au vendeur.

— C'est cette voiture-là que vous voulez échanger ? demanda le vendeur en jetant un coup d'œil sceptique à la 403 garée devant le magasin. Je pourrais peut-être vous en donner quelque chose.

— Échanger ? Oh, non, monsieur Cohen. Je n'ai nullement l'intention de revendre ma voiture. Elle peut encore faire bien des kilomètres. Je suis venu vous voir pour autre chose. Je suis le lieutenant Columbo, de la brigade criminelle. J'enquête sur le meurtre de Regina.

— Oh, quelle histoire tragique, dit le jeune homme d'un air navré.

Columbo comprit que Cohen appartenait à cette génération capable d'apprécier Regina.

— Vous l'aimiez bien, j'imagine.

— Oui, j'ai tous ses disques.

— Vous l'avez déjà rencontrée ? demanda Columbo.

— Oh non, et je le regrette.

— Parce que je me disais qu'elle était peut-être venue dans votre agence, il y a environ un an.

— Certainement pas ! Si elle était venue ici, je l'aurais su.

— Tenez, voici la photocopie d'un certificat de vente. Celui d'une Ferrari rouge. Vous voyez, c'est votre société qui l'a vendue il y a un an à un certain M. John Corleone.

— Bien sûr, dit Cohen, c'est moi qui l'ai vendue, cette voiture.

— Vous... ? Quelle heureuse coïncidence ! Vous vous souvenez de Johnny Corleone ?

— Très bien. On ne vend pas tous les jours une Ferrari de 78 000 dollars.

— Vous pouvez me le décrire ?

Cohen réfléchit un instant.

— Il était jeune. Je me rappelle m'être dit qu'il avait bien de la chance de pouvoir s'offrir une Ferrari à son âge. Il était bel homme. Enfin... je dirais plutôt joli garçon. Les cheveux noirs...

— Comment a-t-il payé sa voiture ?

— Ça, je ne le sais pas. Il faut aller demander à la caissière.

Mildred Barnes, la caissière, se tenait dans un bureau vitré. Elle tira un dossier d'une armoire.

— Voilà. La voiture a été achetée avec un chèque de banque de la Erie National Bank, à Cleveland.

— Qui était le titulaire du compte ? demanda Columbo.

— C'était un chèque de banque, lieutenant. Tiré sur la banque elle-même. Il a été approvisionné par quelqu'un, bien sûr, mais il ne s'agissait pas d'un compte personnel.

— Cette banque de Cleveland peut donc me dire...

— Peut-être, le coupa-t-elle, mais ça n'est pas sûr. Je me rappelle cette transaction. Le jeune homme m'a donné le chèque pour la voiture, puis a réglé en liquide la taxe et le prix du certificat de vente.

— Je vous remercie beaucoup, dit Columbo.

Chapitre 10

— 1 —

D'un revers de main, Carlo Lucchese gifla violemment Johnny Corleone.
— *Buffone ! Idiota !* hurla-t-il. Tu as de la chance que le vieux soit maintenant au fond de l'océan. Lui, il aurait pas hésité à te coller une balle dans la tête !
Ils se trouvaient dans l'entrepôt où ils avaient fourré le corps du vieux dans un bidon d'essence avant de le recouvrir de béton.
— C'était pas ma faute, Carlo, dit Johnny d'un ton plaintif en essuyant le sang qui coulait de ses lèvres. J'ai fait ce que le vieux m'avait dit de faire. Au moment où il l'avait dit, à l'endroit qu'il avait dit...
— Y a quelque chose que tu devrais avoir appris, toi, c'est de jamais t'excuser ! T'es un homme ou t'es pas un homme ? T'es dessalé ou t'es pas dessalé ? T'as été initié ou t'as pas été initié ? Si je décide de te tirer une bastos dans la tête, qu'est-ce que tu vas faire, Johnny ? Supplier ? Te mettre à genoux et supplier ?
— Carlo... J'ai été initié. Je suis un homme !
— Mouais. T'as été recommandé. Johnny Visconti. Johnny Discount. Cleveland nous a dit qu'on pouvait se fier à toi.
— Ma seule erreur, ça a été de faire ce qu'avait dit le vieux.
— Non, ton erreur ça a été de le faire mal ! D'abord, cet imbécile d'Anglais a été lui taillader la joue. Ensuite, il ne s'est pas injecté ton poison dans les veines, et il est toujours là. Et maintenant tu viens me dire qu'il y avait un témoin ! Je te laisse une chance, Johnny. Tu as vingt-quatre heures pour venir me dire qu'il

n'y a plus de témoin. Et tu sais pourquoi ? Parce qu'on te fait plus confiance, Johnny. Tu vas te faire agrafer, et tu vas parler. Et ça, ça n'est pas possible. Tu ne te feras pas agrafer. Tu comprends pourquoi ?

— Oui, je comprends pourquoi, répondit Johnny. Tu peux m'aider ?

— Qu'est-ce que tu veux ?

— Il me faut un flingue. Un flingue propre. Je ne vois pas d'autre moyen de le faire.

— Sal ? dit Carlo. On a un flingue propre, ici ? Donne-le à Johnny.

Sal n'eut pas besoin de chercher. Il tira de la poche de sa veste un revolver à canon court, de calibre 38.

— Celui-ci est propre.

Il le tendit à Johnny en prenant soin de ne pas poser les doigts sur le métal. La détente et la crosse étaient enveloppées de sparadrap médical, qui ne retient pas les empreintes digitales.

— Il a jamais servi, ajouta Sal. Il n'a pas de dossier balistique.

— Il me faudrait aussi une voiture, dit Johnny.

— Et pourquoi pas un avion ! lança Carlo. Bon, d'accord, on va te fournir une voiture.

— Et du speedball assaisonné, ajouta Johnny. Le témoin dangereux, c'est Mickey. Les autres...

— Débarrasse-toi de tous, dit Carlo d'un ton sec. T'as du pain sur la planche.

— 2 —

Mickey Newcastle était allongé sur son lit, l'esprit cotonneux. Il était vêtu seulement d'un slip, d'un maillot de corps sans manches, et ne s'était pas rasé depuis le samedi précédent. Johnny se tenait debout à ses côtés.

— T'es dans un bel état ! grommela Johnny. C'est pas comme ça que tu vas pouvoir m'aider.

— J'savais pas que t'avais besoin d'aide. Qu'est-ce qui se passe ?

— T'inquiète. T'es pas en état. A part ça... je peux utiliser tes toilettes ?

D'un geste las, Mickey indiqua la porte de la salle de bains.

— Je t'en prie. Tu veux une bière ?

Johnny secoua la tête, gagna la salle de bains et referma la porte derrière lui.

Il trouva tout de suite ce qu'il cherchait : une seringue, un flacon de poudre blanche et une bouteille qui devait contenir de l'eau distillée. Il versa la poudre blanche dans les toilettes et la remplaça par celle qu'il avait apportée. Puis il effaça ses empreintes sur le flacon et le replaça à l'endroit exact où il l'avait trouvé. Pour finir, il tira la chasse d'eau.

— Bon, à bientôt, Mick, dit-il gaiement en quittant l'appartement. Quand tu seras redescendu de ton nuage, passe-moi un coup de fil !

— 3 —

Bob Douglas avait installé son studio d'enregistrement à Culver City, dans un ancien studio de radio où avaient été enregistrées de célèbres émissions dans les années quarante. L'endroit était idéal pour lui. Isolé des bruits de la rue, il empêchait également la musique électronique de Bob Douglas de s'échapper dans les environs. Presque tout l'espace était occupé par des appareils électroniques parfaitement ésotériques pour Columbo. La jeune femme de l'accueil lui demanda ses papiers tant elle avait du mal à croire qu'il était bien inspecteur de police. Après quoi, elle l'avertit avec hauteur qu'il n'était pas question de fumer son cigare en présence de ces appareils extrêmement complexes.

— Hum... ce sont un peu comme des autels, c'est ça ? Il faut se prosterner ?

— Il y a de très hautes tensions dans ces appareils, lieutenant, et ça attire les poussières et les fumées. Et la fumée de tabac se condense sous forme de goudrons collants qui renferment des milliers de composants.

— Comme dans les poumons, c'est ça ?

— Exactement, dit-elle avec un sourire pincé. Mais asseyez-vous donc. M. Douglas sera là dans un instant. Vous voulez me donner votre imperméable ?

— Oh, non. Merci beaucoup. Vous voyez, cet imperméable,

c'est un peu mon bureau. Je transporte beaucoup de choses dans mes poches.

— M. Douglas sera là dans un instant, répéta-t-elle.

Columbo se prit alors à contempler un tableau muni d'un millier de petits boutons, et se demanda à quoi tout cela pouvait bien servir. Les deux claviers, eux, étaient moins mystérieux : ils faisaient de la musique. Quant à...

— Lieutenant ! Que puis-je pour vous ?

En revoyant Bob Douglas, Columbo se dit qu'avec Christie Monroe il formait décidément un couple idéal. Bob Douglas était fort bel homme et, ce qui ne gâtait rien, visiblement intelligent. Seule faiblesse, peut-être, cette réplique de médaille olympique qu'il portait en sautoir, dans l'échancrure de sa chemise.

— Je m'excuse de prendre ainsi sur votre temps, dit Columbo, mais vous voyez, monsieur, vous êtes la seule personne présente chez Regina le soir du meurtre avec qui je ne me sois pas encore entretenu en privé. Oh, et à part ça, j'aimerais beaucoup que vous et Mlle Monroe nous donniez un échantillon de votre sang.

— Tenez, asseyez-vous, dit aimablement Douglas. Vous voulez un café ? Un Pepsi ?

— Un Pepsi, merci.

Douglas prit son téléphone et commanda deux Pepsi.

— Alors, lieutenant, avez-vous trouvé l'assassin ?

— Si j'avais trouvé l'assassin, monsieur, je ne serais pas ici à vous importuner.

— Vous ne m'importunez pas du tout. En quoi puis-je vous aider ?

— Eh bien vous voyez, m'sieur, je suis le genre de type qui n'arrive pas à s'ôter une idée de la tête une fois qu'elle y est entrée. Vous savez comment c'est parfois. Voilà... en ce moment, j'ai deux idées. La première, c'est qui était le vieux bonhomme qui vivait à l'étage ? J'imagine que vous ne savez pas grand-chose.

— Effectivement. En tout cas, ce que je peux vous dire c'est que ça n'était pas son grand-père. Ou bien alors si c'était le cas, ils avaient une relation curieuse, et véritablement incestueuse.

— Comment le savez-vous ?

Bob Douglas laissa échapper un long soupir.

— Vous devez savoir, à présent, que pendant un certain temps j'ai été son amant. On faisait parfois l'amour dans la maison, dans sa chambre. De temps en temps, elle me disait de venir après minuit, elle venait m'ouvrir et on montait l'escalier sans faire de bruit. Elle disait que c'était pour ne pas réveiller son grand-père. Une nuit où on était au lit, vers trois ou quatre heures du matin, il est venu frapper à sa porte avec sa canne. Il hurlait. Il lui disait qu'il valait mieux pour elle qu'elle ne soit pas avec un homme, parce que sans ça il la tuerait.

— Il a dit ça en anglais ?

— Oh oui. Sans aucun accent étranger. C'était plutôt un accent du Midwest.

— Et alors, que s'est-il passé ?

— Elle m'a fait sortir sur le balcon et l'a fait entrer. Et elle l'a... calmé. Je me souviens très bien de ses paroles : « Eh bien alors, papy, est-ce que je ne m'occupe pas toujours bien de toi ? Je suis quand même la seule à savoir m'y prendre. » Elle parlait très doucement, mais je l'entendais parfaitement. « Tu ronflais, papy, je n'arrivais pas à dormir. J'ai du travail, moi, demain. Allez, calme-toi. Ça n'est pas bon pour toi de te mettre en colère. » En tout cas, ce que je peux vous dire, c'est qu'elle avait un accent : un accent italien.

— J'imagine que le vieux ne...

Douglas sourit.

— Drôle de situation, hein ? Enfin, au moins je n'étais pas sous le lit !

— Finalement, il est retourné dans sa chambre ?

— Oui, au bout de quelques minutes. Et maintenant que j'y repense, il lui a dit quelque chose qui va peut-être vous intéresser. Il lui a dit : « Tu as triché, Regina. Quelqu'un a trafiqué les livres de comptes. »

— Quel sens ça peut avoir, à votre avis ?

— Ça pourrait constituer un mobile, répondit Bob Douglas.

— Et vous, vous êtes retourné dans la chambre ?

— Oh, oui. Elle a fermé la porte au verrou, et on a repris les choses où on les avait laissées. Je pensais que je n'y arriverais plus, mais... c'est difficile à décrire, lieutenant. Regina, c'était... je ne sais pas combien de types auraient tout donné pour avoir une relation permanente et exclusive avec elle. (Il secoua la tête d'un air peiné.) Mais elle... elle en était incapable.

Columbo se passa la main sur le visage d'un air perplexe.

— Bon, je vous ai dit que j'avais deux problèmes. Le deuxième, c'est le mobile. Avec cette histoire de livres de comptes trafiqués, on tient peut-être quelque chose, là, mais ça voudrait dire que le vieux aurait eu droit à un pourcentage sur ses cachets. Mais une fois morte, il n'y avait plus de cachets du tout. Et vous ? On m'a dit plusieurs fois que Regina vous versait un salaire que vous ne retrouveriez jamais ailleurs. C'était la poule aux œufs d'or pour beaucoup de gens, hein ?

— Quelqu'un devait éprouver plus de haine pour elle que d'amour pour son argent.

Une secrétaire fit son apparition avec les deux Pepsi.

— Mlle Monroe m'a dit que vous cherchiez un nouveau travail.

— Je l'ai déjà trouvé. C'est-à-dire... j'ai trouvé un nouveau contrat.

— Mais c'est parfait ! Si rapidement ! Vous devez vous sentir soulagé. Mlle Monroe va être contente, elle aussi, que vous...

— Christie et moi allons nous marier la semaine prochaine, annonça Bob Douglas.

— Félicitations.

— Merci.

Columbo but avidement son Pepsi.

— Je vous ai dérangé trop longtemps, m'sieur Douglas.

Bob regarda sa montre.

— Je vais partir avec vous. Je vais aller annoncer à Christie que j'ai décroché un nouveau contrat. Elle ne le sait pas encore.

— Entendu. Ma voiture est sur le parking.

— Oh, lieutenant... on m'a dit que vous n'aviez jamais vu de spectacle de Regina. Je vais vous donner une cassette.

— Vous savez, monsieur, les règlements de la police m'interdisent de...

— Ça ne vaut que 20 dollars, lieutenant. De nos jours, on ne peut quand même pas corrompre un inspecteur de police avec 20 dollars.

Columbo sourit.

— Eh bien... proposez-m'en 50 et je réfléchirai...

— Vous voulez dire 50 000 !

Le sourire de Columbo s'élargit.

— Savez-vous qu'un jour on m'a effectivement proposé 50 000 dollars ?

— Et vous n'avez pas accepté ?

— Si je les avais acceptés, est-ce que je serais là à vous poser des questions idiotes ?

— J'ai comme l'impression, lieutenant, que vous ne posez jamais de questions idiotes.

— 4 —

Johnny connaissait bien Bob Douglas. Il savait par exemple que Bob aimait les grosses voitures et possédait une Mercedes gris argenté. Ce fut un jeu d'enfant de se glisser à l'intérieur. Johnny était originaire des quartiers est de Cleveland et, avant d'être initié, il avait volé une cinquantaine de voitures. Avec ses outils, il était capable d'ouvrir une portière et de démarrer aussi rapidement que le propriétaire de la voiture avec sa clé.

Allongé à l'arrière de la Mercedes, il attendait. Pour ne pas risquer d'être repéré, il n'avait pas branché l'air conditionné, mais à présent il ruisselait de sueur et craignait que l'odeur n'attire l'attention de Bob lorsqu'il ouvrirait la portière.

Une fois encore, il vérifia son flingue. C'était idiot. Pour quoi faire ? Ce flingue était parfait : un petit revolver, probablement volé, qui ne mènerait nulle part si jamais on le retrouvait. Pourtant, il se sentait nerveux. Il avait beau avoir été initié, il n'avait jamais buté un mec.

Des gens passaient de part et d'autre de la voiture, dont il n'apercevait que la tête et les épaules. Heureusement pour lui, Douglas était grand et conduisait avec le dossier fortement incliné en arrière. En s'aplatissant sur le plancher, Johnny était pratiquement invisible.

Un bruit de clé dans la serrure. Côté conducteur, la portière s'ouvrit.

— C'est vrai, lieutenant, c'est une belle voiture. Je l'ai achetée à une époque où je n'en avais pas encore les moyens, mais je ne le regrette pas.

— Oui, une voiture magnifique. Je vois que vous êtes comme moi : vous aimez les voitures étrangères. La mienne est française. Bien sûr, on ne peut pas la comparer à la vôtre, mais vous savez, si on s'occupe bien de ces machines étrangères, elles vous le rendent bien. Dites donc, quelle bonne odeur de cuir !

Columbo ! Pourvu qu'il ne monte pas dans la voiture !

— En fait, je n'aime pas consacrer trop d'argent à ma voiture, dit Bob Douglas, mais celle-ci c'est un investissement. Dans dix ans, je la conduirai encore.

— C'est comme la mienne, dit Columbo. Elle ne doit pas être loin des 320 000 kilomètres.

Johnny s'aplatit le plus possible derrière le siège au dossier incliné et glissa le revolver en dessous. Si jamais on le surprenait, au moins n'aurait-il pas d'arme sur lui. Encore une réflexion idiote, se dit-il : à quoi ça lui servirait de ne pas avoir d'arme sur lui ?

— Eh bien, merci pour la cassette, dit Columbo. Je vais la regarder ce soir pendant que ma femme fera son bowling avec ses amies. Il faut quand même que je sache ce que Regina faisait sur scène.

— Bonne chance, lieutenant. Si je peux vous aider, n'hésitez pas à faire appel à moi.

Douglas s'installa au volant et démarra. Quelques instants plus tard, le climatiseur avait rafraîchi l'atmosphère régnant dans la voiture.

Johnny avait d'abord songé à le tuer là, sur le parking, puis à rejoindre tranquillement sa Plymouth grise garée dans une rue, un peu plus loin. Ensuite, il comptait se débarrasser du flingue et de la voiture.

A présent, tout était bouleversé. Il ne pouvait pas descendre Douglas là, alors que Columbo se trouvait encore sur le parking. Le flingue n'intimiderait pas le lieutenant. Il appellerait tout de suite des renforts par radio. Il fallait attendre.

Douglas quitta le parking.

Johnny reprit le revolver dissimulé sous le siège. Impossible de savoir où Douglas se dirigeait. Il devait rentrer chez lui, à Van Nuys, mais ce n'était pas sûr.

Tout compte fait, les choses ne se présentaient pas si mal que ça. Johnny avait répété ses gestes, et il n'y avait pas grand-chose à y changer.

Douglas s'arrêta à un feu rouge. Johnny appuya la gueule du revolver contre le dossier du siège et pressa deux fois la détente. Deux balles devaient suffire. Douglas s'affaissa sur le volant.

Johnny ouvrit la portière et descendit de voiture. Le feu passa au vert. Derrière, des automobilistes se mirent à klaxonner contre ce piéton égaré au milieu de la circulation. Johnny tourna rapidement le coin de la rue.

La Mercedes franchit la bande blanche et vint emboutir une camionnette Federal Express qui venait en sens inverse.

— 5 —

Christie Monroe, hagarde, arriva au centre médical de Cedars-Sinaï en compagnie de deux femmes policiers en uniforme. Columbo l'y avait précédée de quelques minutes.

— Il n'est pas mort ! s'écria Columbo en l'apercevant. Il va s'en sortir !

Elle s'évanouit. Un interne et une infirmière aidèrent les femmes policiers à allonger Christie sur un brancard, puis s'efforcèrent de la faire revenir à elle.

Le sergent Wendy Brittigan reprit le fil de son rapport.

— Il a vraiment eu de la chance, lieutenant.

— Il a surtout de la chance d'avoir une femme qui tienne à ce point à lui, dit Columbo, incapable de détacher ses regards de Christie.

— Oui. Belle fille, hein ?

Columbo opina du chef. Mais à sa manière, bien différente, le sergent Brittigan était aussi une belle fille, et il ne savait s'il admirait plus l'exquise et délicate danseuse, ou la femme policier aux allures plus rudes. Le sergent avait les cheveux blonds, coupés court, le teint rouge, la peau un peu rêche. Mais il aimait par-dessus tout qu'elle ait su rester une femme en dépit de son uniforme, et du Beretta et des menottes pendus à sa ceinture.

Il remit dans la poche de son imperméable le cigare éteint fiché entre ses lèvres : à leurs regards paniqués, Columbo comprit que tous ces gens en blouse blanche craignaient qu'il ne le rallume.

— Les deux balles de 38 ont frappé les agrafes métalliques dans le dossier du siège, reprit le sergent Brittigan. La première l'a touché sous la dernière côte, à droite, et est allée se loger dans le tableau de bord. La blessure est superficielle. La deuxième a également été déviée par le bout de métal et n'a pénétré que de quelques centimètres. Sans ça...

— Des indications sur le type qui lui a tiré dessus ?

— D'après les témoins, il est sorti par la portière arrière. Certains l'ont vu avec un pistolet à la main, mais d'autres non. En tout cas, il a traversé la rue et a poursuivi à pied, sur le trottoir. Les descriptions varient, bien sûr. Oh... voilà le Dr Gonzalez.

— Je crois que nous nous sommes déjà rencontrés, dit le médecin à Columbo.

— Oui, oui. Bonjour, docteur. Alors c'est sûr, il va s'en sortir ?

— Oui, à moins qu'il ne meure de colère. Il est fou de rage. Et un petit peu choqué, aussi. A part ça...

— Est-ce que vous pourriez raconter tout ça à cette jeune femme ? dit Columbo en montrant Christie. C'est elle qui est en état de choc. On a les balles ? demanda Columbo à l'intention du sergent Brittigan.

— Oui, mais elles sont très déformées. Cela dit, les services de balistique pourront faire des comparaisons.

— Des comparaisons avec quoi, puisque nous n'avons pas le revolver ?

— En tout cas, ça ressemble à du travail de professionnel, fit remarquer le sergent Brittigan.

— A un petit détail près.

— Lequel ?

— C'est que le type n'est pas mort.

— 6 —

Attablés devant une tasse de café, Columbo et Wendy Brittigan, toujours à l'hôpital, apprirent qu'un vendeur de hot dogs avait trouvé le revolver dans un caniveau, à quelques rues de l'endroit où avait eu lieu la tentative de meurtre. C'était un 38, et il manquait deux balles dans le barillet.

— Je vous avais bien dit qu'on avait affaire à un professionnel, dit Brittigan en regardant le revolver dans son sac en plastique transparent. Vous voyez ce sparadrap ?

— Oui. Envoyez-le quand même à la balistique. Il n'y aura pas d'empreintes digitales, mais on en tirera peut-être quelque chose. Je pense que...

— Lieutenant Columbo ? demanda une infirmière. M. Douglas voudrait vous voir.

— Il est en état de me parler ?

— Il est en état de se battre contre la terre entière, lieutenant.

Christie se trouvait dans la chambre et, bien que l'homme qu'elle aimait fût visiblement hors de danger, elle pleurait.

— Comment vous sentez-vous ? demanda Columbo.

— Ça fait mal, bordel !

— Eh bien vous devriez en être content. Parce que celui qui

vous a tiré dessus avait l'intention de supprimer à jamais vos souffrances !

— Lieutenant... le type était allongé à l'arrière pendant que vous et moi étions en train de parler, sur le parking. Il m'attendait. Il n'aurait pas pu monter ensuite.

— J'imagine que vous ne l'avez pas vu.

— Vous plaisantez ? Bien sûr que non, je ne l'ai pas vu.

— A votre avis, qui ça pourrait être ?

Bob lança un regard à Christie.

— Je crois que nous avons une idée. Christie a quelque chose à vous dire, lieutenant.

Elle se leva de sa chaise, près de la fenêtre, et s'avança vers le lit en se tamponnant les yeux avec un mouchoir en papier.

— Voilà... lieutenant, murmura-t-elle. J'ai vu comment ça s'est passé. J'ai assisté au meurtre de Regina.

Columbo ne cacha pas sa surprise.

— Vous savez, Christie, vous auriez pu nous épargner bien des ennuis, notamment celui-ci, dit-il en désignant Bob, si vous aviez dit la vérité dès le début.

— Je sais. Mais...

— Bon, alors, qui l'a tuée ? demanda-t-il d'un ton sec, visiblement agacé.

— C'est ça le problème, je n'en sais rien. Vous vous rappelez que je n'avais pas mes lentilles de contact, et sans elles je n'ai pas pu identifier les deux hommes.

— Deux hommes... ? Et si vous commenciez par le commencement ?

Christie retourna s'asseoir.

— Vous avez découvert que Bob et moi avions fait l'amour avant de nous endormir. Bon... après ça, je me suis réveillée : j'avais besoin d'aller aux toilettes. Quand j'y étais, j'ai entendu Regina crier, mais comme ça lui arrivait de hurler quand elle était soûle, au début je n'y ai pas prêté attention. Et puis, au bout d'un moment, je me suis dit que ces hurlements-là étaient différents. J'ai mis une culotte et j'ai enfilé la chemise blanche de Bob ; ça allait plus vite que de mettre ma robe. J'ai suivi le couloir et je suis arrivée devant la porte-fenêtre donnant sur le balcon. Et là j'ai vu les deux hommes qui tuaient Regina. Ou plutôt, non... ils avaient déjà tué Regina. Je distinguais vaguement son corps sous l'eau. Un des deux hommes me tournait le dos. Quant à l'autre... (elle laissa échapper un long soupir)... vous n'avez qu'à vérifier avec mon ophtalmologiste : à cette distance, l'image était brouillée.

— Vous avez vu une veste en Nylon rouge ? demanda Columbo. Ça, vous auriez pu le voir, non ?

— Mickey a menti quand il a dit avoir vu une veste en Nylon rouge. Ça, effectivement, j'aurais pu le voir.

Columbo se passa la main dans les cheveux.

— Qu'avez-vous fait, ensuite ? Vous êtes retournée vous coucher ? Pourquoi n'avez-vous pas appelé la police ?

— Il était trop tard pour aider Regina. De toute évidence, elle était déjà morte. Et puis si j'avais déclaré que j'avais assisté au meurtre, eux n'auraient pas forcément su que j'étais incapable de les identifier, et ils auraient...

— Allez, Christie, dis le fond de ta pensée, lança Bob.

— Eh bien... franchement, je m'en foutais.

TROISIÈME PARTIE

Chapitre 11

— 1 —

Le mardi matin, Columbo passa rapidement à son bureau. Martha Zimmer se précipita vers lui.

— Hé, Columbo ! Comment se fait-il que j'apprenne par les journaux que Bob Douglas a failli être assassiné hier après-midi ?

— Parce que vous n'avez pas regardé la main courante hier soir avant de partir. Moi, j'étais fatigué et je suis rentré à la maison. Ma femme était de sortie pour son bowling, et j'en ai profité pour regarder un concert de Regina en vidéo. Je vous prêterai la cassette.

— Ils veulent la faire enterrer en Italie, dit Martha. Vous devriez demander au capitaine Scziegel l'autorisation d'assister aux obsèques. Vous parlez italien, vous pourriez apprendre beaucoup de choses dans ce petit village de pêcheurs.

— Non, la réponse est ici.

— Pas forcément. On vient de recevoir un nouveau fax de Milan. Tenez, lisez.

SERVIZIO INFORMAZIONI SICUREZZA DEMOCRATICO

« Voici quelques informations supplémentaires concernant Regina Celestiele Savona. Elles devraient vous intéresser.

S'il n'est pas prouvé que le père de Regina a abusé sexuellement de sa fille, il est par contre établi qu'il l'a exploitée. Comme je vous l'ai déjà dit, un certain nombre de familles de Marino di Bardineto tirent une partie de leurs revenus de la pêche aux éponges. Il ne s'agit plus là d'une véritable activité commerciale, tout au plus d'une attraction pour touristes. Les plongeurs s'emploient surtout à récupérer les pièces qu'on leur lance depuis les bateaux à fond transparent. Dès son plus jeune âge, Regina a été formée à ce type de plongée, et Lorenzo Savona a toujours veillé à ce que ses filles soient d'excellentes nageuses. Elles étaient connues dans le village pour ramener plus d'argent que les autres enfants.

Dès que ses filles avaient atteint l'âge de la puberté, Lorenzo Savona les faisait plonger nues. Les gens venaient à Marino di Bardineto spécialement pour voir les sœurs Savona nues. Mais le père ne se contentait pas des pièces qu'on leur jetait, il faisait payer les touristes avant qu'ils montent à bord du bateau à fond transparent. Pendant deux ou trois ans, les affaires ont été prospères.

Mais les filles, notamment Regina, se sentaient à la fois exploitées et humiliées. Regina, apparemment, cherchait à échapper à son père.

D'après ce qu'on raconte au village, elle a fini par nouer une relation avec un touriste américain, qui lui a offert de vivre avec lui dans son hôtel de San Remo. Un mois plus tard, son père est allée l'y rechercher. Nous n'avons pas de preuve formelle mais, d'après les habitants du village, le père aurait exigé de toucher l'argent que l'Américain était censé verser à Regina. Les deux hommes se sont battus, et le père a eu le nez cassé. Mais l'Américain, craignant que la police et la justice italienne ne prennent le parti du père, a préféré disparaître.

Regina est retournée vivre à Marino di Bardineto et a recommencé à plonger. Elle avait alors seize ans. »

Columbo leva les yeux vers Martha.

— S'agit-il bien de la même fille ? D'après ce qu'on nous a dit, Regina savait à peine nager.

— Continuez.

« De temps à autre, le père prostituait sa fille. Regina le haïssait. Cette haine était telle que le jour où elle est devenue millionnaire aux États-Unis elle a refusé de lui envoyer le moindre dollar. Il peut être intéressant de remarquer que Lorenzo Savona réclamait de l'argent à sa fille, mais qu'il n'a jamais menacé de révéler quoi que ce soit concernant son passé.

Par exemple qu'en 1984, elle avait alors dix-neuf ans, elle est allée vivre dans une villa des environs de Marino di Bardineto avec un vieux monsieur, visiblement très riche, du nom d'Angelo Capelli. L'homme avait présenté à la police locale un passeport italien, et vivait tranquillement dans cette villa à flanc de montagne, recevant des visiteurs de temps à autre. Les villageois, eux, pensaient avoir affaire à un ancien chef de l'Honorable Société, connue aux États-Unis sous le nom de Mafia. Il n'ennuyait personne et personne ne l'ennuyait.

Dans mon courrier précédent, j'évoquais la question de savoir comment Regina Celestiele Savona avait pu payer son voyage aux États-Unis. A la suite de notre enquête, nous avons pu déterminer qu'Angelo Capelli a quitté sa villa au moment même où la jeune femme s'envolait pour les États-Unis. De toute évidence, elle est partie avec lui.

Angelo Capelli est inconnu des services de police en Italie. Interrogé à son sujet, Interpol nous a fait savoir qu'elle n'avait aucun dossier le concernant.

Nous poursuivons notre enquête, et vous tiendrons au courant de ses développements éventuels. »

Galeazzo Castellano

— Vous voyez ce que je veux dire ? déclara alors Martha. Un petit voyage en Italie pourrait se révéler utile. Je suis sûre que la direction serait d'accord.

— 2 —

La direction de la police de Los Angeles donna effectivement son accord.

— Si ça avait été pour quelqu'un d'autre que pour Regina, vous pensez bien que vous n'auriez jamais eu l'autorisation, fit remarquer le capitaine Sczciegel. Mais la presse nous mène la vie dure, et le chef veut résoudre l'affaire rapidement. On est littéralement harcelés par les journalistes !

Cela était si vrai qu'une vingtaine de journalistes et d'opérateurs de prise de vues accompagnaient Columbo dans l'avion pour Milan. Ils se firent si pressants qu'une hôtesse proposa à ses deux voisins de changer de place, ce qu'ils acceptèrent volontiers. Lorsqu'on baissa les lumières pour la projection du film, les journalistes s'éloignèrent. Certains grommelaient que c'était l'homme le plus malin ou le plus bête qu'ils avaient jamais interviewé.

Le film était en italien, et, bien qu'il comprît cette langue, Columbo n'avait pas envie de le voir. Il inclina son siège et ferma les yeux.

— Lieutenant Columbo...

Une femme extraordinairement belle avait pris place à ses côtés, rousse, les yeux verts, vêtue d'une minirobe verte des plus symboliques. C'était Adrienne Boswell.

— J'espère que ça ne vous ennuie pas de me parler.

— Je ne refuse jamais de parler avec une belle femme. Le seul problème, c'est que je ne sais pas quoi dire.

— Eh bien, dites : « Adrienne, je vais en Italie parce que... » et finissez la phrase.

Columbo sourit.

— Adrienne, je vais en Italie parce que j'espère découvrir quelque chose d'intéressant en jetant un coup d'œil à la ville d'où est originaire Regina.

— Je serai plus précise que vous, lieutenant, dit Adrienne. Vous vous rendez à Marino di Bardineto parce que vous espérez découvrir l'identité du vieil homme chez qui vivait Regina.

— Vous savez, Adrienne, je n'ai pas l'intention d'entrer dans de tels détails. Vous comprenez, j'en suis sûr, que le travail de la police doit être en partie confidentiel. De votre côté, vous me direz que le public a le droit de savoir. Je suis d'accord avec vous, le public a le droit de savoir. Mais pas tout de suite.

Adrienne leva alors les yeux vers l'hôtesse d'Alitalia qui s'approchait d'eux.

— Vous aimez le champagne, Columbo ?

— Pour être franc, non.

— *Signorina! Vorrei mezza bottiglia di champagne, per piacere.* Et vous, Columbo ?

— *Uno scotch con ghiaccio, per favore.*

— Alors comme ça, vous parlez italien ! J'aurais dû m'en douter.

— C'est pour ça qu'on m'a choisi pour aller en Italie.

— Comment comptez-vous rejoindre Marino di Bardineto depuis Milan ?

— Je vais louer une voiture.

— Vous allez coûter de l'argent à la police de Los Angeles. Moi aussi je dois louer une voiture. Pourquoi ne pas venir avec moi ?

Évidemment, elle comptait profiter de ce voyage pour lui extorquer des informations. D'un autre côté, ses chefs seraient certainement ravis si aucune location de voiture n'apparaissait sur sa note de frais. Il accepta sa proposition.

Cela se passa exactement comme il l'avait prévu. Sur l'autoroute entre Milan et Gênes, elle se mit à l'interroger, mais comme elle avait loué une Alfa Romeo décapotable et qu'elle roulait à tombeau ouvert, la conversation était plutôt difficile. Puis il se mit à pleuvoir un petit peu, et elle dut s'arrêter pour relever la capote. Dès lors, il ne pouvait plus faire semblant de ne pas comprendre ses questions.

— Pourquoi a-t-on essayé de tuer Bob Douglas ? demanda-t-elle.

— Si je le savais, je saurais du même coup qui a tiré.

— Mais vous pensez qu'il y a un rapport entre cette tentative de meurtre et l'assassinat de Regina.

— Ça ne ressemble pas à une coïncidence.

Columbo se prit alors à regarder la campagne qui défilait autour de lui. Bien que ses parents eussent été italiens et que lui-même parlât couramment la langue, il n'était encore jamais venu en Italie. Mais sur cette autoroute A7, entre Milan et Gênes, le pays ne lui apparaissait pas tel qu'il se l'était imaginé.

— Laissez-moi vous expliquer quelque chose, Columbo, dit brusquement Adrienne. Je connais bien mon travail. Je n'ai jamais eu le prix Pulitzer et je ne l'aurai probablement jamais, mais j'ai remporté d'autres prix. Je suis une bonne journaliste. Notamment parce que les gens savent qu'ils peuvent me faire confiance. Vous aussi vous pouvez me faire confiance.

Il eut l'air surpris.

— Je n'en ai jamais douté.

— Bien sûr que si ! Vous êtes bien un flic ! Pour vous, je suis une ennemie. Vous vous imaginez que si vous vous laissez surprendre, vous allez révéler quelque chose qui va compromettre l'enquête ou vous mettre dans une situation embarrassante. Mais si vous me révélez quelque chose en me faisant promettre de ne pas l'utiliser, je ne l'utiliserai pas.

Il se tourna vers elle. Sa minirobe toute symbolique était remontée, du fait de sa position au volant, et il s'efforçait de ne pas trop regarder ses jambes.

— Je n'ai pas grand-chose à vous apprendre, dit-il.

— Allez donc... Bon, laissez-moi vous raconter quelque chose. Peut-être qu'ensuite vous me ferez plus confiance.

— D'accord.

— A part ça, si ça me gênait que vous regardiez mes jambes, je tirerais ma robe plus bas, ou bien j'en aurais mis une autre, plus longue.

— Je suis un peu vieux jeu, vous savez.

— Ça fait longtemps que je travaille sur l'histoire de Regina, dit Adrienne. J'avais le projet d'écrire un livre sur elle, une « biographie non autorisée », comme on dit. Pour parler franchement, sa mort va faire vendre mon livre infiniment plus que ce que j'avais espéré.

— Tout le monde gagne de l'argent avec les meurtres, fit-il remarquer, sauf moi. Pour moi, ça n'est qu'un travail.

Elle le considéra d'un air songeur mais ne dit rien. Puis elle reprit le fil de son discours.

— Vous avez dû apprendre qu'au début, pour se lancer, elle disposait d'argent. Je me suis attachée à cet aspect de son histoire. J'ai parlé à des gens à qui elle avait versé de l'argent à cette époque de sa vie, et je leur ai demandé comment ils avaient été payés. Ils m'ont répondu qu'elle les avait payés par chèque, des chèques personnels qu'elle rédigeait avec un stylo bille. Sur quelle banque ? L'un de ces hommes s'en souvenait, mais je ne vous dirai pas le nom de cette banque. Vous voyez comment je peux garder un secret, lorsqu'on me le demande ? Mais moi, je suis allée voir la banque.

— Sans ordonnance judiciaire, ils ne vous révèlent rien.

Adrienne sourit.

— Il y a des manières de persuader un banquier qui veut rester muet. Ce que je voulais savoir, c'était comment Regina pouvait à l'époque donner des chèques de plusieurs milliers de dollars. Et vous savez quoi ? La banque l'ignorait. Elle venait en personne déposer de l'argent liquide. Elle demandait à voir un employé dans un bureau privé, et celui-ci comptait les billets avant de lui délivrer un reçu. Tout cela était bien sûr parfaitement illégal, puisque la loi oblige les banques à rapporter à l'administration toutes les transactions en liquide supérieures à 10 000 dollars. Moi, je la soupçonnais d'avoir déposé du liquide, mais j'ai fait semblant d'en avoir la certitude. J'ai promis de ne pas publier cette histoire s'ils me donnaient les montants et les dates de versement. En fait, tout ce que je voulais c'était la confirmation de mes soupçons.

— A votre avis, d'où venait cet argent ?
— D'où peuvent venir de grosses quantités d'argent liquide ? Des casinos, du trafic de drogue. Et le liquide, ça pose des problèmes : comment s'en débarrasser, comment le dépenser, comment empêcher le fisc de fourrer son nez dedans ?
— Vous pourriez peut-être jouer à ce petit jeu pour moi, suggéra Columbo. Il y a une banque à Cleveland qui ne veut pas nous révéler comment a été approvisionné un de leurs chèques de banque.
— Ils ne sont pas tenus de vous le dire.
— Eh bien... peut-être que vous, vous pourriez le découvrir.
Adrienne sourit.
— Au cas où vous en douteriez, sachez quand même que je ne persuade pas les gens comme le faisait Regina. Vous avez entendu raconter ces histoires-là ?
— Oh, oui. Mais je n'ai jamais pensé que vous agissiez de la même façon.

— 3 —

Comme il s'y attendait, le village de pêcheurs était charmant et pittoresque. On avait tiré les barques de pêche sur la plage, tandis que les bateaux plus gros étaient amarrés le long d'un petit quai. Le village s'étendait sur deux kilomètres entre la mer et la montagne, et la route côtière, une nationale, formait la grand-rue de l'agglomération. L'autoroute A10, hors de vue, ne se faisait nullement entendre, puisque, à la hauteur de Marino di Bardineto, elle passait sous un tunnel. Au centre de la place du village, bordée de part et d'autre par l'église et la mairie, s'élevait une fontaine : un jeune garçon en bronze, les cheveux longs, les mains sur les hanches, rappelant le *David* de Donatello, pissait imperturbablement dans le bassin depuis des siècles.
Des maisons toutes semblables, de couleurs vives, aux toits de tuiles rouges, et un seul hôtel : l'auberge du Golfe. Adrienne avait retenu l'une des dix chambres et offert de la partager — platoniquement avait-elle précisé — avec Columbo. Aussi, quelle ne fut pas sa surprise lorsqu'elle apprit que Columbo avait déjà une chambre qui était réservée : il avait en effet fallu à Galeazzo Castellano

toute son autorité de chef de la police pour arracher cette chambre à la meute des journalistes américains.

Et c'est ainsi que, morose, en compagnie de trois autres journalistes, Adrienne Boswell observa Columbo dîner à la table de Castellano. L'Italien, grand, grisonnant, vêtu avec élégance, formait un contraste saisissant avec Columbo, qui, de l'avis d'Adrienne, manquait totalement de ce raffinement qu'elle-même prisait tant.

Columbo et Castellano s'entretenaient en italien.

— Demain matin nous parlerons avec Lorenzo Savona, déclara Castellano. Les obsèques doivent avoir lieu l'après-midi. En principe, il doit venir nous rencontrer ici.

— Peut-être sait-il qui est ce Capelli.

— 4 —

Depuis le minuscule balcon de sa chambre, Columbo observait la dizaine de chats occupés à bâiller et à se gratter dans le petit jardin de l'auberge. Bien qu'il n'eût rien commandé pour son petit déjeuner, un jeune garçon lui avait apporté une tasse de café très fort et des petits pains qu'il enduisait consciencieusement de beurre. Que n'aurait-il pas donné pour un œuf dur !

La veille, Castellano lui avait montré la villa où Regina avait vécu avec le vieil homme : une grande maison de plain-pied, sans étage, à flanc de montagne. C'était sans conteste la plus grande maison du village, mais elle n'avait pourtant rien de monumental.

Quelqu'un frappa à la porte de sa chambre, et Galeazzo Castellano fit son entrée. Quelques instants plus tard, les deux hommes se retrouvaient dans la rue.

La petite bourgade était noire de monde, et les trois policiers en bicorne à plumet avaient toutes les peines du monde à canaliser le flot des voitures, des autocars et des piétons. Heureusement, une escouade de policiers de Gênes était venue leur prêter main forte.

— Ça va être un vrai cirque, fit Castellano. J'aime autant vous dire que, d'habitude, ça n'est pas comme ça, ici.

Pendant la nuit, on avait construit une estrade en bois face à l'église, pour les caméras de télévision, et des haut-parleurs installés sur le balcon de la mairie déversaient des chansons de Regina.

Partout, dans les rues, on proposait aux passants des souvenirs de Regina : des disques, bien sûr, mais surtout des photos, des écharpes, des soutiens-gorge noirs et des culottes où était brodé son nom, des poupées Regina en sous-vêtements de dentelle noire, et même des crucifix avec son portrait incrusté au centre.

— Lorenzo Savona ne veut pas nous voir, lui apprit Castellano tandis qu'ils fendaient la foule. Il reçoit les visiteurs sur son bateau à fond transparent, et il compte faire beaucoup d'argent aujourd'hui. Il n'a pas envie de perdre de temps.

Le père de Regina continuait en effet à accueillir les touristes pour sa « pêche aux éponges », en exhibant désormais les charmes de sa plus jeune fille et d'une nièce. Ce matin-là, il vendait un assortiment de souvenirs sur le quai et à bord de son bateau. Assez grossièrement, il déclara à Castellano qu'aujourd'hui il n'avait pas le temps de répondre aux questions des policiers.

— Vous n'avez jamais été poursuivi pour avoir prostitué votre fille, rétorqua Castellano, mais il n'est pas trop tard !

Lorenzo Savona était un homme courtaud, chauve, arborant quatre dents jaunes lorsqu'il ouvrait la bouche, vêtu d'un complet noir crasseux et d'une chemise blanche plus que douteuse, boutonnée jusqu'au col, sans cravate.

— Je suis honnête, dit-il d'un air peiné. Regina Celestiele est partie, elle a fait fortune et ne m'a jamais envoyé une lire. Est-ce que cet Américain comprend ce que je suis en train de dire ?

— *Capisco*, dit Columbo.

— Aujourd'hui, j'ai l'occasion de récupérer un peu d'argent sur ce qu'elle m'a coûté.

— Si vous répondez franchement à nos questions, dit Columbo en italien, nous ne vous ferons pas perdre de votre temps si précieux.

— Qu'est-ce que vous voulez que je sache ? dit Savona en haussant les épaules. Elle a été tuée en Amérique. Ça fait six ans que je ne la voyais plus.

— Vous l'avez vendue au vieil homme qui habitait la villa, dit Castellano. Qui était-ce ?

— M. Capelli, répondit Savona. Elle voulait vivre avec lui. J'ai donné mon autorisation. (Il haussa à nouveau les épaules.) Qu'est-ce que vous vouliez que je fasse ? Elle avait vingt ans et elle était toujours révoltée.

— Mais il vous a donné de l'argent pour elle, dit Castellano.

— Oh, il m'a fait un petit cadeau. Et maintenant, messieurs, je dois remonter à bord de mon bateau. Les gens attendent.

Il s'éloigna.

— Euh, monsieur, j'ai encore une petite question, dit Columbo.

Lorenzo Savona se retourna, l'air impatient.

— Je me demande quand même comment votre fille a fait la connaissance de M. Capelli. Ou comment vous-même avez fait sa connaissance.

Lorenzo Savona lança un regard dur à Columbo, puis haussa de nouveau les épaules.

— C'est une petite ville, ici, monsieur.

Le maire ne leur fut pas d'un plus grand secours. Il ne savait ni qui était M. Capelli ni d'où il venait, seulement que sa présence avait été bénéfique pour la ville. Il s'était comporté en citoyen paisible et avait dépensé beaucoup d'argent. Le chef de la police leur raconta la même chose.

— 5 —

La fanfare municipale accompagna à l'église le fourgon mortuaire — datant des années trente —, et la scène évoquait pour Columbo les enterrements traditionnels à La Nouvelle-Orléans. Derrière le fourgon marchaient dans l'ordre le prêtre et ses bedeaux, puis la mère de Regina, Maria Savona, deux de ses frères, une sœur enceinte, et son grand-père, Vittorio Savona.

Lorenzo, trop occupé, n'assistait pas à la messe de funérailles.

Depuis la porte de la villa, Columbo et Castellano observèrent un moment le spectacle qui s'offrait à eux. En dehors de la famille, un grand nombre de gens semblaient sincèrement affligés, notamment les répliques de Regina, jeunes filles touchantes et un peu ridicules, vêtues de minirobes noires et de bas à résille, chaussées de talons hauts, qui pleuraient la perte de leur idole. Sur l'estrade dressée devant l'église, face aux caméras de télévision, des universitaires américains et britanniques expliquaient gravement que Regina était un génie méconnu. Le monde, un jour, reconnaîtrait son inestimable contribution à la musique américaine.

Castellano tira sur la sonnette. Une minute plus tard, le portail s'ouvrit sur une femme menue, le visage fermé, qui regardait durement les deux policiers. Castellano se présenta, ainsi que Columbo, et elle les fit entrer dans le jardin sans les inviter à pénétrer à l'intérieur de la maison.

Oui, elle avait travaillé là lorsque M. Capelli vivait dans cette maison.

— Nous nous demandons qui était ce M. Capelli, dit Columbo en italien.

— Je ne suis qu'une domestique ! s'écria la femme, d'un ton indigné.

— Et nous, nous sommes policiers, rétorqua sèchement Castellano. Regina Savona a été assassinée, et c'est notre devoir de découvrir qui l'a tuée. Quant à votre devoir à vous, c'est de nous aider. Qui était M. Capelli ?

— Il n'était pas italien, ça au moins je le sais. Il ne parlait que quelques mots d'italien.

— Mais des hommes d'honneur venaient le voir, dit Castellano.

Elle secoua la tête en signe d'ignorance.

— Je n'ai jamais vu ça.

— Est-ce qu'il aurait pu être américain ? demanda Columbo. Dites-nous à quoi il ressemblait.

— Oui, il aurait pu être américain. Ou allemand. Il avait les manières d'un Américain... c'est-à-dire qu'il était exigeant, désagréable, colérique. Il était petit, et même plus petit que moi. Il avait les cheveux coupés très courts. Il avait aussi une grande bouche, et quand il souriait, on voyait ses dents. Il était habillé comme un Américain : des vestes et des chemises à carreaux. Je ne l'ai jamais vu avec un costume.

— Et Regina Savona ? demanda Castellano.

— *Squaldrina,* lança la femme d'un air méprisant. C'était une ordure, une saleté ! Lui, c'était un vieil homme. Il se sentait seul. Pour le distraire, elle faisait des choses honteuses.

— M. Capelli était pourtant le genre d'homme à apprécier la présence d'une « saleté », non ? hasarda Columbo.

La femme leva les paumes vers le ciel, en un geste fataliste.

— Il était complètement fou d'elle.

— Mais vous ne savez pas qui il était, insista Castellano.

— Moi, monsieur, je faisais mon travail. Il me payait. Toute ma vie, j'ai été domestique. Si je m'étais montrée trop curieuse sur mes employeurs, sur leur façon de gagner leur vie, et tout ça, j'aurais rapidement perdu mes emplois et je n'aurais pas eu de références. Dans mon métier, il faut être discrète.

— Bon, je crois que nous n'allons pas vous déranger plus longtemps, dit Columbo.

En descendant la rue en pente menant au centre du village, Columbo et Castellano sentaient peser sur eux le regard de la femme.

— Elle ment, murmura Castellano.

Columbo se retourna.

— Madame, dit-il en s'avançant de quelques pas. J'ai encore une petite question, si ça ne vous ennuie pas. Un petit détail, sans importance. Mais... comment est-ce que M. Capelli vous payait ? Je veux dire, est-ce qu'il vous donnait des chèques, ou bien... ?

Pendant un moment, elle darda sur lui un regard hostile, puis répondit :

— M. Capelli me payait en liquide.

— Est-ce qu'il réglait tout de cette façon ? Je veux dire ses dépenses courantes, l'épicerie, tout ça.

— Il payait en liquide.

— Je vous remercie, madame. Vous nous avez été très utile.

— 6 —

Le mardi matin, Galeazzo Castellano proposa à Columbo de le ramener à l'aéroport de Malpensa, mais celui-ci préféra accepter l'invitation d'Adrienne Boswell qui regagnait Milan dans son Alfa Romeo.

Ils durent partir très tôt le matin pour être à temps à l'aéroport, et la brume obscurcissait encore les routes.

— Qu'avez-vous découvert ? demanda-t-elle.

— Pas grand-chose, grommela Columbo.

— Allez, Columbo, déballez un peu ce que vous savez ! Moi, j'ai découvert quelque chose et je veux bien vous en faire profiter, mais il faut que ce soit donnant donnant.

— Eh bien... le vieil homme qui vivait chez Regina à Los Angeles est le même que celui qui habitait ici. Et tout aussi mystérieux dans les deux endroits. Il payait tout en liquide. Les gens ne veulent pas parler de lui.

— Ça, je le comprends, dit Adrienne. J'ai découvert quelque chose à son sujet.

— Quelque chose d'intéressant ?
— Je crois. Il n'y a que deux véritables notables à Marino di Bardineto : le prêtre, et un certain M. Ruggerio Abbatemarco. C'est ce M. Abbatemarco qui est propriétaire de la villa où vivait Capelli, mais, apparemment, cette villa lui paraît trop voyante, alors il la loue. C'est un citoyen très respectable, très riche.
— Pourquoi ? Qui est-ce ?
— C'est le *capo* de la région, le parrain local. Je me suis dit qu'il devait en savoir plus que les autres, et je suis allée le voir. C'est le genre patriarche aimable. Ravi de me rencontrer, de me parler. Ravi de me mentir.
— Et donc, qu'avez-vous découvert ?
— Il m'a dit que Capelli était un riche homme d'affaires sicilien, qui avait fait fortune dans la vente de voitures et de camions, mais qu'en raison de problèmes de santé il avait dû prendre sa retraite. Quelqu'un, en Sicile, lui avait fait savoir que Capelli était son cousin et lui avait rappelé comment, étant enfants, ils parcouraient ensemble la campagne. Il avait donc invité Capelli à venir passer quelques jours dans sa villa. Mais lorsque Capelli était arrivé, ils se sont rendu compte, tous les deux, qu'ils n'étaient pas cousins et ne s'étaient jamais vus. Ils ont trouvé la plaisanterie excellente, et Abbatemarco a proposé à Capelli de lui louer la villa pour un prix très intéressant. Capelli l'a occupée jusqu'à son départ pour les États-Unis en 1988. Les deux hommes sont devenus amis. Comme il savait que Capelli souffrait de la solitude, il venait dîner avec lui une fois par semaine. Il s'arrangeait également pour lui envoyer des filles, et c'est comme ça qu'il lui a fait connaître Regina Celestiele Savona.
— Vous dites qu'il vous a menti ?
Adrienne sourit.
— Tout le temps. J'ai téléphoné à Palerme. En Sicile, la police n'a jamais entendu parler de Capelli. Et il n'y a jamais eu de vendeur de voitures de ce nom-là.
— Ce qui en fait donc, probablement, un membre de l'Honorable Société, dit Columbo.
— C'est ce que je me suis dit. Et sans doute un grand trafiquant de drogue.

Chapitre 12

— 1 —

Après un vol sans escale, l'avion d'Alitalia se posa sur l'aéroport international de Los Angeles peu après midi.

Martha Zimmer attendait Columbo.

— J'espère que vous avez pu dormir dans l'avion, lui dit-elle, parce que les événements se sont précipités, ici. Vous avez découvert des choses intéressantes, là-bas ?

— Intéressantes ? Oui, je crois. Il est à peu près certain que M. Capelli était lié à la Mafia, ce qui explique pourquoi il a disparu aussi facilement. J'imagine qu'il avait déjà « disparu » lorsqu'il vivait à Marino di Bardineto.

— Vous pensez donc qu'il est encore vivant ?

— Pourquoi pas ? Le problème, c'est de savoir quel rôle il a joué dans le meurtre de Regina.

— On vous a vu à la télévision, annonça-t-elle.

— Ah bon ? Comment ça ?

— Parce que je vous ai vu, c'est tout ce que je peux vous dire. Votre imperméable passe bien à l'écran, mais le capitaine Sczciegel m'a chargée de vous dire qu'il faudrait que vous en achetiez un autre.

— Oui, il faudra bien que j'en rachète un autre, un de ces jours. Rien ne presse. Celui-ci a encore de beaux jours devant lui.

— Une dizaine d'années, par exemple ?

— Euh... disons un an ou deux. Allez savoir ! A part ça, vous dites que les événements se sont précipités, ici ?

— Oui. Les services d'immigration et de naturalisation nous

ont fait savoir qu'Angelo Capelli était entré aux États-Unis le 17 août 1988...

— Ah, ah ! Le même jour que Regina Celestiele Savona.

— Exactement. Et sur le même vol Alitalia en provenance de Milan. Il avait un visa de touriste, et il a disparu dans la nature. Les services d'immigration et de naturalisation n'en ont plus jamais entendu parler.

— Il ne s'appelait ni Vittorio Savona ni Angelo Capelli, dit Columbo d'un ton songeur. Mais qui était-il, alors ?

— Malheureusement, son passeport et son visa étaient en règle, dit Martha. Ce qui veut dire qu'on n'a pas pris ses empreintes digitales.

— Ce qui veut dire aussi qu'il le savait. Ce type avait l'habitude de parcourir le monde sans risquer d'être identifié. Et il avait de l'argent. Il faut de l'argent pour vivre de cette façon-là. Ça n'était pas un petit poisson, Martha. C'était quelqu'un !

— Ce qui va le rendre encore plus difficile à retrouver.

— On n'a pas de photo de lui, n'est-ce pas ?

— Non. J'imagine qu'il a dû faire attention à ne jamais se laisser prendre en photo.

Columbo laissa échapper un long soupir et se gratta le crâne.

— Je pourrais essayer de faire faire un portrait-robot. On le montrera aux stups. On le fera diffuser par la presse et la télévision...

— Ah ! Il faut aussi que vous alliez voir le Dr Culp le plus rapidement possible. Il a reçu les résultats des analyses d'ADN, et il veut vous voir dès votre retour.

— Est-ce que j'ai la permission d'appeler d'abord ma femme ? Je lui ai promis de l'appeler de l'aéroport. Elle est déjà furieuse parce que je n'ai pas emporté d'appareil photo en Italie. Je vais l'amadouer, lui dire que je lui raconterai tout ce soir au dîner. Vous voulez bien, Martha ?

— Bon, d'accord, mais ne restez pas trop longtemps au téléphone !

— 2 —

Assis derrière son petit bureau en acier poli, à côté de la salle d'autopsie, le Dr Harold Culp mangeait un sandwich au jambon.

Comment pouvait-on mâchonner un sandwich après avoir découpé un corps humain ? Columbo était perplexe. Enfin... au moins avait-il ôté sa blouse blanche. Souvent, ces blouses sont tachées de sang.

Malgré les mises en garde de Columbo, Martha avait tenu à l'accompagner.

— Ah, Columbo, quelle surprise ! s'exclama le Dr Culp.

Columbo se tourna vers Martha.

— Vous êtes sûre que vous voulez entendre ce qui va suivre ? C'est... délicat, vous savez.

— Écoutez, je vous en prie !

Columbo se tourna alors vers le médecin.

— D'abord, les choses toutes simples, dit le Dr Culp. L'échantillon trouvé sur les draps de lit de la chambre d'amis appartient à Robert Douglas. C'est une surprise ?

— Non. Ils l'avaient reconnu. D'abord, ils ont prétendu s'être endormis tout de suite, mais ensuite ils ont bien dû admettre qu'ils avaient passé du bon temps avant.

— D'accord. Et maintenant le sperme trouvé dans l'estomac de Regina... (Le Dr Culp observa un instant de silence pour ménager son effet.)... Le test d'ADN prouve qu'il s'agit de celui de Johnny Corleone, le valet de chambre. Elle a pratiqué une fellation avec lui une heure environ avant de mourir.

Columbo se tourna vers Martha.

— Ça paraît difficile à croire, vous ne trouvez pas ?

— Pourquoi pas ? C'était bien son genre.

— Ne dites pas de mal des morts, Martha. Ça n'est pas le fait en lui-même qui m'étonne, mais qu'elle ait fait ça avec lui. Cela dit, je n'ai jamais vraiment cru qu'il était son valet de chambre.

— Ça modifie un peu la donne, vous ne trouvez pas ? dit Martha.

— 3 —

Mickey Newcastle n'avait rien pris. Il se sentait brisé, mais il n'avait rien pris. De temps en temps, il essayait ainsi de décrocher, tout seul, sans aide. Il se disait que si un jour il y arrivait pour de bon, ce serait comme ça, tout seul. S'il arrivait à tenir une semaine entière sans se piquer, il serait capable de décrocher.

Pourtant, il avait encore de la came, dans la salle de bains. Cela faisait trois jours, presque soixante-douze heures qu'il se battait contre le manque. Il pensait que ça allait commencer à s'apaiser, mais en fait la situation empirait.

Il s'était dit que peut-être, en mangeant, cela apaiserait l'intolérable sensation de manque. Après tout, la digestion exige du corps un gros travail, et elle lui apporte des éléments nutritifs qui pourraient compenser la came. Il avait avalé d'énormes quantités de sandwiches, arrosés de bière. En vain. Il avait essayé de dormir, pensant ainsi échapper à quelques heures de manque grâce au sommeil. Il n'avait pu s'endormir. Il s'éveillait constamment, trempé de sueur, dévoré par le manque.

Et à présent... à présent le pire : la nausée, les frissons, les hallucinations, l'impression que des bestioles grouillaient sur sa peau nue. Il connaissait cette étape du manque, il l'avait déjà vécue. Inutile de la combattre. Il avait déjà essayé.

Étendu sur le canapé du salon, il résista aussi longtemps qu'il le put. Peut-être qu'en attendant encore une heure...

Non ! Non ! Impossible !

Il voulut se lever et retomba sur le canapé. Il vomit. Il tremblait. Il se traîna jusqu'à la salle de bains et, les mains tremblantes, ouvrit son dernier flacon de came. Il prit une seringue, la remplit d'eau distillée. Il ne restait plus qu'à...

Oh, non ! Tout l'attirail venait de lui échapper des mains. La seringue tomba sur le sol, et le flacon dans les toilettes, sur le rebord desquelles il était posé. Le contenu du flacon disparut dans l'eau de la cuvette.

Il n'avait pas assez d'argent pour faire face à cette catastrophe. Mickey s'écroula sur le carrelage de la salle de bains et se mit à sangloter.

— 4 —

A la même heure, Johnny Visconti lui aussi sanglotait. Il se trouvait dans l'entrepôt où ils avaient fourré le corps du vieux dans un bidon d'essence. Il était nu, les mains menottées dans le dos.

Sal et Frank, un vague sourire aux lèvres, le regardaient poursuivre Carlo qui arpentait l'entrepôt en tous sens à la recherche d'un outil ou d'un objet quelconque.

— Carlo ! Je t'en prie. Tu ne peux pas me mettre tout sur le dos ! Je suis un exécutant. Je fais ce qu'on me dit de faire.

— Mais tu ne fais rien correctement, Johnny, lança Carlo par-dessus son épaule. Rien du tout. Douglas a quitté l'hôpital en pleine forme. Et merde ! T'es même pas foutu de buter un mec dans le dos. Quand je pense qu'on t'avait fourni un flingue propre !

— Mais j'ai tiré à bout portant !

— A travers un siège de voiture ! Et un siège de Mercedes, en plus ! En quoi tu crois que c'est fait, les sièges de bagnole, couillon ? En vinyle et en kapok ?

A grands pas, Carlo se dirigea vers le fond du bâtiment, où étaient rangés les gros bidons d'essence.

Johnny courut après lui.

— Carlo... ! Donne-moi une nouvelle chance. Je vais descendre Douglas. Je te jure que cette fois-ci je le raterai pas.

— Avec quoi tu réfléchis, Johnny ? En tout cas, pas avec ta cervelle ! Ce n'était pas Bob Douglas que tu as vu à la fenêtre. Ni Christie Monroe.

— Mais ça ne pouvait être qu'eux ! protesta Johnny.

— Réfléchis, espèce de crétin ! Quand t'as tiré dans le dos de Douglas, le flic et sa nana sont venus à l'hôpital. S'ils avaient dû cracher le morceau au flic, c'est à ce moment-là qu'ils l'auraient fait. Non, aucun des deux n'a assisté à la scène. Même là, tu t'es trompé. T'as tiré sur le mauvais cheval.

— Alors ça devait être les Gwynne. Le mari ou la femme. Il n'y avait personne d'autre dans la maison !

— Ah bon ? Alors pourquoi ils ont rien raconté au flic ? Réfléchis, Johnny : il n'y a jamais eu de témoin, tu as rêvé.

Johnny ne répondit pas. Il savait bien qu'il avait vu quelqu'un derrière cette fenêtre, mais il se rendait compte, aussi, qu'il valait mieux que Carlo croie à une hallucination de sa part.

— Et l'Anglais ? demanda Carlo. Lui, c'est plus important. Il en sait trop. Est-ce que lui, au moins, tu lui as réglé son compte ?

— Il est mort. Je lui ai donné la came lundi. S'il était vivant, il m'aurait appelé, il m'aurait demandé de l'argent pour un autre fixe.

— Tu n'as pas vu le corps ?

— Je peux pas aller là-bas ! Bientôt, les flics vont découvrir un cadavre qui pue dans cet appartement.

Carlo secoua l'un des bidons pour voir s'il était vide ou s'il contenait encore de l'essence.

— Tu te rappelles comment on a brisé la colonne du vieux pour qu'il tienne là-dedans ? Tu te rappelles, hein, Johnny ? Eh bien, ne l'oublie pas !

Johnny poussa un faible gémissement.

— Je vais te dire une chose, reprit Carlo. Si les flics découvrent qui était le vieux, tu es un homme mort. Et j'aime autant te dire que tu mourras pas rapidement comme lui !

— Mais personne ne sait qui c'était. Il n'y avait que Regina, toi et moi. Sal et Frank, j'en sais rien. Si tu leur as dit, c'est ton affaire. Mais personne d'autre n'est au courant.

— Tu as vu le flic à la télé ? demanda Carlo qui retraversait une nouvelle fois l'entrepôt, Johnny sur les talons. Il est allé en Italie. A ton avis, qu'est-ce qu'il cherchait, là-bas ?

— Il retrouvera jamais la trace du vieux comme ça, dit Johnny, s'efforçant de paraître plus confiant qu'il ne l'était réellement.

— Ah bon ? En tout cas, don Abbatemarco m'a appelé. Une journaliste est venue le voir et lui a posé plein de questions tordues.

— J'imagine qu'il lui a fait les réponses qu'il fallait.

— Oui, mais si la fille n'est pas idiote, elle a dû s'en rendre compte. Abbatemarco est un vieux macho, il s'est probablement dit que comme c'était une femme, elle ne représentait pas vraiment une menace. Mais ce secret est trop important pour qu'on prenne le moindre risque. Alors tu vas aller vérifier si Newcastle est vraiment mort.

Sal ôta ses menottes à Johnny et le regarda se rhabiller d'un air goguenard.

— Il faut s'en débarrasser, dit Sal lorsque Johnny fut parti.

— Il va falloir que je demande, dit Carlo. On peut pas prendre la décision tout seuls, comme ça.

— 5 —

Une marque de bière en néon rouge qui jetait sa lueur derrière la vitre d'un bar, Chez Teddy, et sur le trottoir, tremblant de tous ses membres, Mickey Newcastle. Il tira de sa poche un vieux revolver rouillé, de calibre 32. Un an auparavant, un guitariste l'avait supplié de lui donner un peu de crack, et lui avait montré ce revolver en lui expliquant qu'il serait obligé de braquer quelqu'un si Mickey ne pouvait lui donner de la came ou lui prêter de l'argent pour en acheter.

Il ne s'y connaissait guère en armes à feu, mais il savait que ce vieux machin risquait de lui exploser dans la main s'il était obligé de s'en servir. Pourtant, il n'avait pas l'intention de tirer, et il avait même songé à le décharger. Le seul problème, c'est qu'avec un œil un peu exercé on se rendait compte tout de suite qu'il n'y avait pas de cartouches dans le barillet.

Des ivrognes sortaient de Chez Teddy. Cela faisait une demi-heure qu'il attendait le bon, et il avait peur de ne pouvoir attendre plus longtemps. Son corps était secoué de frissons.

Enfin... ! Deux Hispaniques, un homme et une femme, jeunes, qui sortaient du bar en titubant et en riant. Ils marchèrent un moment dans la rue, puis s'arrêtèrent devant une voiture. L'homme fouilla maladroitement dans sa poche, puis eut du mal à ouvrir la portière avec sa clé. Ils riaient.

Mickey s'approcha d'eux, par-derrière.

— J'veux pas d'embrouilles, dit-il en tentant de dissimuler son accent anglais. Vide tes poches sur le sol. Et toi, dit-il à la jeune femme, jette ton sac.

Le jeune homme se retourna vers lui et lui sourit.

— T'es fou, ou quoi ?

Mickey brandit son arme dans sa direction.

— Donne-lui ce qu'il demande ! s'écria la fille d'une voix stridente.

— Mais oui, je vais lui donner ce qu'il demande.

Le jeune homme fit un pas en arrière et lui balança un coup de poing, ne réussissant à l'atteindre qu'à l'oreille gauche. Mickey appuya sur la détente. Comme prévu, le revolver lui explosa dans la main, mais il logea quand même une balle dans la jambe du jeune Hispanique.

La jeune femme tira alors de l'argent de son sac et le jeta aux pieds de Mickey. Elle ne remarqua pas que son agresseur avait la main brûlée et que son arme était désormais hors d'usage. Elle s'agenouilla à côté de son compagnon, et, en pleurant, tira de ses poches de l'argent qu'elle ajouta à celui qu'elle avait déjà donné.

— Et maintenant allez-vous-en ! Allez-vous-en ! Regardez ce que vous avez fait !

Mickey était horrifié. Pourtant, il ramassa l'argent, fourra son arme dans sa poche et s'éloigna à grands pas.

Deux rues plus loin, il s'arrêta pour compter l'argent. 116 dollars. De quoi se payer deux doses et l'aller-retour en taxi jusqu'en ville.

— 6 —

Johnny brûlait de haine. Il tuerait ce Carlo Lucchese ! Tôt ou tard, il le tuerait. Carlo l'avait humilié ! Lui, Johnny Visconti, Johnny Discount ! Il se revit nu et menotté devant lui, implorant sa grâce. Il lui tirerait une balle dans les couilles !

Mais comment expliquer ça à Cleveland ? Eh bien, il n'aurait qu'à dire que Carlo connaissait l'identité du vieux, et que ça n'était pas le genre de gars à qui on pouvait faire confiance. Le patron le croirait. A moins que...

Non, c'était une mauvaise idée. Johnny ne pouvait pas se permettre de descendre un initié sans avoir obtenu d'abord la permission. Pour Regina, c'était différent : il pouvait toujours se retrancher derrière les instructions du vieux. Mais un initié, un membre de la Société ? « Qu'est-ce que tu cherches ? lui demanderait le patron. A déclencher une guerre ? » Non, il ne fallait pas dire que c'était lui qui l'avait descendu. Il fallait simplement se pointer en disant : « Dites donc, le pauvre Carlo s'est fait descendre. »

Oui, c'était comme ça qu'il fallait faire. Il alluma une cigarette. Mais en serait-il capable ? Car s'il y avait quelqu'un de plus méprisable encore que Carlo Lucchese, c'était bien lui. Il l'avait supplié ! Supplié ! Ils avaient ri de lui, et ils devaient être encore en train de rire.

Sauf qu'il avait un avantage sur eux. Il connaissait toute l'histoire. Carlo savait qui était le vieux, mais pas plus. Johnny, lui, participait à cette histoire depuis plus longtemps, et il savait tout.

— 7 —

Johnny était retourné chez lui prendre sa Ferrari. Il en profita pour emporter son automatique Baby Browning, un calibre 25.

Il se gara à quelque distance de chez Mickey et dégagea le cran de sûreté de son pistolet.

Il frappa d'abord doucement à la porte de Mickey, puis plus fort. Pas de réponse. Il fallait forcer la serrure, mais en douceur, parce que les flics ne devaient rien remarquer en découvrant le corps. Il prit son temps.

Pour les serrures, il était bon. Il en avait forcé beaucoup à Cleveland, à l'époque où il grimpait lentement les échelons dans l'Organisation. Le verrou s'ouvrit avec un petit bruit, et il pénétra dans l'appartement plongé dans l'obscurité.

Où était-il? Dans la salle de bains? Non. Ni sur le lit ni sur le canapé.

Une peur soudaine lui tordit l'estomac. Si on l'avait trouvé et qu'on eût déjà emporté le corps, alors l'appartement était peut-être surveillé. Il sauta au-dehors par la fenêtre d'une des chambres, traversa quelques cours d'immeubles et finit par se retrouver dans la rue.

C'est alors qu'il aperçut Mickey qui venait à sa rencontre, la démarche incertaine, le corps agité de tremblements.

— 8 —

Après avoir pris sa dose, il lui tint des propos plutôt incohérents. Il avait utilisé de l'eau du robinet et non de l'eau distillée. Que pouvait-il se passer?

— Tu me dis que tu as tiré sur un type?

Mickey acquiesça.

— J'pouvais pas faire autrement. Je lui ai tiré dans la jambe. J'l'ai pas tué.

— Qu'est-ce que t'as à la main?

— C'est le revolver qui a explosé.

— Où est-il?

— Dans ma poche.

Mickey le tira de sa poche et le jeta par terre. Le barillet à moitié déchiqueté jaillit de l'arme.

— Il faut s'en débarrasser, dit Johnny. Le type pourrait te reconnaître ?

— Peut-être. Et sa copine aussi.

— Ah bon ? Il y avait aussi une fille ?

— Il me fallait de la came, Johnny ! J'ai essayé de ne plus en prendre, mais j'y arrive pas. Il m'en fallait absolument. Tu sais comment c'est, tu peux comprendre.

— Pourquoi ne m'as-tu pas appelé ?

— Je... je ne sais pas.

— Écoute, tous les deux, on est dans la merde. Et pas qu'un peu. Y a quelqu'un qui nous a vus, et qui est en train de jouer au chat et à la souris avec nous. Tu veux m'aider ou pas ? Parce que si tu te retrouves en taule, là j'aime autant te dire que tu vas décrocher à la dure, tu vas grimper aux barreaux !

— Bon Dieu, Johnny, j'aurais jamais cru que j'allais tomber aussi bas et braquer un mec pour récupérer un peu de fric.

— Et pourtant, c'est ce que tu as fait ! Bon, et maintenant ?

— Là, je peux tenir encore un jour ou deux.

— Alors il nous reste un jour ou deux pour faire ce qu'on a à faire.

— Mais toi, tu as déjà commencé, Johnny. J'ai vu ça à la télé. C'est sûrement toi qui as essayé de descendre Bob Douglas.

— Tu as une meilleure solution à proposer ?

— Mon Dieu... on est vraiment obligés d'en arriver là ?

— Oui, si tu veux pas grimper aux barreaux de ta cellule.

Mickey s'abandonna à sa torpeur.

Johnny poussa un long soupir. Avec un partenaire comme celui-là, il était pas sorti de l'auberge ! Il alla prendre une bière dans le frigo de Mickey, et se prit à songer à la meilleure façon de tirer parti de son avantage. Car il possédait un avantage sur les autres : il connaissait toute l'histoire du vieux.

Chapitre 13

— 1 —

En se dirigeant à grands pas vers son bureau, Columbo songeait avec effroi à la corvée qui l'attendait : remplir les imprimés nécessaires au remboursement de ses frais. Il tenait à la main une serviette de toilette roulée.

Un inspecteur l'aperçut dans le couloir et le héla. Un poseur, de l'avis de Columbo. Pantalon à pinces, chemise blanche, cravate impeccablement nouée, et un Beretta dans son étui, sous l'aisselle gauche.

— Qu'est-ce que vous avez là, lieutenant, un nouvel imperméable ?

— Non, répondit Columbo en s'efforçant de sourire. C'est mon arme.

— Votre arme ? Roulée dans une serviette ?

— C'est une longue histoire.

— J'aimerais bien la connaître.

— Eh bien... vous voyez, je suis rentré d'Italie hier, alors je suis allé me coucher tôt. Le décalage horaire, vous comprenez. Je me suis levé à six heures du matin à Marino di Bardineto pour être à temps à l'aéroport de Milan. Mais six heures du matin en Italie, ça fait dix heures du soir la veille en Californie. Donc, c'est comme si j'étais debout depuis dix heures du soir et que je n'avais pas dormi de toute la nuit.

— Euh, Columbo...

— Ah, c'est vous qui avez demandé ! Donc, quand le capitaine Sczciegel a appelé, j'étais en train de dormir, et c'est ma femme qui a pris le téléphone. Il me faisait dire d'amener mon arme ce matin au bureau. Alors, voilà, je l'ai amenée. Vous êtes satisfait ?

— Vous nous étonnerez toujours, ici, lieutenant.

— Ah bon ? Euh... vous auriez du feu ?

— 2 —

Dans le bureau du capitaine, Columbo, dépouillé de son imperméable et même de sa veste, l'air gauche, contemplait avec le plus profond scepticisme l'étui en toile qui pendait sous son bras gauche.

Avec cérémonie, le capitaine Sczciegel glissa alors dans l'étui une arme flambant neuve, un Beretta automatique de calibre 9 mm.

— Et voilà ! Maintenant vous ressemblez vraiment à un inspecteur de la police de Los Angeles.

Columbo fit la grimace en regardant le pistolet.

— Il est chargé, ce machin ?

— Non, mais il va l'être tout de suite. (Le capitaine se tourna vers Martha, qui observait la scène en souriant.) Montrez au lieutenant Columbo comment charger son Beretta et comment enclencher la sûreté.

— Vous savez, il vaudrait mieux que je ne le porte pas sur moi avant de m'être familiarisé avec lui, suggéra Columbo.

— Martha...

Elle se mit à glisser les cartouches dans le chargeur.

— Vous voyez, Columbo, c'est facile comme tout. Ensuite vous glissez le chargeur comme ça, puis vous armez le pistolet, ce qui fait monter une cartouche dans la chambre, puis vous mettez le cran de sûreté sur *on*... comme ça. Voilà.

Columbo prit l'automatique et le glissa dans son étui. Puis, en hochant la tête, il considéra le revolver posé sur le bureau du capitaine.

— Vous voyez, ça me fait de la peine d'abandonner ce revolver. Vous savez comment c'est, hein ? Quand un objet vous a rendu des services comme ça, pendant des années, on finit par éprouver pour lui une sorte d'affection.

— Ah bon ? lança le capitaine Sczciegel d'un air sévère. Il vous a servi tant que ça en restant pendant des années dans votre armoire, sous une pile de foulards et de chapeaux ?

— Peut-être, mais je savais qu'il était là, en cas de besoin.

— Et qu'est-ce que vous en auriez fait ? Vous n'aviez même pas de munitions !

— J'aurais pu en avoir. Enfin, ce revolver... je lui faisais confiance. Je savais comment il fonctionnait. Alors que celui-ci...

— C'est votre arme réglementaire, lieutenant, et j'entends que vous l'ayez toujours sur vous.

— Bien, capitaine.

— 3 —

Trois ordinateurs encombraient le bureau de Betty D'Angelo.

— Désolé de n'avoir pas pu venir plus tôt, Betty, dit Columbo. Après vous avoir dit que j'étais tellement pressé, j'ai dû partir en Italie.

— Pas de problème, lieutenant, asseyez-vous.

C'était une jeune femme extrêmement jolie et attirante, mais aussi d'allure parfaitement innocente, et les hommes qui travaillaient au quartier général de la police saisissaient le moindre prétexte pour venir dans son bureau. Elle avait la réputation de réaliser des prodiges avec ses petits ordinateurs.

— Vous avez trouvé quelque chose ?

— Non. Aucun chèque libellé au nom de Corleone. Ni de Johnny, ni de Giovanni. Aucune trace d'un salaire versé à un valet de chambre. En revanche, il y a une femme de ménage, Rita Plata.

— Avez-vous regardé s'il y avait des chèques émis régulièrement, tous les mois ou toutes les semaines ?

— Oui. C'est comme ça que j'ai vu qu'elle salariait Rita Plata et payait les charges sociales.

— Vous avez vérifié le compte personnel et le compte professionnel ?

— Oui, les deux. La société payait des salariés, bien sûr, mais aucun du nom de Corleone.

— Bon, eh bien merci. Tout ça est très intéressant, ça me sera très utile.

— Revenez quand vous voulez, lieutenant. Je suis toujours contente de vous rendre service.

— 4 —

A quelque distance du quartier général, Columbo se rangea le long du trottoir. Il ôta son imperméable, sa veste, et retira l'étui qui pendait sous son aisselle. Puis il entoura l'étui et son pistolet avec les courroies en Nylon du harnais, et fourra le paquet sous le siège avant de sa Peugeot.

Après quoi, il gagna la maison de Regina, à Beverly Hills. Une voiture de société de gardiennage bloquait l'entrée de l'allée. Il se gara et descendit.

— Bonjour, dit-il à l'homme en uniforme assis au volant. Je suis le lieutenant Columbo, de la brigade criminelle. Il y a quelqu'un, dans la maison ?

— Oui, Corleone.

— Bon. C'est lui que je suis venu voir. Vous avez du travail ?

— Oh oui. Si on n'était pas là, les gens auraient déjà dévalisé la maison. Et maintenant, il n'y a pas que les fans. Le moindre de ses objets personnels a de la valeur, vous savez. Vous vous rendez compte qu'un type m'a proposé 1 000 dollars rien que pour le laisser entrer, parce qu'il voulait aller récupérer des sous-vêtements ?

— Eh oui, c'est comme ça. J'étais à son enterrement. C'était incroyable.

Le vigile sourit.

— Même moi, je donnerais bien 100 dollars pour avoir quelque chose qu'elle a porté, une paire de chaussures, une culotte ou un soutien-gorge. Ma femme serait prête à acheter une vitrine pour les y mettre !

Columbo prit congé du vigile et alla ensuite sonner à la porte de la maison. Johnny apparut presque aussitôt.

— Ah, lieutenant ! Content de vous voir. Je peux faire quelque chose pour vous ?

— J'aimerais bien qu'on aille s'asseoir près de la piscine, comme ça je pourrai fumer un cigare, dit Columbo.

— Bien sûr. Vous voulez quelque chose, un café, par exemple ?

— Non, merci, pas ce matin.

Johnny ouvrit un parasol au-dessus d'une table à plateau de verre, et les deux hommes s'installèrent.

— J'ai découvert quelque chose, commença Columbo. (Il fouilla dans ses poches à la recherche d'allumettes, finit par en trouver et alluma son cigare.) Eh bien... euh... j'ai découvert que vous n'étiez pas vraiment le valet de chambre de Regina.

Johnny sourit.

— Je savais que je ne pourrais pas vous tromper bien longtemps. Comment vous en êtes-vous rendu compte ?

— Eh bien, vous nous avez donné un échantillon de sang pour un test d'ADN...

— En disant qu'il y avait des taches de sang sur son peignoir, l'interrompit Johnny. Mais je savais bien que ça n'était pas vrai.

— Et moi je savais que je ne pourrais pas vous tromper bien longtemps, dit Columbo. En fait, si je voulais un échantillon de votre sang, c'était pour le comparer avec ce qu'avait trouvé le médecin légiste au cours de l'autopsie. Il y avait quelque chose dans l'estomac de Regina, quelque chose qui venait de vous...

— Euh...

— Vous voyez ce que je veux dire ?

Johnny se raidit.

— Elle l'a avalé.

— Oui. Ce qui veut dire qu'environ une heure avant sa mort, Regina et vous aviez été, disons... intimes.

— Les gens qui nous connaissaient bien ne croyaient pas à cette histoire de valet de chambre. J'imagine que ceux que vous avez interrogés vous l'ont dit.

— Oui, ses proches étaient un peu sceptiques.

— Bon. Donc, vous savez. Nous étions amants. Et quant à ce qu'elle m'a fait ce soir-là... c'était une artiste. Vous vous souvenez des propos qu'on prête à Marilyn Monroe ? Elle aurait dit que désormais, puisqu'elle était devenue une grande vedette, elle ne referait plus jamais ce genre de choses. Eh bien Regina n'était pas de cet avis. C'était une grande vedette, et elle, elle continuait. Et avec tous les hommes qui lui plaisaient... ou qu'elle cherchait à influencer.

Columbo fit la moue et se mit à se gratter l'oreille droite.

— Je crois que finalement, je boirais bien quelque chose. Disons un scotch. Mais une larme, avec peut-être un verre d'eau pour faire passer, après.

— Bien sûr, lieutenant, bien sûr. Ce genre de conversation, ça donne soif. Je reviens tout de suite.

Tandis que Johnny se trouvait à l'intérieur, Columbo fit le tour de la piscine, observant la maison, les fenêtres, les balcons. Il constata que depuis la chambre de Mickey Newcastle on ne pouvait effectivement pas voir le plongeoir, à cause du palmier qui se trouvait au coin. Mais le palmier ne dissimulait pas que le plongeoir.

Johnny revint avec un petit verre de scotch et une carafe d'eau pour Columbo, et un gin-tonic pour lui-même.

— Finalement, dit Columbo, tout ça explique ce qui me tracassait un peu. Vous voyez, en examinant les comptes bancaires de Regina, on s'est aperçus qu'elle versait un salaire régulier à la femme de ménage mais pas à vous. Donc vous ne touchiez pas de salaire, n'est-ce pas ?

— Non. Elle me donnait de l'argent, mais c'était toujours en liquide.

Columbo avala d'un trait son scotch, qu'il fit suivre d'un grand verre d'eau.

— Elle devait vous donner beaucoup d'argent.

— Oui, ça a fini par faire de grosses sommes. J'étais un homme entretenu, si c'est là que vous voulez en venir.

— Il va falloir vous trouver une autre source de revenus.

— Oui. De toute façon, je vais devoir bientôt quitter cette maison. Je pensais attendre que vous ayez terminé votre enquête.

— Humm... ça ne devrait plus tarder, à présent.

— Heureux de l'apprendre.

— Vous avez l'heure ? demanda brusquement Columbo. J'ai un rendez-vous pour le déjeuner.

— Onze heures et demie, dit Johnny en consultant sa Vacheron Constantin.

— Oh ! Il faut que j'y aille.

— Eh bien, ça m'a fait plaisir de vous voir, lieutenant. Si je peux faire quelque chose pour...

— Je vous appellerai, l'interrompit Columbo.

Un vent fort s'était levé, et Columbo serra contre lui les pans de son imperméable. Il fit quelques pas, puis s'immobilisa brusquement et se retourna.

— Oh, dites-moi, Johnny, je pense à quelque chose, comme ça, là.

— Oui ?

— Eh bien... c'est un peu idiot, mais... vous avez remarqué ce vigile qui est posté à l'entrée ?

— Oui, bien sûr. C'est un brave gars.

— Eh bien j'ai un peu parlé avec lui, et il m'a dit que sa femme aimerait bien avoir un petit souvenir de Regina. Est-ce que vous pourriez lui trouver un mouchoir, ou quelque chose comme ça ?

Johnny sourit.

— Pas de problème. Attendez un instant, je vais aller chercher quelque chose.

Johnny pénétra à l'intérieur de la maison, et Columbo en profita pour regagner la table près de la piscine. Il tira un mouchoir de sa poche et s'en servit pour prendre le verre dans lequel il avait bu son scotch. Verre et mouchoir disparurent dans les profondeurs de l'imperméable, et Columbo s'en retourna vers le portail.

— 5 —

Par la fenêtre, Johnny vit Columbo donner au vigile un morceau de savon à moitié usé, un SAVON FIN, GARDENIA PASSION, AUX SUCS DE LAITUE 2 %. Ce savon venait de sa propre salle de bains, et Regina n'y avait jamais touché, mais cet imbécile de vigile et sa femme seraient ravis de posséder la précieuse relique.

Lorsque Columbo eut disparu, il composa un numéro de téléphone.

— Marty ? Ici Johnny. Je crois qu'on peut faire affaire, mais pas à 20 000. Il faut que tu fasses un effort... Oui, je sais, mais tu comprends, je ne peux pas faire disparaître trop de trucs sans déclencher une enquête... Écoute, voilà ce que je peux sortir : huit slips, six collants et quatre soutiens-gorge portés et pas lavés. Il y a encore son odeur. Ça va ? Les sous-vêtements qui sont passés à la machine ne vaudront pas autant, mais je peux en sortir le même nombre. Je peux aussi te fournir six paires de chaussures usagées. J'ai aussi deux peignes avec ses cheveux, et un rasoir avec des petits bouts de poils sur la lame. Non, ne me demande pas ce qu'elle s'est rasé ! J'ajoute à ça deux savons, utilisés. Je veux 50 000 pour le tout. 25 ? Pas question ! Ni 30, non, non ! 35... ? C'est du vol, mais j'accepte. J'ai besoin de liquide. Bon, d'accord, cet après-midi. Salut.

En riant sous cape, Johnny gagna sa propre chambre et retira de son lit les sous-vêtements de Regina. Depuis trois nuits, il dormait avec eux, de façon qu'ils s'imprègnent de sueur. Il les amena ensuite dans la chambre de Regina, imprégna un mouchoir de son parfum, Gardénia Passion, et le frotta sur les sous-vêtements, jusqu'à obtenir l'odeur qu'il recherchait, mélange de sueur et de coûteux parfum.

Putain, 35 000 dollars !

— 6 —

Adrienne Boswell avait pris place dans une stalle de la luxueuse salle à manger du Press Club. Ce jour-là, elle portait un jean serré, joliment délavé, et un polo blanc, refusant ainsi à Columbo la contemplation de ses jambes spectaculaires. Heureusement, le polo révélait d'autres merveilles. Columbo accrocha son imperméable au coin de la stalle et se pencha pour embrasser la joue qu'elle lui tendait. Il ne reconnut pas la marque de son parfum, mais il était aussi singulier que celui de Regina.

— Merci pour votre invitation, dit-il. C'est toujours un plaisir de les accepter. Dites-moi, quel endroit élégant !

— Les déjeuners sont un moment essentiel dans mon travail, expliqua-t-elle. J'écris surtout pour les journaux du matin, et c'est au déjeuner que je récolte les informations que j'utiliserai l'après-midi. Et puis ne vous tracassez pas pour les invitations. La voiture était payée, que vous veniez ou non, et il en va de même pour le déjeuner.

— J'ai bien peur de ne pas pouvoir vous dire grand-chose. Tout ce que je pourrais vous apprendre ne pourrait venir que de moi, alors que j'aurais refusé de renseigner les autres journalistes.

— Ce sera confidentiel, Columbo. Vous ne serez jamais cité. En tout cas, moi, j'ai quelque chose pour vous. Au fait, qu'est-ce que vous voulez boire ?

— En principe, je suis en service.

— Laissez un peu tomber les principes, monsieur le lieutenant. Moi, en principe, je devrais être en train de manger à la cantine du personnel, ce qui serait tout à fait stérile du point de vue journalistique.

— Moi aussi j'aime bien déjeuner à l'extérieur, dit Columbo. Je vais souvent dans un endroit où il y a un excellent chili con carne et où on peut jouer au billard.

— Il faudra que vous m'y ameniez, un de ces jours. Vous jouez bien au billard, Columbo ?

— Pas trop mal.

— Je me défends un peu, moi aussi. Ça pourrait être amusant.

— Le chili de Burt est tellement pimenté qu'on a l'impression d'avaler un feu de cheminée, dit Columbo avec un large sourire.

— Qu'est-ce que vous prenez, alors ? demanda-t-elle en adressant un signe au serveur.

— Un whisky soda.

— Bon. Vous voulez que je vous donne mes informations en premier ?

— Bien sûr. Qu'est-ce que vous avez appris ?

— J'ai une amie à la Erie National Bank, à Cleveland, elle s'est renseignée à propos du chèque de banque dont vous m'aviez parlé. Elle a réussi à amadouer le vice-président en lui racontant qu'il s'agissait d'une enquête de police non officielle concernant le meurtre de Regina.

— Et alors ?

— Ce chèque a été approvisionné par un autre chèque de banque, tiré sur une banque de Detroit. Je ne me suis pas encore adressée à elle, mais ça me paraît sans espoir : elle a la réputation de protéger jalousement les opérations de ses clients.

— En tout cas, quelqu'un a pris beaucoup de soin à dissimuler la provenance de l'argent qui a servi à acheter la Ferrari de Johnny Corleone. Avant, je voulais savoir qui était réellement Vittorio Savona (ou plutôt Angelo Capelli), mais maintenant je commence à me demander qui est réellement Johnny Corleone.

— Je serais vous, dit Adrienne, j'irais parler à Maude Ahern. Elle a écrit plusieurs articles sur Regina, et elle connaît plein de choses sur son entourage.

— Maude Ahern..., dit Columbo en fronçant les sourcils. Ah, oui ! Elle était à la réception le soir du meurtre. Son nom figurait sur la liste.

— A part ça, je n'ai toujours pas renoncé à découvrir la véritable identité d'Angelo Capelli. Il a montré un passeport italien à la police de Marino di Bardineto, mais les policiers n'ont pas été vérifier au fichier. Ils n'avaient aucune raison de le faire. Eh bien ce passeport était faux. En outre, la police italienne n'a jamais délivré de passeport au nom de Vittorio Savona.

— Ce qui veut dire que cet homme n'était pas n'importe qui, fit Columbo. Il n'est pas si facile que ça d'obtenir un faux passeport.

— Oui, comme on dit, il avait des « relations ».

— Tout cela me paraît logique, dit Columbo. Tout cet argent liquide dont disposait Regina avant même de devenir une vedette. Les relations. Avec ce qu'il y avait derrière elle, pas étonnant qu'elle ait si bien réussi !

— Et vous, Columbo, qu'avez-vous à me raconter ?

Il se passa la main dans les cheveux et inclina la tête de côté.

— Eh bien, ça va être dur. Je pourrais vous dire une ou deux choses, mais de toute évidence ça ne pourrait venir que de moi, ou du moins de la police de Los Angeles. Inutile de vous rappeler à quel point nous sommes harcelés par les médias. Si on finissait par apprendre que je vous fournis des informations que j'ai refusées à d'autres journalistes...

— Je protège mes sources, Columbo, dit Adrienne avec force.

— Bon... je crois que je peux vous révéler un certain nombre de choses. Mais... ça doit rester « officieux », comme on dit.

— 7 —

— Salut, Dave, dit Columbo en pénétrant dans le bureau du sergent David Gould. Je suis content de te trouver là. J'aimerais bien que tu examines quelque chose pour moi.

Ce jour-là, c'était au tour du sergent Gould d'assurer la permanence au service de dactyloscopie. Le sergent était un ancien : trente ans de service, et un fumeur invétéré. Son sourcil droit et ses cheveux sur le front étaient jaunis de nicotine.

— Alors, Columbo, quand est-ce que tu vas passer les menottes à l'assassin de Regina ?

Le lieutenant haussa les épaules et ne lui dit pas qu'il n'emportait jamais de menottes.

— Fais gaffe que le FBI ne l'agrafe pas en premier pour en retirer tout le bénéfice, reprit le sergent.

— Moi, ça m'est égal de savoir qui procédera à l'arrestation, rétorqua Columbo. Tiens, regarde ce que j'ai pour toi, ajouta-t-il en tirant de sa poche le verre enveloppé du mouchoir.

— Tu m'as ramené un souvenir d'Italie ou bien il y a des empreintes dessus ?

— J'espère qu'il y a des empreintes.

— Probablement les tiennes, dit Gould en considérant le verre d'un air dubitatif.

— Oui, il y a les miennes. J'ai été obligé de boire dedans, mais il doit y en avoir d'autres.

Le sergent déposa de la poudre sur le verre.

— Oui, oui, il y en a. (Il tendit à Columbo une lamelle de verre.) Tiens, appuie ton majeur de la main droite, là.

— Tu penses pouvoir en envoyer au FBI ?

— Oui, mais je tiens d'abord à avoir les tiennes, avant de les envoyer au FBI. Ils découvriraient probablement que tu es recherché dans sept États de l'Est.

— Huit, corrigea Columbo.

— Bon, voilà... j'ai une ou deux empreintes utilisables. Où veux-tu que je les envoie ?

— Au fichier de la Californie, d'abord, et puis bien sûr au FBI. Et si on n'obtient rien, à Interpol.

— Interpol ? Eh bien dis donc !

— Une idée, comme ça. Quand est-ce que je peux avoir les résultats ?

— Demain.

— 8 —

Martha Zimmer vint pointer au quartier général avant la fin de sa journée de travail. Columbo l'attendait.

— J'ai une question à vous poser, dit-il. Quand vous êtes arrivée à la maison, est-ce qu'on avait déjà retiré le corps de la piscine ?

— Oui, et on l'avait déjà recouvert.

— Avec quoi ?

— Avec la veste d'un agent. On lui avait aussi mis un mouchoir sur le visage.

— Et où se trouvait le peignoir ?

— Sur le rebord de la piscine, près de la chaise longue.

— Qu'est devenu ce peignoir ?
— Je l'ai fait mettre dans un sac en plastique. Les médecins l'ont examiné pour y retrouver des cheveux ou des trucs comme ça. Il est dans la salle des pièces à conviction, étiqueté, mais je ne crois pas qu'il y ait grand-chose à en tirer.
— Et à ce moment-là, où étaient les gens, dans la maison ?
— Au lit. Ils s'étaient couchés tard. Je suis montée et j'ai frappé aux portes pour les réveiller.
— A ce moment-là, donc, ils n'auraient pas pu voir le peignoir.
— Non, quand je les ai réveillés, on l'avait déjà emmené pour l'examiner.
— En outre, dit Columbo, si l'un d'entre eux s'était levé plus tôt et avait regardé par la fenêtre, il n'aurait pas pu voir le peignoir sans voir également le corps, n'est-ce pas ?
— Exactement. Il n'aurait pas pu faire autrement.
Columbo hocha la tête.
— Merci, Martha. C'est très, très intéressant.

Chapitre 14

— 1 —

Maude Ahern aimait le rose et, malgré ses formes généreuses, les vêtements moulants. Vêtue d'un pyjama en soie rose beaucoup trop serré pour elle, elle accueillit Columbo dans son salon rose. Sans demander au lieutenant s'il en voulait, elle lui servit une tasse de café.

— Franchement, je me disais que vous ne viendriez jamais me voir. Votre venue signifie donc que vous êtes dans une impasse et qu'avec vos méthodes habituelles vous n'avez pas réussi à découvrir le meurtrier.

— Je ne dirais pas tout à fait les choses de cette façon, m'dame.

— Non, j'imagine. Auriez-vous par hasard lu mes articles sur Regina.

— Hélas, non.

Maude Ahern se radoucit et esquissa même un sourire.

— Non... je vous vois mal lire *Rolling Stone* ou *Vanity Fair*.

— Ma femme rapporte de temps en temps *Vanity Fair* à la maison, mais je dois reconnaître qu'il n'y a pas grand-chose dedans qui m'intéresse.

— Peu importe, dit-elle en haussant les épaules. Dites-moi, vous ne voulez pas ôter votre imperméable ?

— Euh... oui. A l'intérieur...

— Oui. Vous fumez ?

— Eh bien... j'aime bien fumer le cigare de temps en temps.

— Eh bien moi je vais allumer une cigarette, alors ne vous

gênez pas pour allumer votre cigare. Nous avons à discuter d'un certain nombre de choses, alors autant être à l'aise.

— Tout à fait, m'dame, mais je ne veux pas prendre trop sur votre temps. Vous voyez, je ne suis pas un génie. Pour retrouver un assassin, tout ce que je peux faire, c'est de rassembler un maximum d'informations et ensuite d'essayer de faire coller tout ça ensemble.

— Je ne crois pas qu'il y ait de meilleure méthode, lieutenant. Et ne vous excusez pas de ne pas être un génie. Je ne suis pas sûre que ça existe. J'ai beaucoup roulé ma bosse, et je n'en ai pas encore rencontré un seul. Alors je ne m'attends pas à en découvrir au sein de la police de Los Angeles.

Elle lui offrit du feu avec son briquet dès qu'elle vit qu'il n'en avait pas.

— Pourtant, dit-il en allumant son cigare, il y a beaucoup de gens très brillants dans la police. Ils ont comme qui dirait des intuitions, et ils sautent des étapes que moi je ne peux pas me permettre de sauter. Moi, il faut que je procède lentement, avec méthode.

— Ce n'est pas tout à fait la réputation que vous avez.

— Je vous remercie, m'dame, mais je...

— Vous voulez savoir ce qui se passait dans cette maison, dit-elle en l'interrompant brutalement. D'accord, je peux vous dire un certain nombre de choses. Autour de Regina, les apparences étaient trompeuses. Vous vous en êtes déjà rendu compte ?

— Oui, un peu. Par exemple...

— Par exemple que le vieux bonhomme n'était pas son grand-père et que Johnny n'était pas son valet de chambre ?

— Oui, entre autres.

— Il était évident que Johnny était son amant. Ce que je n'arrive pas à comprendre, c'est pourquoi ? J'ai toujours trouvé que c'était un personnage mielleux, trop égocentrique pour faire un bon valet de chambre. En tout cas, Regina pouvait avoir tous les hommes qu'elle voulait... et elle ne s'en privait pas. Elle distribuait ses faveurs de façon tout à fait démocratique et œcuménique. Pourquoi, alors, garder ce Johnny et le couvrir d'argent et de cadeaux ? La situation était certainement plus compliquée qu'il n'y paraissait.

Columbo acquiesça en avalant une gorgée de café.

— Votre café est délicieux, m'dame. Exceptionnel, même. Comment faites-vous pour le réussir aussi bien ?

— C'est ma compagne qui le prépare. Là, elle est sortie faire des courses. Elle fait aussi la cuisine. C'est une vraie perle.

— Euh... pour en revenir au vieux bonhomme. Qui était-ce ? Vous le savez ? Vous avez une idée ?

— Ah ! Essayez un peu de trouver ! Quand j'interviewais Regina, elle ne me cachait rien. Elle m'a raconté plus de choses sur sa vie sexuelle que je ne pourrais en publier. Mais quand je lui parlais de son « grand-père », elle se fermait comme une huître.

— Elle a vécu dans sa villa de Marino di Bardineto.

— C'est ce que j'ai lu dans le journal, ce matin. Vous avez lu l'article d'Adrienne Boswell ?

— Oui, je l'ai lu. Elle était en Italie en même temps que moi. Elle a découvert plus de choses que moi.

— La deuxième fois que j'ai interrogé Regina à propos de son grand-père, elle s'est presque fâchée. Elle est allée chercher le passeport du vieux et me l'a montré. C'était un passeport italien au nom de Vittorio Savona. Pourtant, Adrienne Boswell raconte qu'elle a parlé avec Vittorio Savona à Marino di Bardineto, et que celui-ci lui a dit n'avoir jamais quitté l'Italie.

— C'était un faux, répondit Columbo. Les autorités italiennes n'ont jamais délivré de passeport à Vittorio Savona.

— Eh bien moi, je l'ai examiné, ce passeport. Et j'ai regardé les visas. Il y en avait un indiquant que Savona était entré aux États-Unis en 1988, à l'aéroport Kennedy. Et un autre visa montrant qu'il s'était rendu au Brésil en 1992.

— Le cachet d'entrée aux États-Unis devait être faux, dit Columbo, et le visa brésilien l'était peut-être aussi. Pourtant, j'aimerais bien connaître la date de ce visa.

Maude Ahern sourit.

— Je suis journaliste, cher monsieur. Je prends des notes. (Elle attrapa un petit carnet posé sur la table basse.) Je n'ai pas écrit ces dates quand Regina regardait, vous pensez bien, mais voilà : Savona est arrivé au Brésil le 18 février, à l'aéroport Galeao, à Rio de Janeiro. Il est revenu aux États-Unis par Miami le 21 février.

— Ça ne ressemble pas à des vacances d'hiver, fit remarquer Columbo. On dirait plutôt un voyage d'affaires.

Maude Ahern referma son calepin en exhibant ses ongles laqués de rose.

— Vous voyez ? dit-elle en souriant. Vous auriez dû venir me voir plus tôt.

— Ça c'est sûr, m'dame.

— 2 —

Robert Brady, l'inspecteur du FBI, serra la main de Columbo et lui indiqua une chaise.

— C'est une affaire embrouillée, hein ?

Columbo acquiesça. La police de Los Angeles et le FBI étaient en bons termes et travaillaient ensemble ; pourtant, chacune des deux parties se montrait réticente à mêler l'autre à ses enquêtes. Columbo avait ainsi pris la précaution de demander au capitaine Sczciegel l'autorisation de faire appel au FBI, et cela bien qu'il connût l'inspecteur Brady depuis de nombreuses années.

Robert Brady était un ancien de la maison. Il était entré au FBI à l'époque où son directeur, J. Edgar Hoover, exigeait de chaque agent qu'il portât un chapeau en paille en été et un feutre en hiver, un complet sombre, une chemise blanche, une cravate discrète et des chaussures bien cirées. Brady n'avait jamais changé de style. Il portait un pistolet sous l'aisselle gauche, mais sa veste, toujours boutonnée, était coupée de façon à n'en rien laisser paraître. Comme Columbo l'avait fait un jour remarquer chez Burt, à l'hilarité générale, Brady était le genre de type qui ne se déboutonnait jamais.

Impossible d'imaginer contraste plus grand qu'entre ces deux hommes.

— Les médias ne font rien pour faciliter les choses, fit remarquer Brady. J'ai lu l'article d'Adrienne Boswell, ce matin.

— En fait, Adrienne s'est révélée utile. Elle m'a communiqué un certain nombre d'informations.

— Je m'en voudrais de vous dire comment faire votre boulot, Columbo, mais faites attention aux journalistes rousses qui proposent d'échanger des confidences ou... autre chose.

— Non, non, rien de tout ça.

— Bon. Qu'est-ce que je peux faire pour vous ?

— Eh bien voilà. Un certain Vittorio Savona s'est rendu au Brésil le 18 février 1992 avec un passeport italien. J'imagine qu'il est arrivé à Rio en provenance de Los Angeles, mais il a pu partir d'ailleurs. En tout cas, il est rentré aux États-Unis par Miami le 21 février. C'est un voyage bien rapide pour un homme âgé de plus de quatre-vingts ans. Est-ce que les Brésiliens pourraient nous communiquer la liste des Américains qui ont débarqué à Rio le

18 février, et est-ce que le FBI pourrait nous donner des renseignements sur eux ?

— Ça va poser un petit problème diplomatique, mais je crois que les Brésiliens nous aideront sans trop de difficulté.

— Ça pourrait apporter une réponse à bien des questions.

— Entendu, dit Brady. Mais comme on est samedi, ça va demander un petit peu de temps.

— 3 —

A midi, Columbo se rendit chez Burt. Au programme, un billard, un bol de chili et un Dr Pepper. Les gens qui venaient jouer le samedi étaient plus durs que ceux de la semaine, et il perdit 2 dollars.

Agacé — non parce qu'il avait perdu mais parce qu'il avait mal joué —, il décida de rentrer chez lui. Peut-être irait-il au cinéma, ce soir, avec sa femme. A moins qu'il n'emmène Le Chien courir sur la plage. Y avait-il quelque chose de bien à la télévision ? Trouverait-il, en rentrant chez lui, de quoi faire des *fettucine a la carbonara* ? Mieux valait, peut-être, appeler sa femme, et, le cas échéant, faire les emplettes en chemin. Sans oublier une bonne bouteille de chianti.

Mais d'abord, appeler le quartier général pour prévenir qu'il n'était plus de service pour le reste de la journée.

Oui. Tout cela s'annonçait fort bien.

— Columbo ? Content de vous avoir. Écoutez, faudrait que vous vous pointiez ici. On a là deux personnes en garde à vue qui pourraient vous intéresser. Rita Plata, la femme de ménage de Regina, et son mari.

Rita Plata était assise dans une petite salle, en compagnie d'une femme policier en uniforme.

— Alors ? demanda Columbo.

— Elle a frappé son mari à coups de couteau, dit la femme policier. Vous voyez pourquoi.

— Oui, je vois.

Rita Plata avait l'œil gauche gonflé et presque fermé, le nez ensanglanté, peut-être cassé. Son tee-shirt et son short blancs étaient maculés de sang.

— Violences conjugales, commenta la femme policier. Le mari a perdu une oreille, mais il vivra. En voyant son nom, le capitaine a reconnu celui de la femme de ménage de Regina, et il s'est dit que vous aimeriez peut-être lui parler.

— Merci. J'aimerais lui parler seul, à présent.

La femme en uniforme quitta la pièce et Columbo s'assit devant la table, face à Rita Plata qui pleurait.

— Nous ne nous sommes vus qu'une seule fois, lui rappela Columbo. Je pensais vous poser des questions, mais...

— Je ne sais rien.

— C'est bien ce qu'il m'a semblé. Que s'est-il passé, chez vous ?

— Il me battue. Trop forte. Alors je prise le couteau. Et...

— Pourquoi vous a-t-il battue, madame ?

— Ça vous regardez pas.

— J'ai bien peur que si. Ça regarde la police, en tout cas. Vous ne voulez quand même pas qu'on vous mette en prison ? Alors maintenant, dites-moi pourquoi votre mari vous a battue ?

— Il m'appelle une putain. Il croit que j'ai fait l'adultère avec Johnny.

— Avec qui ?

— Avec Johnny. Johnny Corleone. Mais moi, j'ai pas faite ça. J'ai laissé embrasser, embrasser... une fois, il a touché les seins. Mais pas plus. C'était une grosse bêtise. Je suis une femme honnête, et je l'ai dite ces choses à Julio.

— Julio, c'est votre mari ?

— Oui. Je lui dites ces choses, et lui, il croit que j'ai faite l'adultère.

Columbo se passa la main dans les cheveux.

— Ah bon, il croit que...

— Je lui dites. Je l'ai pas fait ça. Je l'ai pas été au lit avec Johnny. Je suis une femme honnête. Je l'ai dite qu'il m'a embrassée, embrassée, peut-être touché les seins, pour amuser, peut-être une fois. Mais Julio a devenu fou. Il a dit que il va tuer Johnny. (Elle s'interrompit et secoua lentement la tête.) Mais c'est lui qu'il va être tué.

— Qu'est-ce qui vous fait dire ça ?

— Johnny l'a un pistolet.

— Parlez-moi de ce pistolet.

— Je fais le ménage. Parfois, je vois le pistolet dans la chambre de Johnny. Petit. Très petit. Johnny est un homme mauvais. Des hommes mauvais viennent le voir à la maison. Ils croient que je les voyais pas. J'étais déjà partie, mais je dois revenir pour chercher les clés de chez moi que je les ai oubliées dans la cuisine. J'ai vu trois hommes. Pas des hommes bien. Ils sont venus déjà avant pour voir le vieux monsieur.

— Quand était-ce, madame ?
— Le jour après que Regina elle est tuée.
— Ça vous dirait, un Coca ?
— Oui.

Columbo alla demander à la femme policier qui attendait dehors de leur amener deux Coca, puis se rassit face à Rita Plata.

— Que savez-vous de ce vieil homme ?
— Ah, *Muy Malo* ! Il était... mauvais, un vieil homme mauvais. (Un air d'horreur apparut sur son visage.) Il était le grand-père de Mlle Regina, mais il faisait des choses sales avec elle. Son grand-père !
— Que faisait-il ?
— Elle allait au lit avec lui ! Je sens son parfum quand je faisais le lit. Sur les draps. Un mauvais homme.
— Et ces hommes qui sont venus le voir ? Est-ce qu'ils auraient pu l'emmener ?
— Peut-être.
— Avait-il d'autres visiteurs ?

Elle opina du chef d'un air solennel.

— De temps en temps. Il avait des amis. Des vieux, comme lui. Un qui m'a parlé espagnol. Il me voit, il parle espagnol. Un Mexicain.
— Vous êtes sûre qu'il était mexicain ? demanda Columbo. Comment le savez-vous ?
— Il parlait comme moi. Il voit Johnny et il dit : « *Este mozo me cae gordo.* » Il veut dire qu'il aime pas Johnny, mais seulement les Mexicains parlent comme ça.
— Est-il venu plusieurs fois à la maison ?
— Il venait de temps en temps. Le vieux descend. Ils s'assit tous les deux à la piscine. Le vieux, il nageait. Il nageait beaucoup, tous les jours. Quand le vieux il sort de la piscine, ils s'assit les deux, ils fument le cigare et boivent whisky. Ils étaient amis.
— Mais vous ne savez pas qui c'était ?

Rita secoua la tête en signe de dénégation.

— Bon, je vous remercie, madame, dit Columbo en se levant. Le service des relations matrimoniales va s'occuper de vos problèmes avec votre mari. Écoutez ce qu'ils vous diront.

— 4 —

Johnny avait garé sa Chevrolet bleue presque en face de la maison de Bob Douglas et Christie Monroe, à Van Nuys. Cette voiture, il l'avait volée une heure auparavant.

Il était inquiet. Ou plutôt terrifié. Il avait dit à Carlo que Mickey était mort, mais Mickey vivait toujours. Combien de temps lui faudrait-il pour s'en apercevoir ? Valait-il mieux se débarrasser d'abord de Mickey ou de Bob ?

Carlo n'accepterait jamais de reconnaître sa part de responsabilité dans ces échecs successifs. Mickey s'était pourtant injecté la came que Carlo lui avait fournie ! A moins qu'il n'en soit arrivé au point de pouvoir survivre à l'injection de produits toxiques. Et si Carlo lui avait fourni une came sans danger ?

Et le flingue ? S'il avait été plus puissant, les balles auraient traversé sans problème le siège de la Mercedes, et les lames en métal n'y auraient rien fait. Mais cet imbécile lui avait fourni un malheureux 38 au lieu d'un 357 magnum ou d'un 44 magnum !

Mais pour Carlo et les autres, le responsable ça ne pouvait être que lui. Il n'avait plus le temps de concocter un petit plan de derrière les fagots. Il fallait agir, et vite !

Tout était foutu ! Tout ! On lui avait donné un boulot difficile, mais il s'en était bien tiré, jusqu'au jour où le vieux avait déjanté.

Mais cette fois-ci, ça n'était pas un flingot pour gonzesse. L'arme qu'il avait sur lui était un véritable canon : un automatique 44 magnum, un Desert Eagle, capable d'arrêter une voiture en pleine course, d'étendre raide mort celui qui aurait eu la mauvaise idée de se trouver sur le chemin de la balle. C'était Marty qui le lui avait fourni, ce même Marty qui avait acheté les sous-vêtements de Regina. Il apprendrait certainement par la télévision à quoi avait servi son arme, mais il aurait trop peur pour parler.

Là, il n'allait pas faire dans la dentelle. Il les bousillerait tous les deux, et ensuite il irait finir Mickey. Après ça, disparition !

Ses amis le prendraient en charge, comme ils avaient pris le vieux en charge pendant vingt ans. Les gars s'occupent de ceux qui ont pris des risques pour la bonne cause. S'il effaçait Bob, Christie et Mickey, on le mettrait au vert. Dommage, seulement, que tout ça ait si mal tourné. Ça ne plaît à personne ce genre d'embrouilles.

Seul regret : ne pas pouvoir en même temps liquider Carlo.

L'attente lui pesait. Et puis, à force de rester assis dans cette voiture, il finirait par éveiller des soupçons. Il y aurait toujours un bon citoyen pour se demander ce que faisait ce type dans sa voiture, au beau milieu de la nuit, et pour appeler les flics. Johnny sortit et se mit à marcher d'un pas vif, comme s'il se rendait quelque part. Trois fois, il fit le tour du pâté de maisons, mais celle de Bob et Christie demeurait plongée dans l'obscurité.

Pas de chance! Il voulait les abattre au moment où ils rentraient chez eux, et ne pas être obligé de frapper à la porte.

A ce moment-là, il vit la voiture arriver. La même Mercedes, avec ses sièges troués. Mais c'était elle qui conduisait. Elle s'engagea dans l'allée.

La porte du garage s'ouvrit. Et merde! Une porte à télécommande!

Johnny traversa rapidement la rue et sonna à la porte de la maison. Pas de réponse. Mais au-dessus de la porte et autour de la pelouse, les lumières s'allumèrent. Un instant plus tard, une sirène de police retentit dans le lointain.

Johnny partit en courant, abandonnant sur place la Chevrolet volée. Une voiture pie fit son apparition, mais les flics ne le virent pas. Il s'éloigna encore de six pâtés de maisons et prit un bus.

— 5 —

Il récupéra sa Ferrari sur un parking et rentra chez lui. Le téléphone sonnait lorsqu'il pénétra dans sa chambre. Il ne répondit pas et s'installa devant la télévision. Un quart d'heure plus tard, nouveau coup de téléphone.

— Johnny? C'est Carlo. Il faut que je te parle. Sois ici dans un quart d'heure.

Et voilà! Convoqué! Ils ne prenaient même pas la peine de l'attendre devant chez lui, dans l'obscurité. Ils l'appelaient au téléphone, persuadés qu'il viendrait comme un bon toutou recevoir le châtiment mérité.

Eh bien tu te goures, Carlo! Johnny Discount n'est pas un chien. Tu peux penser ce que tu veux, mais Johnny Discount n'est pas un chien!

Pour se donner du courage il avala un grand verre de whisky, puis descendit en ville, vola une camionnette Dodge et se rendit à l'entrepôt. Un coup de klaxon et les portes s'ouvrirent devant lui.

Frank l'attendait.

— Où est Carlo ? demanda Johnny.

Frank fit la grimace et sortit de sa poche une paire de menottes.

— Déshabille-toi, Johnny.

Johnny descendit de la camionnette et braqua sur Frank la gueule de son Desert Eagle. Il appuya sur la détente. Une flamme de trente centimètres jaillit de l'arme et l'énorme balle fit éclater la poitrine de Frank. Projeté violemment en arrière, il s'effondra sur le sol.

Johnny tourna alors son pistolet vers le bureau et tira trois fois. Les lourds projectiles traversèrent sans difficulté la mince cloison.

Au même moment Sal bondit hors des toilettes, pistolet au poing. Johnny tira deux fois et le manqua, mais le toucha à la jambe au troisième coup. La jambe broyée, Sal s'effondra en hurlant de douleur. Johnny s'approcha et l'acheva d'une balle dans le dos.

Il alla ensuite ouvrir la porte du bureau. Carlo gisait dans une mare de sang.

Johnny Visconti — Johnny Discount — sourit.

— Bons baisers de Cleveland, murmura-t-il.

Avec la camionnette, il rejoignit le parking où il avait laissé sa Ferrari. Inutile que Cleveland apprenne ce qui était arrivé à Carlo. Personne n'avait besoin de savoir que c'était lui qui l'avait buté.

Chapitre 15

— 1 —

Dimanche. Columbo avait décidé de prendre une journée de congé. Il faut savoir se ménager du temps pour réfléchir. On ne peut pas être sans arrêt sur la brèche.

De toute façon, il fallait qu'il s'occupe de sa voiture. Il avait acheté un nouveau flacon de ce produit à base de résine synthétique qui sert à boucher les trous dans une carrosserie. On l'applique à la spatule, on laisse sécher, on ponce, et après ça il n'y a plus qu'à repeindre. Ensuite, il est impossible de deviner où se trouvait le trou. Enfin... c'est ce que racontait la notice du produit. Et puis il n'avait jamais repeint ces raccords, en sorte que la carrosserie était semée de taches grises. Mais le pis, c'est que des cratères se formaient dans la résine, et que les raccords finissaient par ressembler à des balles de golf.

D'abord, il fallait laver la voiture. Non... d'abord boucher le trou dans la capote, car il commençait à pleuvoir à l'intérieur.

Sa femme était partie à l'église, et au retour elle devait aller faire quelques courses. Parfait. Cela lui laissait un peu de temps avant la promenade sur la plage qu'il comptait lui proposer.

Il portait un vieux pantalon et une chemise presque réduite à l'état de haillons. Le cigare fiché entre les lèvres, il se mit en devoir de boucher le trou de la capote avec du ruban adhésif en chantonnant.

Il avait fini de réparer la capote et s'apprêtait à entreprendre le lavage de la carrosserie lorsque la voiture de Martha Zimmer apparut dans l'allée.

— Salut, Columbo. Dites-moi, pourquoi ne répondez-vous pas au téléphone ?

— C'est mon jour de congé. En outre, la plupart des appels sont destinés à ma femme, et ces gens-là veulent que je lui transmette un message lorsqu'elle rentrera à la maison, ce qui m'ennuie prodigieusement. Et pour finir, d'ici je n'entends pas la sonnerie.

— Qu'est-ce que vous faites, là ?

— Je m'occupe de ma voiture. Vous savez ce que je dis toujours : si on soigne sa voiture, elle vous le rend bien. Il y avait un trou dans la capote, je ne pouvais pas laisser la pluie tomber sur les sièges. Ensuite, je vais la laver et je reboucherai les trous dans la carrosserie.

— Pourquoi vous ne la faites pas repeindre, Columbo ?

— C'est vrai, je devrais.

— J'ai quelque chose pour vous.

— Vous êtes de service, aujourd'hui, Martha ?

— Oh, non. Mais je conduis toujours une voiture de service, et je porte toujours mon pistolet sur moi. Et puis en passant devant votre bureau, j'ai vu que vous aviez une enveloppe de Dave Gould, alors je me suis dit que peut-être ça vous intéresserait, même si vous n'étiez pas de service.

— Vous avez bien fait.

Elle lui tendit l'enveloppe en papier kraft qui contenait le rapport du FBI.

FEDERAL BUREAU OF INVESTIGATION

Service d'anthropométrie judiciaire.

Note : Ce rapport confidentiel est exclusivement réservé au service de police qui en a fait la demande.

Service demandeur : Département de police de Los Angeles.

Les empreintes digitales que vous nous avez transmises sont celles de Giovanni Visconti, alias Johnny Visconti, alias Johnny Discount.

L'individu est né à Cleveland, dans l'Ohio, le 1er juin 1966. Il a suivi une scolarité de huit années dans l'enseignement public, dont un an à l'École industrielle du comté de Fairfield, une institution pour jeunes délinquants.

Antécédents judiciaires :

— Arrêté à Cleveland, dans l'Ohio, le 8 août 1985 pour coups et blessures. A plaidé coupable sur le chef de simples voies de fait, et a été incarcéré à la prison du comté de Cuyahoga du 8 août au 7 septembre 1985.

— Arrêté à Cleveland, dans l'Ohio, le 10 décembre 1985 pour vol qualifié. A bénéficié d'un non-lieu.

— Arrêté à Cleveland, dans l'Ohio, le 11 février 1986 pour coups et blessures. Condamné le 3 mai 1986, et incarcéré le 12 mai 1986 au centre d'éducation surveillée de Mansfield. Mis en liberté sous contrôle judiciaire le 21 janvier 1988. Contrôle judiciaire levé le 5 mai 1989.

Pas d'arrestations par la suite.

La police de Cleveland considère que cet individu est un membre « initié » d'une famille mafieuse de la région, qui serait dirigée par un certain don Antonio Samenza.

L'individu est titulaire d'un passeport américain et s'est rendu en Italie en 1987 et en 1988.

Columbo tendit le rapport à Martha qui l'étudia avec attention. Pendant ce temps-là, il se mit à arroser sa voiture.

— Écoutez, Martha, puisque vous êtes en service, pourquoi ne pas faxer ce rapport à Castellano, à Milan ? Ah, aussi... est-ce qu'on a une photo de Johnny ? Si on n'en a pas, demandez à Cleveland de nous en faxer une, que vous enverrez également à Castellano.

Martha releva la tête en souriant.

— Intéressant, dit-elle.

— Vous avez vu les journaux de ce matin ? demanda-t-il. Comme on n'a pas encore de résultats sur l'affaire Regina, on nous a volé la vedette.

Elle acquiesça.

— Oui. Heureusement qu'on ne nous a pas confié ces trois meurtres d'hier soir. Si on n'était pas sur l'affaire Regina, vous pouvez être sûr qu'ils nous auraient mis sur la tuerie de Lucchese.

— J'aime autant ne pas avoir eu à contempler ces cadavres, dit Columbo. Voilà ce qui arrive quand on se promène avec une arme.

— En parlant d'arme, dit Martha en souriant, où est donc votre Beretta ?

— Dans ma maison. Je serais censé l'avoir sur moi quand je lave ma voiture ?

— Donc, vous ne l'avez pas perdu.

— Mais pas du tout ! Je sais très bien où il est.

— 2 —

Adrienne Boswell avait réussi à éliminer tous les joueurs de la table de billard américain. Assis tout autour, les clients de chez Burt préféraient la regarder jouer. Il faut dire que ce choix n'était pas tout à fait innocent, car lorsqu'elle se penchait sur la table, Adrienne offrait aux regards une paire de fesses rebondies à peine dissimulées par l'étoffe tendue de son pantalon blanc.

En outre, elle jouait bien. Elle choisissait des coups qu'aucun d'entre eux n'aurait tentés, et donnait du fil à retordre à l'habile Columbo.

— Vous aviez raison à propos de ce chili, dit-elle. On est lundi et je crois que je ne l'oublierai pas avant mercredi.

— Tout le monde ne l'apprécie pas, répondit Columbo.

— Des nouvelles intéressantes ?

— Oui, une. Vous qui êtes journaliste, est-ce que les dates des 18 et 21 février 1992 vous disent quelque chose ? Oh, j'oubliais de préciser qu'il s'agit du Brésil.

— Mon Dieu ! Est-ce que cette réunion au Brésil a un rapport avec...

— Quelle réunion au Brésil ?

— Enfin, ça n'est qu'une hypothèse, expliqua Adrienne. Peut-être une simple rumeur. Vous vous souvenez de cette réunion dans les Appalaches, en 1957 ? Le jour où tous les parrains de Cosa Nostra se sont réunis et où les flics leur sont tombés dessus ? Eh bien, ils n'ont plus jamais pris le risque de se réunir comme ça. Pourtant, on raconte qu'ils se retrouvent quand même de temps en temps. La dernière fois, ça aurait été au Brésil, en février 1992.

— Intéressant, dit Columbo. Ah, dites-moi, cette bille numéro neuf, collée comme ça contre la bande, ça paraît presque impossible... à moins que j'arrive à toucher la huit en tirant la sept et...

Il ferma un œil, contempla l'alignement des billes et hocha la tête.

— 5 dollars que vous n'y arrivez pas, lança Adrienne.
— Oh... 5 dollars, ça fait beaucoup.
— 5 pour moi si vous réussissez, mais 2 pour vous si vous échouez.
— Eh bien, m'dame... euh, je veux dire, Adrienne, vous me tentez. Ça vaut le coup d'essayer.

Il frotta l'extrémité de la queue avec de la craie bleue, non sans en répandre sur son imperméable, puis se pencha sur la table. Il coula doucement la queue en direction de la sept... qui alla frapper la huit, puis, grâce à l'effet ainsi obtenu, carambola la neuf, la délogeant ainsi de sa position impossible, le long de la bande.

La huit et la neuf disparurent dans le trou.

— Passez la monnaie, passez la monnaie ! se mit à chanter gaiement Columbo.

— Espèce de crapule ! lança Adrienne en riant. (Elle lui tendit un billet de 5 dollars et appuya un peu sa hanche contre lui.) J'aurais mieux fait de ne pas me mesurer à un arnaqueur.

— C'est vrai, j'ai triché, reconnut Columbo. Je joue régulièrement.

Burt et les habitués éclatèrent de rire.

— 3 —

Lorsqu'ils sortirent de chez Burt, dans la lumière de midi, Adrienne saisit vivement la main de Columbo, l'attira contre elle et l'embrassa rapidement sur la bouche.

— Columbo... je vous invite à dîner ce soir chez moi. Vous verrez, je cuisine mieux que je ne joue au billard. On aurait dû faire plus ample connaissance en Italie. Alors c'est d'accord pour ce soir ? Sept heures, ça vous va ?

Il se passa la main sur les cheveux, comme pour aplatir une mèche rebelle.

— Ah, ça me plairait beaucoup, Adrienne, mais vous voyez, ma femme a invité son frère à dîner, et il va venir avec sa femme, bien sûr, et comme elle boit trop, ça risque d'être très gênant si je ne suis pas là. En outre, elle va préparer sa recette spéciale de lasagnes, avec des olives à la grecque, alors...

— Bien sûr, bien sûr ! lança Adrienne. *Hasta la vista*, mon ami. Une autre fois, peut-être.

— Hé, attendez ! Je peux appeler ma femme et lui dire de prévoir un couvert en plus.

Adrienne sourit.

— Columbo, vous êtes incorrigible. On garde le contact, hein ?

— Bien sûr, bien sûr. C'est évident.

— 4 —

Mickey Newcastle et Joe Fletcher marchaient ensemble sur la plage. Mickey avait donné rendez-vous là à son agent pour qu'il ne voie pas son appartement sordide. Pour l'heure, il se sentait des ailes et foulait gaiement le sable de la plage. Et dire qu'il y avait encore des gens qui le reconnaissaient ! Deux jeunes venaient même de lui demander un autographe !

— Tu vois ? dit-il à Fletcher. Tout le monde ne m'a pas oublié.

— Personne ne dit que tu es un ringard, rétorqua Fletcher.

La brise du large faisait onduler les fins cheveux blancs de Fletcher comme un champ de blé avant la moisson, et cela l'agaçait vivement. Il n'aimait pas la plage.

— Que penses-tu de ma proposition ? demanda Mickey.

— J'en ai parlé à quatre éditeurs, et j'ai été un peu surpris : ça les intéresse. *Regina : l'histoire interdite !*

— Par l'homme qui la connaissait le mieux, ajouta Mickey.

— Tu la connaissais si bien que ça ? demanda Fletcher d'un ton sceptique.

— Sous toutes les coutures.

— Tu sais donc qui était son « grand-père » ? demanda-t-il en appuyant sur ce dernier mot pour bien lui faire comprendre qu'il ne croyait pas à cette fable.

— Ce que je sais, en tout cas, c'est que ça n'était pas son grand-père, dit Mickey. Mais le vieux avait de l'argent. Beaucoup d'argent. Il a...

— Dans ton livre, tu vas révéler son identité ?

— Mais je ne sais pas qui c'était. Ce que je sais, c'est que c'était lui le patron. Au moins au début. Regina lui appartenait.

— Tu comptes faire des hypothèses sur son identité ?

— Oui. Je crois que c'était un parrain de la Mafia, en retraite. Ça, je vais l'écrire. Et je dirai qu'elle couchait avec lui. Ça devrait titiller les lecteurs.

— Je n'ai pas encore parlé de toi à des producteurs de télévision, mais de ce côté-là, on pourrait te faire de meilleures propositions que pour un livre ou un article.

— Tu sais que je veux beaucoup d'argent, hein ?

— Je table sur 250 000 dollars.

— Avec ça, je pourrais me refaire. Tu sais, je pourrais vraiment recommencer à jouer. En ce moment, la nostalgie ça marche bien. Regarde, Peter, Paul and Mary ont fait leur retour. Les Beatles — ou du moins ce qui en reste — se sont reformés. Je peux...

— Mais toi, tu as un problème qu'eux n'ont pas ! coupa Fletcher.

— Je peux décrocher. Si j'ai de l'argent, je peux suivre une cure en clinique.

— Bon... d'accord, Mick. Mais il faut faire les choses sérieusement. Quand je te présenterai à des gens, il faudra être à jeun.

— Je ne le suis pas, maintenant ?

— Non, tu es entre deux shoots, rétorqua sèchement Fletcher.

— Préviens-moi douze heures à l'avance, et je serai comme je suis maintenant. Écoute, pour Regina j'assurais ! Le soir où elle a été... eh bien, je travaillais sur les améliorations à apporter à son spectacle. Je suis capable d'assurer.

— Bon, d'ici à deux ou trois jours je te passe un coup de fil.

— D'accord. Euh... Joe. Voilà... j'ai besoin d'un peu d'argent.

— Tu as toujours besoin d'argent.

— Tout le monde a besoin d'argent. Pas toi ? Écoute, j'ai perdu mon gagne-pain. Regina me donnait... enfin, tu m'as bien dit que ça devait tourner autour de 250 000 dollars. Donne-m'en 1 000 d'avance. J'ai pas besoin de plus. Je te les rendrai. Plus ta commission sur les 250 000. Ça fait du fric, quand même !

Fletcher laissa échapper un long soupir.

— Bon, d'accord ! Mais il faut que tu m'accompagnes à la banque. Je ne me trimballe pas avec 1 000 dollars sur moi. Ma voiture est là-bas.

Ils gagnèrent la grand-route.

— Si tu pouvais identifier le vieux, ça ferait un beau coup, expliqua Fletcher. Si tu pouvais leur assurer ça, on pourrait peut-être doubler la mise. Mais tu n'es pas seul sur le coup, tu sais. Tu ne veux pas en parler au lieutenant Columbo ? En mettant en commun ce que vous savez tous les deux, vous arriveriez peut-être à quelque chose. Si c'était toi qui permettais à la police d'identifier le « grand-père » de Regina, alors je peux te dire que ça serait le vrai pactole !

— 5 —

Sa vie se présentait à lui comme une série d'ajustements successifs. Après s'être fait un fixe, il n'était plus bon à rien. Il ne s'illusionnait pas. Incapable de rien faire. Seulement l'euphorie, le petit nuage. Mais après la descente, il pouvait avoir une excellente journée. Jusqu'à ce que... jusqu'à ce que le manque se fasse sentir, jusqu'à ce que les tremblements commencent. D'ailleurs, les moments de répit étaient de plus en plus courts. Les tremblements survenaient de plus en plus tôt. Et cette fois-ci, avant qu'ils arrivent, il fallait parler au lieutenant Columbo.

Il avait eu de la chance. Le lieutenant l'avait rappelé très rapidement. Mickey lui avait rapporté sa conversation avec Fletcher, et le policier lui avait dit qu'il passerait chez lui dans l'après-midi. Il se sentait capable de tenir jusque-là. Ce soir, il s'injecterait ce qu'il lui restait. Demain, tant qu'il était encore frais, il irait faire ses courses en ville.

Il prit une douche et se rasa, puis se prépara un sandwich qu'il fit passer avec une bière.

On frappa à la porte. Bon... il se sentait prêt. Il alla ouvrir.

— Salut, Mick.

C'était Johnny.

— Euh... entre, Johnny, entre.

— Tu as l'air en pleine forme. Tu as hérité d'un vieil oncle ? Ou tu as réussi une nouvelle agression ?

— Bah, faut bien faire le ménage, de temps en temps.

— Oui, comme tu dis.

— Qu'est-ce que je peux faire pour toi, Johnny ? demanda Mickey qui n'avait aucune envie que le lieutenant Columbo le trouve là en arrivant.

— Je pensais à notre témoin. Il n'est jamais sorti du bois. Je m'attendais pourtant à ce qu'on nous fasse chanter, puisque visiblement il n'a rien dit aux flics.

— Comment veux-tu qu'on nous fasse chanter ? rétorqua Mickey. On n'a pas d'argent. Le vieux est parti en nous laissant sur la paille.

— C'est vrai. Enfin... moi, je crois que je vais partir. C'est ce que j'ai de mieux à faire. De toute façon, ils vont fermer la maison, et ensuite la louer. Mais toi, ça ira, Mickey ?

Celui-ci comprit ce qu'il y avait derrière la question de Johnny. Il fit la grimace.

— Je ne sais pas. Comment est-ce que je vais gagner de l'argent, moi ?

— Tu veux venir avec moi ?

— Où pars-tu ?

Johnny haussa les épaules.

— Disons... au Mexique.

— Non... il faut que je me remette à gagner ma vie. Je ne peux pas vivre à tes crochets.

Johnny acquiesça.

— Écoute... je t'avais dit que je ferais tout ce que je pourrais pour t'aider, alors je t'ai amené de la came. Tu en auras pour un bout de temps. Et j'ajoute 500 dollars. C'est tout ce que je peux faire.

— Je te remercie, dit simplement Mickey.

— Bon. Si on te demande où je suis passé, ne dis pas que je comptais aller au Mexique. Oh... on frappe à la porte.

Mickey alla ouvrir. C'était Columbo.

— Bonjour, monsieur Newcastle. Ah, mais je vois qu'il y a aussi monsieur Corleone. (Il ôta de sa bouche le cigare qu'il fumait.) Je crois que ça ne vous gêne pas si je fume chez vous, n'est-ce pas ?

— Non, pas du tout. Entrez.

Johnny se leva.

— J'allais partir, dit-il. Je peux faire quelque chose pour vous, lieutenant ?

— Non, non, monsieur. Vous m'avez déjà bien rendu service. J'espère que je ne vous chasse pas.

— Pas du tout. Je suis seulement passé pour prendre des nouvelles de Mickey.

— Bon...

Johnny ouvrit la porte. Sa Ferrari rouge était garée juste devant la 403 de Columbo.

— C'est vraiment une belle voiture, fit le lieutenant.

— Oui.

— Oh, dites-moi. J'aurais un petit quelque chose à vous demander. Vous savez, j'essaie de faire coller ensemble des petits détails, et il y a quelque chose qui me tracasse. Vous pourriez peut-être m'aider.

— Je l'espère, lieutenant.

— Voilà, vous m'avez dit que vous vous étiez couché vers deux heures et demie, et que les derniers invités étaient partis à peu près à la même heure. Mais d'après le médecin légiste, Regina se serait noyée entre une heure et une heure et demie. Si c'est bien le cas, elle a dû rester au fond de la piscine pendant une heure, une heure et demie, alors que vous étiez encore debout et qu'il y avait toujours des invités dans la maison. Comment expliquez-vous cela ?

Johnny leva les mains vers le ciel en secouant la tête.

— Quand on voulait mettre un terme à une soirée, quand on voulait faire comprendre aux gens qu'il était temps de partir, on commençait à éteindre les lumières. D'habitude, les premières qu'on éteignait, c'étaient les lumières sous-marines, dans la piscine. Je ne sais pas quelle heure il était quand je suis allé au tableau électrique, mais après ça la piscine était plongée dans l'obscurité. Personne n'aurait pu la voir. Il aurait fallu pour ça regarder intentionnellement au fond.

— Ah, d'accord. Je vous remercie beaucoup, dit Columbo. Vous voyez comment je suis obligé de faire pour calmer certaines inquiétudes.

Johnny acquiesça.

— Si vous avez encore besoin de moi, n'hésitez pas à m'appeler, dit-il en ouvrant la portière de sa Ferrari.

— 6 —

Columbo s'assit au salon, et Mickey lui expliqua pourquoi il lui avait téléphoné.

— Même si je connaissais la réponse, je ne pourrais pas vous la donner, répondit alors Columbo.

— Si on mettait ensemble ce que chacun de nous sait, suggéra Mickey, on pourrait peut-être arriver à quelque chose.

— Je sais qu'il ne s'appelait ni Vittorio Savona ni Angelo Capelli, dit Columbo. Bien qu'il ait eu des passeports à ces deux noms. Je sais qu'il est venu vivre à Marino di Bardineto vers 1986. C'est le village natal de Regina. Il l'a carrément achetée, et ensuite il l'a amenée aux États-Unis. Je le soupçonne d'être un trafiquant de drogue.

— Je ne le crois pas, dit Mickey.

— Ah bon ?

— Vous savez que je suis un consommateur. Regina aussi, bien que sur une moindre échelle. Il y avait toujours de la came à la maison. Si le vieux avait été un trafiquant de drogue, pourquoi nous aurait-il envoyés, Johnny et moi, en acheter en ville ? On prend toujours des risques avec la came qu'on achète comme ça. S'il était directement à la source, pourquoi ne nous en aurait-il pas fourni ?

— Il était retiré des affaires.

— Il n'avait jamais perdu ses relations. S'il l'avait pu, il aurait pu nous fournir de la came. Je ne pense pas qu'il ait été dans cette histoire-là.

— Quoi, alors ?

Mickey secoua la tête.

— Il n'était pas tout seul. En dehors de Regina, il avait des amis qui venaient le voir.

— Qui ?

— Je ne sais pas. Des gens de son âge. D'autres plus jeunes. Je n'étais pas censé les voir, mais je les apercevais quand même. Ils le traitaient avec une certaine déférence. Ce vieux n'était pas n'importe qui.

Columbo hocha la tête.

— Excusez-moi, est-ce que je pourrais aller aux toilettes ?

— Euh... oui, allez-y. Vous y verrez de la came. Mais après tout, vous êtes au courant.

Dans la salle de bains, Columbo aperçut les flacons rangés sur une étagère. Il les compta : il y en avait vingt et un. Il en prit un et le fourra dans la poche de son imperméable. Il tira la chasse d'eau puis retourna au salon.

— Changeons de sujet, dit-il. Quand avez-vous fait la connaissance de Johnny ?

— Il était toujours là. Quand j'ai connu Regina, il était déjà présent. Il se trouvait aussi toujours avec le vieux. Je ne l'ai jamais vu prendre de vacances.

— Il a toujours été valet de chambre ?

— Mais enfin, lieutenant ! Il n'a jamais été valet de chambre.

Je ne sais pas ce qu'il fabriquait exactement, mais il n'a jamais été valet de chambre.

— Qu'est-ce que vous direz sur lui dans votre article ou dans votre émission de télévision ?

— Rien.

— Pourquoi ? La relation qu'il avait avec Regina ne vous paraît pas intéressante ?

— A votre avis, lieutenant ?

— Je ne sais pas. Dites-moi.

— Parce que j'ai peur de lui.

QUATRIÈME PARTIE

Chapitre 16

— 1 —

Columbo n'avait pas encore pénétré dans son bureau, en ce mardi matin, que le capitaine Sczciegel se précipita sur lui.

— J'ai une bonne nouvelle, Columbo ! Vous pouvez arrêter l'enquête sur l'affaire Regina. Le meurtrier est en garde à vue.

— Ah bon ? Qui est-ce ?

— Vous avez déjà entendu parler d'un certain Edgar Bell ? Il a fait trois mois de prison l'année dernière pour avoir harcelé Regina pendant je ne sais pas combien de temps. Hier soir, il s'est constitué prisonnier et, vers quatre heures du matin, il a signé des aveux. Le chef nous demande de classer l'affaire.

— Il a prévenu les journalistes ? demanda Columbo.

— Pas encore. Il a convoqué une conférence de presse pour dix heures.

— Il aurait pu avoir la politesse de me prévenir.

— Oui, c'est vrai, mais ça s'est passé pendant la nuit, et on ne m'a même pas prévenu, moi. Je l'ai appris en arrivant ce matin au bureau. Comme vous.

— Vous avez déjà parlé au type ?

— Pas encore. Je vous attendais.

Columbo considéra un instant le cigare éteint qu'il tenait à la main, puis il le glissa dans la poche de son imperméable.

— Si j'étais vous, dit-il, je demanderais au chef de retarder un peu cette conférence de presse. Ce serait quand même dommage qu'il se ridiculise, vous ne croyez pas ?

— J'espère que vous avez raison, Columbo. Mais si on ne résout pas cette affaire rapidement, le chef risque de nous dessaisir et de mettre dessus une autre équipe. Mais enfin d'accord, je vais l'appeler.

— 2 —

Edgar Bell, l'air désespéré, était assis dans une petite salle réservée aux interrogatoires, menotté par le poignet gauche à un anneau fixé dans la table. Le capitaine et le lieutenant le contemplèrent un instant par une vitre.

— C'est sûr qu'il n'a pas l'air d'un meurtrier, fit observer le capitaine Sczciegel.

— Ils n'ont jamais l'air de meurtriers, rétorqua Columbo. Vous êtes dans le métier depuis aussi longtemps que moi, vous en avez déjà vu qui avaient la tête de l'emploi ? Sans ça, ça serait trop facile, on n'aurait qu'à aller ramasser dans la rue les types qui ont des sales têtes.

Edgar Bell était un homme mince, entre deux âges. Il avait les yeux rouges d'avoir trop pleuré.

Sczciegel pénétra le premier dans la pièce.

— Monsieur Bell, bonjour. Je suis le capitaine Sczciegel, de la brigade criminelle, et voici le lieutenant Columbo, l'inspecteur chargé de l'enquête sur la mort de Regina Savona.

Bell avait la tête baissée, les yeux rivés sur ses menottes. Il ne leva pas les yeux.

— Quand j'ai appris que c'était le lieutenant Columbo qu'on avait chargé de l'enquête, je me suis dit qu'il valait mieux me rendre. (Il leva alors les yeux vers Columbo.) J'ai entendu parler de vous, lieutenant.

— C'est flatteur.

Sczciegel s'assit.

— Vous ne voulez pas nous raconter votre histoire ? On vous a exposé vos droits et vous avez signé des aveux, donc vous ne pouvez vous faire aucun tort en nous expliquant exactement ce qui s'est passé.

— Eh bien, je l'aimais, déclara Bell. Et elle le savait. Elle m'aimait aussi un petit peu. Moi aussi je le savais. J'allais la voir chaque fois que je le pouvais. Je ne ratais aucun de ses concerts, du moins quand je pouvais avoir un billet. J'étais à son dernier concert, à l'Hollywood Bowl. Elle était si belle, si merveilleuse. Je l'aimais tellement ! D'ailleurs, elle le sentait, et elle me cherchait au milieu du public. Finalement, nos regards se sont croisés, et elle m'a fait un clin d'œil ! Je voyais bien que...

— Elle ne voulait pas que vous la suiviez sans cesse, l'interrompit le capitaine Sczciegel. Vous êtes même allé en prison pour ça.

— Mais je ne la harcelais pas ! s'écria Bell avec indignation. Je n'ai jamais voulu lui faire du mal !

— Bon, eh bien poursuivez.

— Elle ne m'a pas invité à sa réception. Elle ne m'invitait jamais. Mais j'y suis quand même allé. J'ai attendu longtemps, jusqu'au départ de presque tous les invités, et puis je suis passé par-dessus la clôture. Elle était là, assise au bord de la piscine. Et elle était nue. C'était un spectacle merveilleux.

— Et comment est-elle morte, alors ? demanda Columbo.

— Je me suis avancé vers elle, en souriant, sans aucune agressivité. Mais elle a eu peur. Elle s'est levée, elle a reculé... et je crois qu'elle avait un peu trop bu. Elle a buté contre le rebord de la piscine et elle est tombée. Elle ne savait pas nager, et moi non plus. Elle s'est noyée.

— Pourquoi n'avez-vous pas appelé à l'aide ? demanda Sczciegel.

— Parce que je n'avais rien à faire là. J'avais peur qu'on croie que je l'avais poussée... après tout, j'avais déjà fait de la prison à cause de ça. (Il se mit à pleurer.) Mais je ne lui ai pas fait mal. Jamais je n'aurais pu lui faire de mal. Mais c'est à cause de moi qu'elle est morte. Oh, j'aurais préféré que ce soit moi qui me noie !

— Il y a quelque chose qui ne va pas dans votre histoire, monsieur Bell, dit alors Columbo. Et le peignoir taché de sang ? Comment se fait-il que son peignoir ait été à ce point taché de sang si vous n'avez fait que la regarder se noyer ?

— Il était déjà plein de sang, répondit-il en sanglotant. Je ne sais pas d'où venait ce sang. Ce n'était peut-être pas le sien.

— Alors elle s'est noyée comme ça, sans un cri ?

— Non, elle n'a pas crié. Ça s'est passé comme je vous l'ai dit.

Columbo tourna les yeux vers Sczciegel.

— Heureusement que le chef n'a pas convoqué cette conférence de presse.

— Qu'est-ce que ça veut dire ? demanda Bell. Qu'est-ce que vous allez me faire ?

— Si ça ne tenait qu'à moi, je vous enverrais en hôpital psychiatrique. Ce que vous venez de nous raconter, vous l'avez appris dans les journaux et à la télévision. Ça ne s'est pas passé comme ça.

— Qu'y a-t-il de faux dans ce que j'ai dit ?

— D'abord, il n'y avait pas de peignoir plein de sang, dit Columbo.

— Eh bien... peut-être que je ne me souviens pas bien de ce détail-là. Un peignoir, vous dites ? Non, en fait je n'ai jamais dit qu'il y avait un peignoir plein de sang. C'est vous qui en avez parlé ! C'est vous qui m'avez induit à le dire !

— J'aurais pu vous induire à raconter une dizaine d'autres bobards. Vous n'étiez pas sur place, monsieur Bell. Un point c'est tout !

— 3 —

Le lieutenant Billy Low était assis à son bureau, dans les locaux de la brigade des stupéfiants. C'était un homme trapu, au crâne dégarni, qui passait pour rigide et dépourvu d'humour.

— Où as-tu trouvé cette came, Columbo ? Je ne te donnerai pas les résultats de l'analyse avant que tu me l'aies dit.

— Lâche-moi, Billy, tu veux ? Cette came, je l'ai eue dans le cadre de l'enquête sur le meurtre de Regina. Si tu arrêtes le type par qui je l'ai eue, ça risque de bousiller l'enquête.

— Tu sais si ce type en a encore ?

— Ça ne m'étonnerait pas, répondit Columbo.

— Eh bien dans ce cas, à la prochaine piqûre c'est un homme mort. C'est du speedball. Tu sais ce que c'est : un mélange détonant d'héroïne et de cocaïne. Mais elle est truffée de digitaline. Alors j'espère que c'est pas un trafiquant et qu'il est pas en train d'en répandre dans toute la ville.

— Non, c'est seulement un consommateur. Bon, maintenant excuse-moi, Billy, mais il faut que je le prévienne avant qu'il s'en injecte. Si c'est pas déjà fait !

Columbo se rua dans le couloir et avisa le premier agent en uniforme qu'il aperçut.

— Sergent ! hurla-t-il. Vous avez une voiture pie disponible ? Sirène et gyrophare ! Vite !

— Qu'est-ce qui se passe, lieutenant ?
— Je vous le dirai quand on sera dans la voiture. Vite ! Il est peut-être déjà trop tard !

— 4 —

Le sergent ne vint pas, mais chargea deux hommes en uniforme de l'accompagner. Toutes sirènes hurlantes, la voiture roulait à tombeau ouvert sur l'autoroute de Santa Monica. Assis à l'arrière, derrière la vitre de séparation, Columbo mâchonnait son cigare éteint : il détestait ce genre de situation, cette frénésie, ce branle-bas de combat policier.

Dans un hurlement de pneus, la voiture pila devant l'immeuble de Mickey Newcastle. Au même moment, une ambulance, venue d'une autre direction, s'immobilisait elle aussi à quelques mètres d'eux. Des infirmiers en jaillirent et suivirent Columbo et ses hommes à l'intérieur.

Hors d'haleine, Columbo arriva devant la porte de l'appartement.

— Je vais sonner une fois, dit-il aux deux policiers. S'il ne répond pas, enfoncez la porte !

— Vous prenez ça sous votre responsabilité, lieutenant, répondit le plus âgé des deux. Nous n'avons pas de mandat.

— Et qui sera responsable si le type est mort ?

Mais Mickey Newcastle n'était pas mort. Il ouvrit la porte, clignant des yeux dans la lumière du soleil.

— Hein ? Quoi ? Lieutenant Columbo ? Que se passe-t-il ?

— La came que vous avez dans votre salle de bains... vous vous en êtes déjà injecté ?

— Lieutenant ! Vous m'aviez pourtant dit que...

— Je vous ai dit que je ne vous poursuivrais pas pour détention de drogue. Mais là, il s'agit d'autre chose. Hier, j'ai pris un échantillon de ce que vous aviez, sans mandat, et je l'ai envoyé au labo. Eh bien dans le speedball de ce petit flacon, il y a suffisamment de digitaline pour tuer un cheval.

Mickey tituba en arrière.

— Non !

— Où l'avez-vous obtenue, monsieur Newcastle ?

Mickey alla se jeter sur son canapé.

— Comment voulez-vous que je le sache ! lança-t-il. Des types, comme ça. Je n'ai pas de fournisseur attitré.

— Eh bien, celui qui vous a vendu cette came a failli vous tuer, monsieur Newcastle. Alors, soit il y a en ville un trafiquant qui vend du speedball empoisonné, soit quelqu'un avait une bonne raison de vouloir vous tuer, vous, en particulier. Et à mon avis, c'est lié au meurtre de Regina. D'après vous, qui pourrait chercher à vous supprimer ?

— Vous pensez que quelqu'un a cherché sciemment à m'assassiner ?

— Qu'est-ce que vous croyez ? Les dealers coupent leur came avec toutes sortes de saloperies, du sucre, de la farine, du bicarbonate de soude, du plâtre et même de la mort-aux-rats. Mais pourquoi est-ce qu'un dealer couperait du speedball avec de la digitaline ? Ça ne lui ferait pas gagner d'argent et ça supprimerait ses clients. Hein... ?

Mickey se couvrit le visage de ses mains.

— Est-ce que vous pourriez faire quelque chose pour moi, lieutenant ?

— Ça dépend.

— Eh bien, voilà... si vous étiez arrivé ici dix minutes plus tard, je me serais injecté de cette came. J'en ai besoin. Très, très besoin. Tout de suite. J'ai besoin de me faire une injection, lieutenant. Ensuite, je pourrai vous parler. J'aurai beaucoup de choses à vous apprendre. Mais là, très bientôt, je vais avoir des convulsions.

Columbo laissa échapper un soupir et secoua la tête.

— Désolé, monsieur Newcastle, mais je ne peux pas vous donner de quoi vous piquer. Je n'ai pas de drogue, et même si j'en avais, je ne pourrais pas vous en donner.

Mickey regarda Columbo avec un pauvre sourire.

— Vous vous souvenez de ce vieux film de loup-garou, dans lequel il y avait un personnage nommé Lawrence Talbot ?

— Oui, je m'en souviens, répondit Columbo.

— On voyait Larry Talbot qui suppliait le médecin : « Mais enfin, docteur, vous ne comprenez pas. Quand la lune est pleine, je me transforme en loup ! » Mais évidemment, le médecin ne comprenait pas, et il se contentait de lui tapoter l'épaule d'un air rassurant en lui disant : « Allez, allez, monsieur Talbot. » Personne ne comprenait, sauf la vieille gitane jouée par Maria Ouspenskaya. Elle, elle comprenait.

— Écoutez, monsieur Newcastle...

— Il faut être arrivé, comme moi, aux portes de l'enfer pour comprendre. Dans quelques heures, je serai devenu un animal ! Peut-être que vous ne pouvez pas me donner un fixe, un seul fixe. Mais vous pouvez me faire donner un traitement de substitution. Parce que si vous vous contentez de me mettre en prison, d'ici quelques heures je vais grimper aux murs ! Vous n'avez pas idée de ce que ça peut faire d'être en manque.

Les deux infirmiers et les deux policiers, qui se tenaient un peu en retrait, entendaient toute la conversation.

Columbo se tourna vers ses hommes.

— Que l'un d'entre vous appelle le lieutenant Billy Low par radio. Dites-lui qu'il vienne ici, en vitesse !

— 5 —

— Mais enfin, Columbo, tu es complètement fou ! Je ne peux absolument pas donner un fixe à ce type !

— Rien qu'un, Billy. Rien qu'un, pour qu'il soit en état de me dire ce qu'il a à me dire.

Le lieutenant Billy Low se tenait sur le seuil de l'appartement et contemplait l'homme effondré sur le canapé du salon.

— Tout ce que je peux faire, c'est lui obtenir un traitement à la méthadone.

— Mais ça va prendre du temps, rétorqua Columbo. Il faudra qu'il voie un médecin, qu'on enclenche tout le processus, mais à ce moment-là il aura l'impression d'être dévoré par des milliers de bestioles.

Billy Low secoua la tête d'un air résolu.

— Tu ne veux quand même pas que j'aille chercher de la came au greffe et que je le laisse se shooter. Sois raisonnable, Columbo.

— Bon, bon... je pouvais quand même demander, non ? Écoute, je vais l'arrêter pour une accusation sérieuse. Je veux qu'il parle, et je pense qu'il le fera si on lui promet qu'on ne va pas se contenter de le boucler et qu'il ne risque pas de se retrouver en manque. Est-ce que tu peux me promettre qu'on s'occupera de lui ? C'est-à-dire qu'on lui administrera un traitement de substitution.

Billy Low opina du chef.

— Oui, ça je peux te le promettre.

Columbo fit entrer son collègue dans l'appartement. Mickey se leva.

— Monsieur Newcastle, je vous présente le lieutenant Billy Low, de la brigade des stupéfiants. Je lui ai demandé de venir vous parler.

Visiblement paniqué, Mickey serra pourtant la main de l'inspecteur.

— Monsieur Newcastle, reprit Columbo, je vais demander à un des agents de vous placer en état d'arrestation. Vous êtes accusé de dissimulation de preuves dans l'enquête sur le meurtre de Regina Savona. On va vous exposer vos droits, alors ne dites rien pour l'instant. Sachez pourtant que vous allez être placé en détention. Cela dit, Billy Low m'a promis, et il va vous le confirmer, que vous ne serez pas tout simplement incarcéré, mais que vous serez conduit dans un hôpital et traité pour votre dépendance.

Les yeux de Mickey se remplirent de larmes, et il se mit à trembler.

— Je confirme les promesses que j'ai faites au lieutenant Columbo, se hâta de dire Billy Low. On vous administrera un traitement de substitution, en sorte que vous ne souffrirez pas de manque. Mais maintenant, il faut me dire... Cette came qui est en votre possession est un poison mortel. Est-ce qu'il vous en reste ?

Mickey acquiesça.

— Je vais vous la donner.

— Où vous l'êtes-vous procurée ?

— A cet endroit-là, il n'y en a plus. Quelqu'un l'a préparée spécialement pour moi.

— Vous voulez dire qu'on a sciemment essayé de vous tuer ? demanda Billy Low.

— Oui, répondit Mickey d'une voix brisée. Il n'y a aucun doute là-dessus.

— 6 —

Mickey alla récupérer les flacons de speedball dans la salle de bains, tout en prenant soin de laisser la porte ouverte. Il avait déjà remarqué qu'il manquait un flacon, et ses soupçons s'étaient immédiatement portés sur Columbo. A présent, il lui en était reconnaissant.

Vingt flacons. Son trésor de guerre. Avec ça, il était tranquille pour plus d'un mois. Sauf que sur ces vingt flacons, il y en avait dix-neuf capables de l'envoyer *ad patres*. Le vingtième appartenait au stock précédent. Heureusement que Columbo n'avait pas subtilisé celui-là !

Mickey prit le flacon de speedball non coupé de poison et le fourra dans la poche de son pantalon. Puis il rassembla les autres et les donna à l'inspecteur des stups.

— Bon. Je vais faire le nécessaire à présent, dit le policier.

Mickey se tourna alors vers Columbo.

— Avant ça, il faut que je... que je me... enfin, vous comprenez. J'ai peur d'avoir un accident avant d'arriver en ville.

— Euh... j'espère que vous ne comptez pas commettre l'irréparable.

Mickey réussit à sourire faiblement.

— Je ne crois pas qu'on puisse se couper la gorge ou se trancher les veines du poignet avec un Gillette Sensor. De toute façon... ça n'est pas du tout mon intention.

— D'accord, monsieur Newcastle. Je vous fais confiance. Mais ne restez pas trop longtemps.

Cette fois-ci, Mickey referma derrière lui la porte de la salle de bains. Il tira le flacon de sa poche et mélangea le contenu avec de l'eau. Il lui fallait cette injection pour être lucide au moment de l'interrogatoire.

— 7 —

— Il t'a eu, là, Columbo, dit Billy Low.

Les deux inspecteurs étaient rentrés au quartier général dans la voiture de Billy, tandis que Mickey avait pris place dans la voiture pie, avec les deux policiers en uniforme. Lorsqu'ils s'étaient retrouvés, Mickey semblait flotter dans un état de bien-être cotonneux.

— Il avait besoin d'aller dans la salle de bains, d'accord, mais pas pour utiliser les toilettes.

— C'est probablement mieux comme ça, dit Columbo. Quand

il lui faudra un nouveau fixe, tu auras eu le temps de lui faire prescrire un produit de substitution, de la méthadone ou je ne sais quoi. J'ai besoin de lui parler. S'il avait été pris de delirium tremens, il ne m'aurait pas servi à grand-chose.

— Bon... après la photo et les empreintes, tu n'auras qu'à le faire envoyer à l'hôpital. (Billy secoua la tête.) C'est dégoûtant de voir comment ils peuvent se sentir bien après s'être injecté leur saloperie.

— Je crois qu'il sera suffisamment lucide ce soir pour l'interrogatoire, dit Columbo. En tout cas, Billy, je te remercie pour ce que tu as fait.

Le capitaine Sczciegel intercepta Columbo entre la brigade des stupéfiants et la brigade criminelle.

— Hé, Columbo ! Martha vous attend.

— Cette femme est au courant de tout, dit Columbo. Vous devriez lui donner une promotion.

— C'est vrai. Euh... dites-moi, qu'est-ce que c'est que cette inculpation à l'encontre de Mickey Newcastle ?

— Inculpation préliminaire, corrigea Columbo. Par la suite, je vais probablement l'inculper du meurtre de Regina.

— Vous avez les éléments suffisants ?

— Suffisants en tout cas pour le faire parler.

— C'est vraiment lui le coupable ? demanda Sczciegel d'un air sceptique.

— En tout cas, il est complice.

— J'aimerais bien être là quand vous l'interrogerez.

— Entendu.

— Columbo... où est votre Beretta ?

— Je ne l'ai pas pris ce matin. Je me suis dit qu'il valait mieux ne pas l'avoir sur moi tant que je n'aurais pas eu l'occasion de m'entraîner un peu au stand de tir.

— Il est chez vous, enveloppé dans une serviette de toilette et posé sur une étagère, dans le placard de l'entrée ?

— Exactement. Enfin... temporairement.

— Columbo... Bon Dieu de bon soir !

Sidérée, Martha observait Columbo jeter dans sa corbeille à papier notes de service et circulaires, après y avoir jeté un coup d'œil distrait. A ce rythme-là, il ne lui faudrait qu'une demi-minute pour faire place nette sur son bureau.

— J'ai des nouvelles du FBI, de Bob Brady, annonça-t-elle lorsque Columbo eut terminé.
— Oui, quoi ?
— Des nouvelles du Brésil.
— Déjà ?
— Ah, Columbo, essayez de comprendre. Les Brésiliens n'ont jamais entendu parler ni de vous ni de moi, et ils se moquent éperdument de la police de Los Angeles ! Mais Regina, alors là, oui, ça les touche ! Ils se bousculent pour nous aider à trouver le meurtrier. Brady a appelé, mais comme vous n'étiez pas là, il a envoyé ça par messager, dit-elle en lui tendant une feuille. La liste des gens qui se sont rendus au Brésil le 18 février au départ des États-Unis.

Columbo promena son doigt sur la liste des noms flanqués chacun d'un commentaire. Mais il n'avait pas besoin de ces commentaires : il connaissait la plupart des personnes citées.

New York compte cinq familles mafieuses célèbres ; le 18 février 1992, quatre de leurs chefs s'étaient rendus au Brésil.

— *Capi di tutti capi*, murmura Columbo. New York, New Jersey, Philadelphie, Boston, Cleveland, Detroit, Chicago, Los Angeles... Et tenez, regardez ça : même Albanese, de Palerme.
— C'était une réunion encore plus importante que celle des Appalaches, dit Martha.
— Et notre vieux bonhomme, le soi-disant Vittorio Savona, y assistait. Ça n'est pas une coïncidence, Martha. Je vous avais dit que ça n'était pas n'importe qui. En voilà la preuve.
— Continuez à lire, Columbo. Vous n'avez pas encore vu le nom le plus important.
— Qui aurait pu être plus important que... Oh ! Giovanni Visconti ! s'exclama Columbo.
— Oui, Johnny.

Chapitre 17

— 1 —

Comme promis, Mickey Newcastle fut incarcéré dans un hôpital et non en prison. La belle différence ! La porte et les fenêtres de la chambre à quatre lits étaient munies de barreaux, mais, pis, il était menotté aux montants du lit par la cheville droite. Il était vêtu d'une grossière chemise de nuit d'hôpital portant en gros le mot PRISONNIER, et ouverte dans le dos.

Trois autres hommes partageaient sa cellule. L'un avait été blessé par balles, et les deux autres étaient comme lui des drogués en désintoxication qui passaient par diverses phases plutôt pénibles. Il les observait avec attention, sachant qu'il n'allait pas tarder à subir les mêmes tourments.

— Ça vaut mieux que de décrocher à la dure, lui dit un grand Noir.

— Tout vaut mieux que ça, répondit Mickey.

Il ne fut pas surpris lorsque les gardiens firent entrer dans la pièce le lieutenant Columbo, accompagné d'un homme de haute taille, chauve comme une boule de billard.

Deux gardiens poussèrent alors sans cérémonie les lits des autres prisonniers face au mur, et roulèrent celui de Mickey près de la fenêtre. Après quoi ils entourèrent le lit d'un paravent et disposèrent deux chaises à côté.

— Monsieur Newcastle, je vous présente le capitaine Sczciegel, dit Columbo en s'asseyant. C'est mon patron.

Mickey hocha la tête. Il ne lui semblait pas opportun de répondre qu'il était enchanté de faire la connaissance du capitaine.

— Comment êtes-vous traité ? demanda Columbo.

— Pour l'instant ça va, parce que je me suis fait ce fixe avant de venir. C'est quand je vais commencer la descente qu'on verra comment ils me traitent.

— On vous a exposé vos droits, n'est-ce pas ? Vous savez donc que vous n'êtes pas tenu de parler, et que vous pouvez vous faire assister d'un avocat, commis d'office si vous n'avez pas les moyens de régler vous-même ses honoraires. Mais si vous acceptez de me répondre, j'aimerais enregistrer vos déclarations sur ce petit appareil.

Mickey haussa les épaules.

— Je n'y vois pas d'inconvénient.

— Entendu. Mais avant que vous acceptiez, laissez-moi vous préciser quelque chose : je vous inculpe de meurtre.

— 2 —

Un long moment, Mickey Newcastle demeura le visage enfoui dans les mains.

— Je pense que vous avez tué Regina, reprit Columbo, mais que vous n'étiez pas tout seul. Je pense même que vous n'avez fait que prêter la main. Je crois même savoir qui vous avez aidé.

Mickey secoua la tête d'un air hagard.

— Qu'est-ce qui vous fait croire que c'est moi qui ai fait ça ?

— D'abord, vous êtes drogué, et votre accoutumance vous coûte cher. Vous feriez n'importe quoi pour vous procurer l'argent de votre drogue. Je me trompe ?

— Qu'est-ce que vous avez derrière la tête, exactement ? demanda Mickey d'une voix inquiète.

— Vous avez volé de l'argent à Regina. C'est pour ça qu'elle avait installé un coffre-fort dans sa chambre. Vous m'avez dit qu'elle avait réduit votre salaire. C'était parce qu'elle se remboursait ce que vous lui aviez volé.

— Voler c'est une chose, tuer c'en est une autre.

— C'est tout à fait vrai, répondit Columbo. Et mentir, ça n'est pas non plus la même chose que tuer ; mais dès le début, je vous ai soupçonné parce que vous m'aviez menti.

— Comment ça, je vous ai menti ?

— Oui, à propos de cet homme en veste de Nylon rouge.
— Ah bon, c'est un mensonge ? Pourquoi ?
— Pour deux raisons. Vous m'aviez dit que vous étiez allé sur le balcon pour apercevoir le plongeoir ; ça, c'est vrai, vous ne pouviez pas voir depuis votre fenêtre quelqu'un se cogner contre le plongeoir. Pour cela il vous aurait fallu aller jusqu'à l'extrémité du balcon, ce que vous n'avez pas fait.
— Qu'est-ce qui vous fait croire que je ne l'ai pas fait ?
— Parce que vous auriez dû passer devant la petite porte vitrée qui donne sur le couloir reliant les chambres d'amis au balcon. Or, il y avait quelqu'un ce soir-là derrière cette porte, quelqu'un qui a assisté à toute la scène.
— Bob... ou Christie ?
Columbo acquiesça avec un petit sourire.
— Christie. Elle est terriblement myope sans ses lentilles de contact, mais elle vous aurait quand même vu passer. Elle est si myope qu'elle n'aurait pas pu vous identifier, près de la piscine, mais elle aurait tout de même remarqué une veste rouge... et elle n'en a pas vu.
— C'est sa parole contre la mienne, rétorqua Mickey d'une voix mal assurée.
— C'est vrai.
— Je crois qu'en fait vous n'avez pas de preuves contre moi, lieutenant.
— Peut-être. Mais il y a quand même une autre question que j'aimerais vous poser.
— Oui, laquelle ?
— Qui a essayé de vous tuer ?

— 3 —

Mickey frissonna.
Le capitaine Sczciegel, qui était resté silencieux jusque-là, intervint alors :
— Je crois que vous feriez bien de répondre, monsieur Newcastle.
— Moi, je suis à peu près sûr de savoir qui c'est, dit Columbo, mais j'aimerais bien avoir votre avis.

Mickey ferma les yeux et sembla faire un gros effort pour se maîtriser et cesser de trembler.

— Je ne sais pas, dit-il d'une voix sourde.

— Allez, monsieur Newcastle. Bien sûr que si, vous le savez. Bon, essayons différemment. Pourquoi vouloir tuer un brave garçon comme vous ? Pourquoi lui fournir un mélange de speedball et de digitaline ?

— Qu'en pensez-vous ? demanda faiblement Mickey.

Columbo inclina la tête en souriant.

— La seule explication, c'est qu'on voulait vous faire taire. Et qu'auriez-vous pu révéler de si dangereux pour qu'on en vienne à vouloir vous supprimer ? Ça me paraît très simple. Il a fallu s'y mettre à deux pour noyer Regina, parce que c'était une excellente nageuse. Vous et quelqu'un d'autre. C'est cet autre-là qui a essayé de vous tuer. Et il essaiera encore si vous sortez d'ici.

— Le lieutenant Columbo est votre meilleur allié, monsieur Newcastle, dit le capitaine Sczciegel. C'est grâce à lui que vous êtes encore en vie. Je serais vous, je ne l'oublierais pas.

— Nous avons suffisamment d'éléments contre Johnny pour l'arrêter, dit Columbo. Vous croyez qu'il va vous couvrir ?

— Ce que vous me demandez, c'est d'avouer un meurtre, murmura Mickey d'une voix étranglée.

— Eh bien... seulement si vous l'avez effectivement commis, dit Columbo.

Mickey appuya ses doigts contre ses yeux, faisant couler des larmes.

— C'était Johnny, dit-il en sanglotant. Et moi. Nous étions tous les deux.

— Pourquoi Johnny voulait-il tuer Regina ?

— Ce n'était pas lui. C'était le vieux qui voulait qu'on la tue, mais je ne sais pas pourquoi.

— Ce qui nous ramène à notre éternelle question : qui est ce vieux bonhomme ?

— Si je le savais, je saurais où le trouver. Il nous a promis, à Johnny et à moi, un million de dollars pour tuer Regina. Et puis il a disparu, et on n'a jamais vu la couleur de l'argent. Je devais toucher 250 000 dollars. J'avais des projets. Je voulais suivre une cure de désintoxication dans une clinique privée, et ensuite recommencer ma carrière.

— Vous vous êtes fait avoir, Newcastle, dit le capitaine Sczciegel. Vous ne pouviez faire confiance à aucun de vos deux partenaires.

— 4 —

— Il faut qu'on déjeune rapidement, dit Columbo en quittant l'hôpital. Je connais un endroit où on sert un fabuleux chili con carne. Ça vous dirait, capitaine ?

— J'ai déjà entendu parler de cet endroit, répondit le capitaine. Voilà pourquoi je crois que je vais aller m'acheter un sandwich et le manger dans mon bureau. Vous, allez-y. Je vais aller chercher un mandat pour Johnny Visconti. Quand on l'aura bouclé, vous pourrez l'interroger.

— Eh bien, je...

— Allez-y, Columbo, allez manger votre chili. De toute façon, vous ne pouvez pas procéder à une arrestation puisque vous n'avez même pas votre arme sur vous.

Columbo sourit.

— Je me fais fort de...

— Je n'en doute pas. Bon, à tout à l'heure.

Au moment où il se garait sur le petit parking de chez Burt, Columbo vit arriver Adrienne Boswell, sourire au vent, minijupe d'un bleu électrique et talons cliquetant sur l'asphalte.

— Columbo !

— Quelle coïncidence.

— Coïncidence, que dalle ! Ça fait une demi-heure que je vous attends sur ce parking dans l'espoir que vous viendrez faire votre partie de billard et avaler votre chili quotidien. Vous êtes en retard.

— Oh, un peu. J'avais à faire.

— J'ai besoin de vous parler. Et si on allait déjeuner dans un meilleur endroit que celui-ci ? Je sais bien que rien ne vaut le chili con carne de chez Burt, mais j'ai besoin de quelques instants de tranquillité.

— Eh bien... je n'ai pas beaucoup de temps.

— Je vous ramènerai d'ici à trois quarts d'heure.

Lorsqu'il fut monté dans sa BMW, elle lui apprit quelque chose qu'apparemment elle jugeait scandaleux.

— Vous savez ce qui se passe ? On commence à vendre les objets personnels de Regina, notamment ses sous-vêtements, surtout ceux qu'elle a portés et qui n'ont pas encore été lavés. Une culotte imprégnée de son odeur vaut 5 000 ou 6 000 dollars.

— Apparemment, Johnny s'est trouvé quelques revenus

annexes, fit Columbo. A moins que ça ne soit Rita. Enfin... si ces machins sont authentiques.

— L'humanité ne cessera jamais de m'étonner, dit Adrienne. J'imagine que c'est pour ça que j'aime mon métier.

— C'est aussi une des raisons qui me font aimer le mien, dit Columbo.

Un club privé, des lumières tamisées, des stalles en bois sombre : l'endroit était effectivement plus calme que chez Burt. Et les serveuses avaient les seins nus.

— Je me suis dit que vous seriez peut-être plus détendu dans un endroit comme celui-ci, dit Adrienne en souriant.

Leur serveuse connaissait le lieutenant.

— Bonjour, Columbo, dit-elle. Ça fait plaisir de vous voir ici.

C'était une jeune femme grande et belle, aux cheveux d'un roux visiblement renforcé à la teinture.

— Bonjour, Aggie. Ça fait longtemps.

— Vous m'aviez conseillé d'apprendre un métier. Que pensez-vous de celui-ci ?

— Ce n'était pas vraiment à ça que je pensais. Mais enfin...

Aggie se tourna en souriant vers Adrienne.

— Le lieutenant et moi sommes de vieux amis, expliqua-t-elle. Il m'a envoyée à Fontera. J'ai tiré treize mois. (Elle se tourna à nouveau vers le lieutenant.) J'ai été libérée pour bonne conduite.

— Eh bien continuez comme ça, Aggie.

— Oui, oui.

Lorsqu'elle se fut éloignée pour aller chercher leurs boissons au bar, Columbo hocha la tête :

— Dans mon métier, on rencontre toutes sortes de gens.

— Dans le mien aussi, dit Adrienne. Je vous recommande les hamburgers, ici. Grands, épais, bien juteux.

— Ça donne envie.

— J'ai appris que vous aviez arrêté Mickey Newcastle. Vous confirmez ?

— Qui vous a dit ça ?

Elle sourit.

— Je suis journaliste, Columbo. Je ne peux pas trahir mes sources.

— Je vous demanderai de ne pas ébruiter la nouvelle avant que nous ayons mis un autre type sous les verrous.

— Johnny Visconti.

— Vous en savez trop.

— Je suis comme vous, Columbo, la seule façon que j'aie de faire mon boulot, c'est de rassembler des bribes d'information à droite et à gauche jusqu'à ce que ça finisse par avoir un sens.

— Je parle trop, dit Columbo.

— Au contraire, mon ami, vous ne parlez pas assez. Je ne le publierai pas, ça restera entre nous : dites-moi, pourquoi Johnny Discount a-t-il tué Regina ?

— D'après Mickey, c'est le vieux qui leur a proposé beaucoup d'argent pour la tuer.

— J'ai une suggestion à vous faire, dit Adrienne. On parle beaucoup du meurtre de Carlo Lucchese et de ses hommes. Un règlement de comptes entre voyous, et on dit qu'il y aura des représailles. Mais s'il s'agissait déjà de représailles ? N'oubliez pas que le soi-disant grand-père de Regina a disparu, et qu'il était sûrement lié à la Mafia. Peut-être que...

— Comme si l'affaire n'était pas suffisamment embrouillée comme ça ! s'exclama Columbo. Ah, si on savait seulement qui était ce vieux bonhomme !

— J'ai un cadeau pour vous, dit-elle en tirant de son sac une enveloppe en papier kraft.

A l'intérieur, il trouva deux photos. La première montrait Regina descendant de son jet privé. Derrière elle, tentant d'échapper à l'objectif, le vieil homme. La deuxième était un agrandissement du visage du vieux, forcément imparfait vu la petite taille du négatif.

— J'ai tiré ça des stocks de photos non publiées par les journaux, dit Adrienne. C'est un photographe d'Associated Press qui l'a prise il y a quatre ans. Mais ne me demandez pas qui est le vieil homme, parce que je n'en sais rien. Cela dit, vous pourrez afficher cette photo dans tous les bureaux de poste.

— Oui.

— Remarquez comme il était petit. Plus petit que Regina, même. Mais remarquez aussi comment il se tient droit. Quel maintien !

— Il nageait tous les jours, dit Columbo. Alors qu'il avait probablement plus de quatre-vingts ans.

— Les cheveux courts. Le visage carré. Dites donc, il avait de l'allure ! Moi je n'arrive pas à le remettre, mais quand la photo aura paru dans une cinquantaine de journaux, je vous parie que quelqu'un le reconnaîtra.

— Je vais l'envoyer par fax aux différents services de police, dit Columbo.
— D'accord.
— Je vous remercie, Adrienne.
— Vous voyez ? Je ne suis pas si mauvaise que ça. Vous et moi formons une belle équipe, Columbo.

Il sourit.

— Je pourrais peut-être vous trouver un boulot dans la police.

— 5 —

Chez Johnny, la sonnerie du téléphone retentit. C'était Marty, le type qui lui avait acheté les sous-vêtements de Regina.
— Salut, Johnny. Dis-moi, est-ce que tu as encore de tes machins ? Je peux en vendre autant que tu m'en fourniras.

Johnny réfléchit. Il avait décidé de se tirer. Quand on trouverait le corps de Mickey — parce que, cette fois-ci, il était bon — on le soupçonnerait immédiatement. Alors, tant qu'à faire, autant vendre à Marty les véritables sous-vêtements de Regina.
— Il n'y en a plus de sales, Marty, mais je peux t'apporter des sous-vêtements propres.
— Ça vaut pas aussi cher.
— Bon. Je vais essayer de voir ce que je peux trouver. On fixera le prix quand tu auras vu la marchandise. Tu veux qu'on se retrouve devant le chinois de Grauman à quatre heures ?
— D'accord. A part ça, Johnny, euh... je sais pas comment te dire ça, mais samedi soir, il y a trois mecs qui se sont fait descendre avec un 44 magnum. Je ne veux pas savoir si... enfin, tu vois ce que je veux dire. Mais je voudrais être sûr que tu n'as plus ce flingue.
— Tu me prends pour un débile ?
— Non, non, pas du tout. J'imagine que tu l'as balancé à la flotte. Simplement, je voulais être sûr. Bon, on se voit à quatre heures.

Johnny reposa le combiné. Débile. Oui, il se conduisait comme un débile. Parce qu'il ne l'avait pas balancé à la flotte. Jamais il n'avait eu un pistolet aussi beau que ce Desert Eagle. Une arme redoutable. Comme il n'y avait aucune raison de le soupçonner du meurtre de Carlo et de ses tueurs, personne ne viendrait chercher l'arme chez lui. Même l'inspecteur Callaghan n'avait pas un flingue pareil ! Quand on possède une arme comme celle-là, on ne va quand même pas la balancer à la mer !

Il rassembla ses affaires. Il n'emportait pas grand-chose. L'argent. Il y avait un joli petit magot. Quelques vêtements. Et il bourra deux taies d'oreiller avec des sous-vêtements de Regina. Tout cela tenait dans une valise et un petit sac de voyage qu'il chargea dans la Ferrari.

Il roula lentement sur l'allée, sans éprouver la moindre nostalgie pour cette maison qu'il ne reverrait plus. Ses sentiments avaient disparu depuis longtemps, bien avant même le meurtre de Regina.

Le vigile était assis dans la voiture. Johnny lui adressa un appel de phares. En souriant, l'homme lui fit un signe de la main.

Puis deux voitures pie, gyrophare tournoyant, pilèrent sur l'allée dans un hurlement de pneus. Quatre flics en jaillirent, pistolet à la main, et s'avancèrent en direction de la Ferrari.

Chapitre 18

— 1 —

Vêtu d'une salopette bleue trop grande pour lui, menotté aux poignets et aux chevilles, Johnny était assis sur une chaise pliante en métal. L'arrestation, les menottes, rien de tout cela ne l'avait effrayé. Il avait déjà connu ça, et il en fallait plus pour l'impressionner. Il n'avait pas peur, mais ne laissait pas pourtant d'être inquiet. Il fallait réfléchir vite, et le temps lui était compté. Le lieutenant Columbo allait l'interroger, et il avait compris à présent qu'il n'était pas homme à se laisser facilement duper.

On l'inculpait donc de meurtre sur la personne de Regina. Mais il avait confiance, l'inculpation ne tiendrait pas. On ne pouvait retenir contre lui que quelques contradictions relatives à son emploi du temps. Pas de quoi fonder une mise en accusation pour meurtre.

C'était d'ailleurs ça qui l'inquiétait. S'ils n'avaient eu que ça contre lui, ils n'auraient pas pu l'inculper. Donc ils avaient autre chose.

Par exemple, on l'avait arrêté sous le nom de Giovanni Visconti. Comment le savaient-ils ? Qu'en avaient-ils déduit ?

Autre chose. En fouillant la Ferrari, ils avaient découvert le Desert Eagle. Allaient-ils faire le lien avec le meurtre de Carlo et de ses deux gorilles ? Peu probable, mais dans le cas contraire...

Les voilà. Ses persécuteurs.

Le lieutenant Columbo, finalement, n'était pas aussi bête qu'il en avait l'air. Pour une fois, il avait même renoncé à son ridicule imperméable, mais en voyant son complet gris, sale et mal coupé on comprenait pourquoi il tenait tant à le dissimuler ! Et la cravate ! Le petit bout était plus long que le gros ! A quel âge ce type apprendrait-il à faire un nœud de cravate ? Et puis, soudain, Johnny eut un éclair de lucidité. Columbo s'en fichait éperdument. Ou alors... il était préoccupé par autre chose.

Et puis la grosse. L'inspecteur Martha Zimmer. Celle-là, se dit-il, elle a encore besoin de se prouver des choses ! Consciencieuse, méticuleuse. Elle connaissait à fond le règlement et s'y tenait à la lettre.

— Je vous présente le capitaine Sczciegel, dit Columbo avec un hochement de tête en direction du grand chauve en manches de chemise. C'est mon patron.

La quatrième personne était la sténographe. Johnny avait accepté que ses déclarations aux policiers fassent l'objet d'un procès-verbal. La sténographe était blonde, jolie et le regardait d'un air pensif. Il regrettait de lui apparaître ainsi enchaîné et tenta de lui retourner son regard brûlant, mais elle détourna les yeux. Sûr que c'était à cause des menottes et de la chaîne. Sûr !

— Bien, nous allons commencer l'interrogatoire, mademoiselle, dit le capitaine à l'adresse de la jeune fille.

Elle baissa les yeux sur sa sténotype.

— On vous a exposé vos droits, Visconti, en sorte que vous savez que vous n'êtes pas obligé de nous parler. J'ai vu la liste des objets qui ont été saisis au moment de votre arrestation, et je constate que vous possédez suffisamment d'argent pour payer un avocat. Vous pouvez attendre l'arrivée de cet avocat pour faire vos déclarations.

Johnny sourit.

— Capitaine Sczciegel, dit-il d'une voix assurée, cela ne me gêne absolument pas de répondre à vos questions. Tout cela est une méprise, et je suis persuadé que vous en conviendrez rapidement.

C'était la bonne méthode. S'il gardait son calme et répondait avec franchise aux questions qu'on lui poserait, les flics seraient obligés de se montrer courtois, et un flic courtois a déjà perdu l'avantage.

La sténographe le regardait. Il lui adressa un sourire chaleureux.

— Très bien, dit Sczciegel. Puisque l'enquête a été confiée au lieutenant Columbo, c'est lui qui va procéder à votre interrogatoire.

— 2 —

Columbo prit place sur une chaise en métal, semblable à celle de Johnny, posa un coude sur le genou et le menton dans le creux de la main. Un long moment, il contempla Johnny, l'air vaguement amusé.

Le capitaine Sczciegel et Martha Zimmer étaient installés, eux, sur des fauteuils en bois dont l'un des accoudoirs était muni d'une écritoire. La sténographe était assise sur une chaise pliante, face à sa sténotype.

— Monsieur Visconti...
— Puis-je vous poser une question ?
— Bien sûr.
— Qu'est-ce qui vous fait croire que je m'appelle Giovanni Visconti ?

Columbo sourit.

— N'est-ce pas votre nom ?
— Qu'est-ce qui vous fait croire ça ?
— Seulement que vos empreintes digitales sont semblables à celles de Giovanni Visconti, alias Johnny Discount, que nous ont transmises le FBI et les services d'anthropométrie judiciaire de l'Ohio.

— Bon, d'accord. C'est mon vrai nom. Je m'appelle bien Visconti. Regina le savait. Je me suis fait appeler Corleone parce que... (Il haussa les épaules en souriant.) Vous savez... à cause du film, du livre. De toute façon, il y a une ville qui s'appelle Corleone, en Sicile. Je pouvais l'utiliser si je le voulais. Tout à fait légalement.

— Vous n'êtes pas inculpé d'usurpation d'identité, fit sèchement remarquer Sczciegel.

— A part ça, dit Martha, je tiens à vous informer que nous allons retenir contre vous d'autres chefs d'inculpation. Notamment le vol qualifié. Vous transportiez environ 250 000 dollars en liquide, et...

— Ils sont à moi, lança Johnny d'un ton sec. Je n'ai pas volé un seul de ces dollars. (Il se tourna vers Columbo.) Je vous avais déjà dit que Regina me donnait de l'argent liquide. Je vivais chez elle et je ne dépensais pas grand-chose. Il y a là le fruit de six ans d'économies.

— En tout cas, vous transportiez autre chose qui ne vous appartenait pas, dit Martha en consultant une liste. Des vêtements et des sous-vêtements de femme. D'ordinaire, on ne parlerait pas de vol qualifié pour un ballot de vêtements usagés, mais il semble qu'il existe un marché pour les souvenirs de Regina, et ces vêtements doivent valoir une petite fortune.

— Oui, j'ai emporté quelques souvenirs, reconnut Johnny d'une voix faible.

— Je crois que vous avez volé autre chose, lança alors Columbo en se redressant sur sa chaise. Cette montre Vacheron Constantin, que vous avez volée au vieux monsieur. Lorsque j'ai rencontré cet homme, il ne portait pas de montre, et donc je ne pourrais affirmer qu'il s'agit bien de celle-ci. Mais vous non plus, vous n'en portiez pas. Et quelque temps plus tard, je vous vois avec cette montre au poignet.

— Je l'ai depuis des années.

— Ah bon ? Laissez-moi voir votre poignet. Et je vais demander au capitaine Sczciegel de remonter un peu sa montre et de nous laisser voir son poignet. Vous voyez ? La peau du bras est bronzée, mais il y a une marque blanche sur le poignet gauche, là où il porte sa montre. Si vous portiez la vôtre depuis des années, vous auriez la même marque.

— Vous oubliez un petit détail, lieutenant. Quand je vais à la plage ou à la piscine, je n'emporte pas ma montre.

Columbo haussa les épaules.

— Bon, je reconnais que vous avez marqué un point. Mais ça ne tiendra pas. La Vacheron Constantin est une montre très chère et très particulière. Nous vérifierons sa provenance grâce au numéro de série.

— 3 —

Un policier en uniforme frappa doucement à la vitre et adressa un signe à Columbo. Celui-ci se leva.

— Le lieutenant McCloskey voudrait vous voir, dit le policier.

— Où est-il ?

— Un peu plus loin, là. Il ne voulait pas que votre suspect le voie.

— Il a eu raison.

McCloskey l'attendait dans une petite salle réservée elle aussi aux interrogatoires.

— Salut, Bert.

— Salut, Columbo. Alors, ça marche ? T'es en train de boucler l'affaire Regina ?

— Peut-être. Et j'ai l'impression que toi et moi on va pouvoir se rendre service.

— Je t'écoute, dit McCloskey.

— Bon. Quand on a arrêté Giovanni Visconti, alias Johnny Discount, alias Johnny Corleone, on a trouvé dans sa voiture un Desert Eagle automatique 44 magnum. Or, j'ai appris que Lucchese et ses hommes avaient été abattus avec une arme de ce calibre. J'aimerais bien que tu fasses faire les tests balistiques sur ce 44. Ça serait intéressant si c'était mon client qui avait tué Lucchese et ses hommes.

— Ça, c'est sûr.

— Le plus rapidement possible, d'accord ?

— Je m'en charge tout de suite.

— 4 —

— Désolé pour cette interruption, dit Columbo en se rasseyant. Johnny commençait à perdre patience.

— Votre inculpation pour meurtre ne tient pas !

— Je serais vous, je serais moins affirmatif, monsieur Visconti. Vous voyez, j'ai une surprise pour vous. En dépit de tous vos efforts, vous n'êtes pas arrivé à vous débarrasser de Mickey Newcastle. Il est vivant, en cure de désintoxication, et il a passé des aveux complets.

Johnny ne parvint pas à dissimuler sa surprise, mais il reprit rapidement son sang-froid et un sourire éclaira son visage.

— Bon, d'accord, je me disais bien que vous deviez avoir quelque chose pour étayer votre inculpation. Mais dites-moi, lieutenant, et vous, capitaine, vous croyez vraiment qu'un jury va condamner quelqu'un pour meurtre sur le simple témoignage d'un junkie ? Mais pour obtenir une piquouze, Mickey Newcastle serait prêt à avouer qu'il a tué sa grand-mère. Voyons... vous l'avez agrafé parce qu'il était en possession d'une grande quantité de came, mais au lieu de l'envoyer en prison comme vous l'auriez fait avec n'importe quel junkie, vous lui avez fait suivre une cure de désintoxication. Vous lui avez rendu un service. Donc il vous était redevable. Allez... !

— Il a fait état de détails qu'il n'aurait pas pu connaître si..., commença Sczciegel.

— Je vais vous dire ! l'interrompit Johnny. Épluchez vos rapports de police du jeudi soir. Vous verrez qu'un type a été blessé à la jambe au cours d'une agression. Sa petite amie était avec lui. Organisez une séance d'identification avec Mickey au milieu, et faites venir ces deux-là. Il aura bonne mine, votre témoin !

— Peut-être, dit Columbo, mais il n'a pas forcément besoin d'être très crédible. Nous avons autre chose. Votre emploi du temps, par exemple. Un voisin a entendu Regina crier à une heure vingt-trois. D'après lui, la fête a été horriblement bruyante ce soir-là, mais les choses se sont calmées vers minuit et demi. Vous avez déclaré que vous étiez occupé dans la maison à cette heure-là. Comment avez-vous pu ne pas entendre ses cris, alors qu'un voisin les a entendus ?

— J'étais peut-être allé dans ma chambre, ou dans la salle de bains, quelque chose comme ça.

Columbo regarda successivement les autres personnes présentes dans la pièce.

— Bon, d'accord. Monsieur Visconti, c'est bien la femme de ménage qui a découvert le corps et appelé la police, n'est-ce pas ?

— Oui.

— Où vous trouviez-vous, à ce moment-là ?

— Dans mon lit. Je m'étais couché tard. C'est un flic qui m'a réveillé en frappant à ma porte. En fait, c'était le sergent Zimmer. Elle a frappé à toutes les chambres de la maison.

— Qu'avez-vous fait, alors ?

— Je suis allé aux toilettes, je me suis habillé et je suis descendu.

— Êtes-vous allé près de la piscine ?

— Non, mais j'ai regardé par la fenêtre.

— Bon. (D'une main, Columbo aplatit les cheveux sur son crâne.) Jusque-là, vous avez réponse à tout. Voyons si ça continue. Quand je vous ai demandé un échantillon de votre sang pour le comparer à celui qu'on avait retrouvé sur le peignoir de Regina, vous m'avez dit que vous saviez que je vous racontais une blague. Vous saviez, m'avez-vous dit, qu'il n'y avait pas de sang sur ce peignoir. Comment le saviez-vous ?

— Je l'avais vu en regardant par la fenêtre.

— Non, monsieur Visconti, dit Columbo avec l'air très las de celui dont la patience a été mise à rude épreuve. Non, vous ne l'avez pas vu par la fenêtre. Avant d'aller réveiller les gens présents dans la maison, le sergent Zimmer avait déjà fait envelopper le peignoir dans un sac en plastique. Voyez-vous, il s'agissait d'une pièce à conviction.

Johnny garda les yeux fermés pendant un instant.

— Je n'ai pas une très bonne mémoire pour les petits détails, dit-il enfin. Il est possible que je me sois levé plus tôt et que j'aie vu le peignoir à ce moment-là.

— Et allez donc ! Vous avez emprunté le couloir, traversé le vestibule et vous êtes sorti sur le balcon de façon à pouvoir voir la piscine sans être gêné par le palmier. Puis vous avez observé attentivement le peignoir, sans remarquer le corps qui se trouvait au fond de la piscine. Vous raconterez tout ça au jury, monsieur Visconti.

Johnny baissa les yeux et contempla un moment ses menottes.

— Je crois que je n'aurai pas d'autre solution.

Columbo acquiesça.

— En effet. Et moi je crois que nous allons vous mettre en prison et confier l'affaire au procureur. (Il se leva.) Capitaine ? Martha ? Vous avez des questions à poser ?

Les deux policiers secouèrent la tête en signe de dénégation.

— Je vais demander à un agent de l'emmener. (Il gagna la porte et regarda dans le couloir, puis revint à l'intérieur et referma la porte derrière lui.) Oh, moi j'ai encore une petite chose à vous demander, monsieur Visconti. Un de ces trucs, vous savez, qui peuvent tracasser un policier.

Johnny se mit à fixer Columbo, l'air soudain inquiet.

— Est-ce que vous connaissiez un type nommé... (Il fouilla dans sa poche et en tira un petit calepin.) Nommé Carlo Lucchese ?

Johnny secoua la tête.

— Je n'ai jamais entendu ce nom-là.

— On a retrouvé ce gros automatique dans votre voiture, et on est en train de faire des tests balistiques. J'imagine que les balles tirées par votre 44 magnum ne correspondront pas à celles qui ont tué Carlo Lucchese et ses deux amis.

— Mais enfin, lieutenant Columbo, qu'est-ce que vous me voulez ? hurla Johnny.

— 5 —

Columbo suggéra de ménager une petite pause, le temps qu'on amène des Coca. Johnny parvint à boire le sien en tendant la chaîne qui rattachait ses menottes à sa ceinture, et en se penchant en avant. Puis il demanda à aller aux toilettes, et deux policiers en uniforme l'y accompagnèrent. De retour sur sa chaise, il n'avait déjà plus cet air insouciant qu'il affichait au début.

Tandis qu'il se trouvait aux toilettes, le capitaine s'était adressé en souriant à Columbo.

— Je crois que le chef peut convoquer sa conférence de presse, pas vrai ?

Columbo secoua la tête.

— Pas encore. Nous savons, je pense, qui a tué Regina, mais nous ne savons toujours pas pourquoi.

— J'imagine que la clé du mystère, c'est l'identité du vieil homme qui vivait à l'étage.

Columbo acquiesça.

— Vous croyez que Johnny la connaît ? reprit le capitaine.

— Peut-être pas. Mais il doit penser qu'il peut nous proposer un marché.

Ce qui se révéla exact.

— Qu'est-ce que vous m'offrez en échange d'une totale coopération ? demanda Johnny lorsqu'il fut de retour.

— La même chose que ce qu'on propose à tous ceux qui acceptent de coopérer, dit Columbo. Nous ferons savoir au procureur et au tribunal que vous avez aidé la police dans son enquête.

— Autant dire rien, fit Johnny avec amertume.

— Ah, il peut y avoir ou non confusion des peines, dit Columbo. Et puis toutes les prisons ne se ressemblent pas. Je ne vous dis pas qu'il y en a d'agréables, mais...

— Eh bien posez vos questions, dit Johnny en levant les poignets pour se frotter les yeux.

— Vous connaissez celles qui nous intéressent. Qui est ce vieil homme ? Et où se trouve-t-il ?

— Ça n'était pas son grand-père, dit Johnny.

— Je ne l'ai jamais cru, fit Columbo.

— C'était un homme puissant, un homme riche.

— Un trafiquant de drogue, dit le capitaine Sczciegel.

— Pas du tout, lâcha Johnny d'un ton méprisant. Vous cherchez toujours les réponses faciles.

— Comment s'appelle-t-il ? demanda Columbo.

— Qu'est-ce que vous m'offrez en échange ? Réfléchissez, quand même ! Si on apprend que c'est moi qui ai donné son nom, on va me descendre. Même en taule. Il faut que vous me proposiez quelque chose. Je sais que je ne m'en sortirai pas, mais je ne tiens pas à mourir en cabane, criblé de coups de couteau. Envoyez-moi dans une prison où il n'y a pas ce genre de tueurs. Envoyez-moi dans une taule quatre étoiles.

— N'oubliez pas, Johnny, que la peine de mort existe en Californie, lui rappela le capitaine.

— Elle n'est jamais appliquée.

— Oh, que si. Il y a plus de trois cents condamnés dans les couloirs de la mort. Et ne vous inquiétez pas, vous ne risquez pas d'être criblé de coups de couteau, là-bas, parce que vous ne sortirez jamais de votre cellule.

Johnny lança un coup d'œil en direction de la sténographe.

— Mais elle est en train d'écrire tout ça ! Il y aura une trace de tout ce que vous m'avez dit.

— Je vous suggère seulement d'être réaliste, Visconti, dit Sczciegel.

— Eh bien... c'est maintenant à Johnny de prendre sa décision, dit Columbo. Vous voulez un peu de temps pour réfléchir ?

— Oui, dit Johnny. Oui. Et je crois que je ferais bien de demander un avocat.

— Dans ce cas, dit Columbo, l'interrogatoire est terminé. Je vais devoir vous faire conduire à... attendez un instant !

— 6 —

Bert McCloskey se tenait derrière la porte. Columbo alla le rejoindre dans le couloir.

— Bravo ! s'exclama McCloskey en riant. Grâce à toi, mon enquête est terminée. Même chose pour toi ?

— Viens avec moi, on va voir ça.

McCloskey était un homme de haute taille, les cheveux blancs, le visage ouvert. Il avait commencé comme agent en uniforme, à patrouiller dans les rues dans une voiture pie, puis il avait grimpé dans la hiérarchie. Comme il n'y avait pas de siège pour lui, il resta debout.

— Monsieur Visconti, dit Columbo, je vous présente le lieutenant Bert McCloskey, que vous aurez l'occasion, je pense, de revoir assez souvent. Il est chargé de l'enquête sur la mort de cet homme dont je vous ai parlé tout à l'heure, Carlo Lucchese. Il semble que ce soit votre 44 magnum qui ait tiré les balles que l'on a retrouvées dans le corps de Lucchese et de l'un des hommes abattus dans un entrepôt de Washington Boulevard. Comment expliquez-vous cela ?

Johnny se plia en deux, le corps agité de sanglots.

— Je ne comprends pas qu'on puisse garder une arme qui a servi à commettre des meurtres, dit Martha Zimmer. Comment se fait-il qu'il ne s'en soit pas débarrassé tout de suite ?

— C'est vrai, ça paraît incompréhensible, dit McCloskey, mais ça arrive. D'après les statistiques, dans vingt ou vingt-cinq pour cent des cas, les assassins sont encore en possession de l'arme du crime quand on les arrête.

— C'est parce qu'il a cru qu'on ne pourrait jamais remonter jusqu'à lui, dit Columbo.

Chapitre 19

— 1 —

Étant donné les développements que prenait l'affaire, le capitaine Sczciegel décida de transférer Visconti dans une salle plus vaste et d'étoffer la distribution. Lorsque l'interrogatoire reprit, environ une heure plus tard, la pièce comptait trois personnages de plus : Robert Brady, l'inspecteur du FBI, Paul Trevor, l'adjoint au chef de la police de Los Angeles, resplendissant dans son uniforme brodé d'or, et Mickey Newcastle, habillé et enchaîné de la même façon que Johnny.

Au cours de l'heure écoulée, Johnny Visconti avait signé à l'intention du lieutenant McCloskey une déclaration dans laquelle il reconnaissait les meurtres de Carlo Lucchese et de ses deux hommes de main. A présent, il semblait totalement anéanti, et avoir même rétréci dans sa salopette bleue.

Lorsque tout le monde eut pris place autour de la table et que la sténographe fut prête à recueillir les diverses interventions, Columbo prit la parole :

— Il reste encore un point à régler dans cette affaire. Qui est ce vieil homme, monsieur Visconti ? Vous nous aideriez grandement en nous révélant son identité et en nous disant où il se trouve.

— Il est mort, murmura Johnny.

— Vous avouez un cinquième meurtre ? s'écria Sczciegel, sidéré.

— Non. C'est Carlo qui l'a tué.

— Mais qui était-ce ? demanda Columbo.

— Jimmy Hoffa.

— 2 —

Avec une certaine suffisance, Johnny observa les diverses manifestations d'incrédulité chez ses interlocuteurs.

— Quel intérêt est-ce que j'aurais à vous mentir ? demanda-t-il.

— Jimmy Hoffa est mort il y a vingt ans, dit Trevor, l'adjoint au chef de la police.

— Ah bon ? Où est le corps, dans ce cas ?

— C'est à vous de nous le dire, fit Columbo.

— Au fond du détroit de San Pedro, dans un bidon d'essence rempli de ciment.

— Là où, bien sûr, on ne pourra pas le retrouver, ce qui fait qu'il n'y a aucune preuve de ce que vous avancez, lança Trevor avec un geste méprisant.

— Qu'il y ait des preuves ou pas, que vous le croyiez ou pas, je m'en moque, dit Johnny. Pour moi, ça ne change rien.

— Pourquoi voulait-il la mort de Regina ? demanda Columbo.

— C'est ça que je ne comprends pas très bien, dit Johnny. C'était idiot. On le lui a dit, mais il y tenait. Il nous a expliqué comment procéder, et nous a promis beaucoup d'argent. De toute façon, si Mickey et moi n'avions pas accepté, il aurait confié le boulot à d'autres. Il avait pris sa décision. On n'aurait pas pu le faire changer d'avis.

— Vous avez peut-être une idée sur ses raisons, dit Trevor.

— Oui. C'est lui, grâce à son argent et à ses relations, qui l'avait pour ainsi dire créée. Elle lui devait tout. Vous savez bien que Regina n'avait pas beaucoup de talent ; le seul qu'elle avait, c'était celui de manipuler les gens. C'est Jimmy Hoffa qui a financé sa carrière. C'est grâce à ses relations qu'au début elle a trouvé des engagements. Sans lui, elle n'aurait jamais réussi, et il ne devait pas la trouver très reconnaissante.

— Et la jalousie ? demanda Columbo. Elle distribuait ses faveurs de façon assez... libérale.

Johnny acquiesça.

— C'est vrai qu'il était jaloux. Pas tellement si elle couchait avec des hommes pour les besoins de sa carrière, mais jaloux... des autres. Pour Regina et moi, il n'était pas au courant. Vous vous rendez compte qu'elle couchait avec ce vieux presque toutes les nuits, et souvent après avoir fait l'amour avec moi. Quand j'ai commencé à avoir des relations avec elle, je crois qu'il était encore en forme. Elle savait y faire pour exciter un homme. Mais ces derniers temps... je ne sais pas.

— Il se sentait menacé dans sa virilité, dit Sczciegel. Mais enfin... à son âge, qu'est-ce qu'il croyait ?

— Il faut dire que l'attitude de Regina envers lui n'arrangeait rien. C'est vrai qu'il se faisait passer pour son grand-père, mais elle n'était quand même pas obligée de l'appeler papy, ce qu'elle faisait.

— Et les histoires d'argent ? demanda Columbo.

Une fois encore, Johnny opina du chef.

— Il était censé toucher un pourcentage sur tous ses revenus, mais il s'est mis dans l'idée qu'elle truquait ses comptes. Ça l'obsédait. Il a fini par la haïr. De toute façon, il détestait tout le monde. Vers la fin, il était complètement aigri.

— Je crois que le mieux, dit Columbo, ça serait de commencer par le commencement. Vous devriez nous dire tout ce que vous savez de ce vieil homme. Il y a peut-être des choses que nous pourrons vérifier, et au bout du compte on sera peut-être capable de dire si oui ou non il s'agissait de Jimmy Hoffa. Parce que, enfin, il est possible que vous vous trompiez.

— Peut-être. Je l'ai côtoyé pendant plus de six ans. On m'avait dit que c'était Jimmy Hoffa, et je l'ai toujours cru. De toute façon, pour moi ça ne changera rien si je vous dis tout ce que je sais.

— 3 —

— L'histoire officielle, dit Johnny, c'est que Jimmy Hoffa a été assassiné sur le parking de la Red Fox Inn, à Detroit, le 30 juillet 1975. Mais dès le début, beaucoup de gens ont dit que c'était du pipeau. Pourquoi l'aurait-on tué ? Ce que certains voulaient, c'était simplement l'empêcher de reprendre la direction du syndicat des camionneurs. Pour les membres du syndicat, vous savez, Jimmy était un grand homme. Ils l'adoraient. Ils avaient obtenu de meilleurs salaires, de meilleures conditions de travail ; et si Jimmy Hoffa en avait profité pour devenir millionnaire, bah ! ça ne les gênait pas.

— D'ailleurs, il ne vivait pas comme un millionnaire, fit observer Brady, l'inspecteur du FBI.

— Il était suffisamment malin pour ne pas le faire, dit Johnny.

En attendant, quand il était en cabane, d'autres types s'étaient emparés du syndicat, s'en mettaient plein les poches, et n'avaient aucune envie de le voir revenir.

« Un de ces types, c'était Anthony Provenzano, Tony Pro. Il appartenait au milieu, vous savez, et il dirigeait une grande famille dans le New Jersey. Il avait des hommes de main. Il en a envoyé à Detroit, mais pas pour tuer Jimmy, pour l'enlever.

— Et il l'aurait caché pendant vingt ans ? s'écria Trevor. Allez, allez !

— Vous n'êtes pas obligé de me croire. Pour moi, c'est du pareil au même.

— Continuez votre histoire, dit Columbo.

Johnny adressa un sourire vaniteux à Columbo, qui l'écoutait avec attention.

— C'est le seul type un peu malin, ici. Lui, il veut entendre l'histoire. Eh bien voilà... Tony Pro attendait dans une maison, à Grosse Pointe. C'est là qu'ils ont conduit Jimmy. Tony Pro a alors expliqué à Jimmy qu'il n'était pas question qu'il se représente aux élections syndicales. C'était ça ou se retrouver au fond du lac. En échange, il lui offrait une retraite honorable. Ils ont parlé, parlé... On m'a dit qu'ils ont parlé toute la nuit.

— Où étiez-vous à ce moment-là ? demanda Brady.

— Mais enfin ! A ce moment-là, j'avais neuf ans ! Tout ça, on me l'a raconté ! Et certains de ces détails, c'est Jimmy lui-même qui me les a racontés. En tout cas, ils ont passé un accord. Jimmy devait donner à Tony Pro tout l'argent qu'il avait détourné au syndicat, en échange de quoi Tony s'engageait à l'entretenir sur un grand pied pour le restant de ses jours. Jimmy lui a donc donné les numéros de ses comptes en banque, et d'après ce qu'on m'a dit Tony a récupéré 12 millions de dollars. Une semaine plus tard, environ, Jimmy, sous bonne escorte, est parti en avion pour Acapulco : on lui avait réservé tout le dernier étage d'un hôtel de luxe.

« Mais ça, ça ne faisait pas l'affaire de Jimmy. Il croyait que Tony Pro allait l'envoyer à Las Vegas, où il vivrait un peu comme Howard Hughes, en attendant le moment de s'échapper. Mais à Acapulco, c'était pas la même chose. Jimmy ne parlait pas espagnol, alors que la plupart des hommes qui le gardaient ne parlaient pas autre chose.

— Comment a-t-il fait, alors, pour aboutir à Marino di Bardineto ? demanda Sczciegel.

Johnny se tortilla sur sa chaise pour tenter un geste de mépris.

— J'y arrive, j'y arrive. Jimmy avait bien donné 12 millions de dollars à Tony Pro, mais en fait il avait beaucoup plus d'argent que ça, notamment à l'étranger. Et puis aussi, il avait des amis. Des amis qui auraient immédiatement buté Tony Pro s'ils avaient su qu'il retenait prisonnier Jimmy Hoffa. Vous voyez, Tony Pro était un des chefs de la famille Genovese. La famille Gambino mais aussi la famille Gotti étaient de celles qui n'auraient pas du tout apprécié cette histoire. Même chose pour Sam Giancana. Et bien d'autres. Je ne sais pas comment Jimmy a fait pour récupérer une partie de son argent, mais enfin il y est arrivé. Il a graissé la patte aux gardes de Tony Pro, et il s'est tiré.

« Ça lui a quand même pris du temps. Pendant ce temps-là, il s'était passé des choses. En 1979, Tony Pro avait été mis en prison en Californie. Il est mort là-bas, en 1988. Donc, à partir de 1979, Jimmy pouvait faire ce qu'il voulait.

— Il aurait pu revenir, suggéra Brady.

— Non, il n'en avait plus envie. Sa femme était malade et n'en avait plus pour longtemps à vivre. Il m'a dit qu'il l'aimait, mais qu'à son avis ça lui aurait fait plus de mal que de bien de le voir ressusciter. En outre, c'était très pratique pour lui d'être « mort ». Nixon l'avait amnistié pour certains de ses crimes, mais en réapparaissant au grand jour il aurait quand même été obligé de s'expliquer sur la destination d'un certain nombre de millions de dollars. Et puis... il avait fini par acquérir des goûts nouveaux. Toute sa vie, il avait vécu... comment on dit ?

— Frugalement, suggéra Brady.

— Oui, c'est ça. Mais quand Tony Pro l'a envoyé à Acapulco, il a donné des ordres pour que Jimmy vive dans le luxe : bonne cuisine, excellents alcools... et plein de jolies filles. Jimmy s'ennuyait dans son hôtel : il s'est laissé tenter. Il a fini par découvrir qu'il y avait autre chose dans la vie que la fidélité conjugale et la lutte pour le pouvoir dans le syndicat. Alors qu'il aurait pu faire autrement, il a décidé de rester « mort ».

— Il avait des faux passeports, dit Columbo.

— Oui. Il avait des amis et de l'argent. Il est parti pour Palerme avec un passeport brésilien. En Sicile, il vivait dans une villa, il était l'hôte de l'Honorable Société. Là-bas, il y avait beaucoup de gens qui étaient en dette vis-à-vis de lui, parce que quand il était encore aux États-Unis, à la tête du syndicat, il avait utilisé ses relations politiques pour rendre des services. On venait le voir de partout. Il connaissait plein, plein de gens, et il savait encore tirer des ficelles. Échange de bons procédés avec des types importants. Il vivait très bien, en Sicile. Ça lui plaisait.

« Mais c'était pas prudent de rester toujours au même endroit. On finit par se lasser des gens qui restent trop longtemps. On leur fait payer plus cher leur séjour. Alors en 1986, il s'est installé à Marino di Bardineto. C'est là qu'il a fait la connaissance de Regina.

— Et alors ? demanda Columbo.

— Eh bien... Jimmy avait plus de soixante-dix ans à l'époque, et Regina, pour lui, c'était un cadeau des dieux. Elle, elle rêvait d'aller aux États-Unis. C'était risqué pour Jimmy de revenir là-bas, mais elle a réussi à le convaincre. Je crois qu'elle aurait pu lui faire faire n'importe quoi. Il a pris contact avec des amis à lui aux États-Unis et leur a dit ce qu'il attendait d'eux.

— Il pensait déjà faire d'elle une vedette, ou simplement revenir aux États-Unis ? demanda Columbo.

— C'était uniquement pour elle qu'il revenait. Elle était persuadée qu'elle était capable de faire tout ce que faisait Madonna, et il la croyait. Il était comme elle, il n'était pas très doué pour reconnaître le talent.

— Elle n'avait pas besoin de talent, grommela Mickey Newcastle. On lui a bâti un magnifique spectacle sur mesure.

— Et vous, monsieur Visconti, comment apparaissez-vous dans l'histoire ? demanda Columbo.

— J'étais le garde du corps de Jimmy, répondit Johnny. Mais surtout, j'étais chargé de rapporter tous ses faits et gestes à un certain nombre de gens. J'étais l'espion dans la place.

— Pourquoi vous ?

— Ils ne voulaient pas quelqu'un de Detroit, parce qu'il y aurait eu un risque qu'on fasse des rapprochements, qu'on finisse par l'identifier. Je suis de Cleveland, de la famille Samenza. C'est don Antonio Samenza qui m'a placé auprès de Jimmy, mais c'était Jimmy qui me payait. Après que Regina et moi sommes devenus intimes, elle aussi m'a donné de l'argent.

— Alors vous l'avez rejoint en Italie ?

— C'est moi qui lui ai apporté son nouveau passeport. Il est revenu aux États-Unis sous le nom d'Angelo Capelli. Et puis Capelli a disparu, et Jimmy s'est transformé en Vittorio Savona.

— Vous l'avez accompagné au Brésil, dit Columbo. Pourquoi ?

— Si vous savez qu'on y est allés, alors vous savez pourquoi. Il y avait une grande réunion. Jimmy était encore un homme important.

— Vous dites que c'est Carlo Lucchese qui l'a tué. Pourquoi ?

— Partout où il allait, je devais prendre contact avec quelqu'un, qui, lui, était en relation avec les chefs. Quand on est venus à Los Angeles, mon contact était Carlo. Lui, c'était un tueur, et il a étranglé Jimmy. Les chefs n'avaient plus confiance en lui : il avait commis une énorme bourde en faisant tuer Regina. Ils devaient avoir peur de sa prochaine lubie. Et puis, il n'était plus utile. Il était dépassé. C'était devenu un... comment on pourrait dire ?

— Un anachronisme ? proposa Martha.

— Qu'est-ce qu'il aurait pu faire de si risqué ? demanda Columbo.

— Se faire reconnaître, dit Johnny. Il représentait un atout pour certaines familles, mais pas pour d'autres. Il y a eu des types importants qui sont allés en taule à cause des informations fournies par Jimmy. Des informations qui avaient fini par aboutir chez les procureurs. Le bruit courait, par exemple, que Jimmy s'était vengé de Tony Pro en refilant des tuyaux aux Gambino. Si on avait fini par savoir que Jimmy Hoffa était encore vivant, ça aurait pu déclencher une tempête, rompre la paix entre certaines familles.

— En fin de compte, dit Columbo, vous allez écoper de quatre condamnations à perpétuité.

— C'est sûr que je vais passer le reste de ma vie en taule, dit Johnny. (Il se couvrit le visage de ses mains.) Et je n'ai même pas trente ans, murmura-t-il. Mais... il faudra me protéger quand je serai en cabane, hein ? Ils vont m'avoir ! Ils vont me tuer ! Il faut que vous me protégiez.

— C'est sûr, dit Trevor d'un air sarcastique. On fera pour le mieux.

— 4 —

Adrienne Boswell le surprit alors qu'il était occupé à ouvrir la portière de sa 403, processus complexe impliquant divers mouvements de la clé d'avant en arrière.

— Hé, Columbo ! Ça vous dirait, une partie de billard, avant de rentrer chez vous ? Vous n'allez pas me laisser tomber, quand même !

Elle portait un jean délavé des plus moulants, et un polo blanc sur lequel se détachait sa chevelure rousse.

Alors qu'ils jouaient au billard chez Burt, le journal télévisé apparut sur le poste placé en hauteur. Le son était coupé, mais la première image qui apparut fut celle de Mickey Newcastle et de Johnny Visconti menottés.

— Bon, dit alors Adrienne. Maintenant vous pouvez me le dire : qui était le vieux ?

Columbo le lui dit, et, pour confirmer sa révélation, le portrait de Jimmy Hoffa apparut sur l'écran de la télévision.

— Depuis combien de temps le savez-vous ? demanda-t-elle.

— Depuis environ une heure.

Adrienne demeura un instant pensive.

— J'imagine que vous n'auriez pas pu me donner ce scoop, c'est ça ?

— Non. Désolé. Impossible.

Elle laissa échapper un soupir.

— Espèce de... Bon, ça va. Je vous parie 5 dollars que je peux envoyer le numéro neuf dans le trou.

— Pari tenu. 5 dollars que vous n'y arrivez pas.

Elle rejeta ses cheveux en arrière, de façon à ne pas être gênée. La bille à tirer était le numéro deux, et il y en avait quatre entre celle-ci et le numéro neuf. Elle tira très fort la bille contre la bande, à un tiers environ entre le trou du milieu et le trou du fond ; la bille rebondit sur la bande du fond, puis sur celle de gauche, et roula en direction du trou du coin droit où elle finit par pousser la bille numéro neuf. Gagné.

— Passez la monnaie, passez la monnaie, chantonna-t-elle en récoltant les cinq billets de un dollar que lui tendait Columbo.

— Adrienne, dit-il, l'air mécontent, je crois que vous avez l'habitude de jouer au billard.

Elle lui plaça les bras autour du cou et l'embrassa avec fougue sur les lèvres.

— Hum, hum, dit Burt.

Columbo sourit et se mit lui aussi à chantonner :

— Quand un policier a fait son travail, il est le plus heureux des hommes, le plus heureux des hommes...

*Achevé d'imprimer en février 1996
sur presse CAMERON
dans les ateliers de Bussière Camedan Imprimeries
à Saint-Amand (Cher)*

N° d'Édit. : 3336. — N° d'Imp. : 1/435.
Dépôt légal : mars 1996.

Imprimé en France